여기부터 천국 입니다

여기부터 **천국** 입니다

임영태 장편소설

문이당

작가의 말

내가 남이 아니고 나일 수 있는 것, 나를 남과 구별하여 나로 규정 짓는 근본적인 범주는 무엇일까?

이런 질문은 철학이 될 수도 있고, 문학이 될 수도 있고, 종교가 될 수도 있다. 아무튼 지금은 내 소설이 되었다.

내가 아는 내가 가짜일 수 있다. 그러면 나의 인생도, 내가 속한 이 세상도 모두 가짜다. 그런데 이처럼 모든 게 허상이라는 것을 정작 나 자신만 모를 수도 있다. 하지만 이 경우, 내가 아는 세상은 나에게는 진짜이다. 왜냐하면, 나는 이게 가짜라는 걸 모르니까.

자, 이렇게 되면 실상과 허상의 문제는 사실 나 자신의 문제가 아니다. 나의 '밖'에서 나의 세상을 말할 수 있는 자의 문제이다. 뭘 모르면 모르는 대로, 나는 늘 진짜이고 내가 아는 세상도 진짜이다. 이게 몽땅 가짜라고 말할 수 있는 자는 나와는 존재의 차원이 다른 영역에 계신, '그분'밖에는 없는 것이다. 그런데 이제 재밌는 건 '그분'의 영역에선 어차피 진짜와 가짜가 따로 있지 않다는 점이다. 그리하여 진짜와 가짜를 규정하는 문제는 다시 나에게로 환원된다. 가치도 내가 정하고 존재도 내가 만든다.

이 소설은 그런 이야기다. 인간 복제라는 미래의 화두를 배경에 두고, 수천 년 전 고대부터의 질문인 절대 가치, 절대 존재성의 문제를 새삼 따져 보는 이야기다. 멸망하지만 않으면 인류는 어느 날 신이 되어 있을 것이다. 스스로 '그분'이 되어 있을 것이다. 거기가 천국인지 아닌지 우리는 모른다. 사랑이 아직 말해지는 세상이면 일단 지옥은 아니다.

아아, 마이크 시험 중, 여기는 파주, 여기는 파주, 나와 서인이는 잘 있다.

2005년 가을
임 영 태

1

19세기에도 비는 내린다, 하고 말했던 사람은, 자기 시대를 사랑했으나 믿지는 않았던 어느 젊은 시인이었다. 석양이 드리워진 다리 위에서 그는 다음에 올 세기를 미리 추억하였다. 조금 울었다고 전해진다.

정원 한쪽을 차지하고 있는 대숲이 거리의 소음을 걸러 주어 산사처럼 고요한 기운이 흐르는 '죽림 한정식' 별채. 육각형 정자 모양에 청기와를 올리고 실내는 깔끔한 한지로 도배되어 있는 이 정갈한 방에 두 사람이 긴 교자상을 사이에 두고 마주 앉아 있다. 50대 중반의 남자와 20대 후반의 여자. 상 위에는 아직 음식이 차려져 있지 않다. 남자는 온화한 미소를 띠고 있지만 여자는 약간 긴장한다.

문밖 어디선가 아까부터 전화벨 소리가 들리는데 받는 사람이 없다. 여자는 그게 신경 쓰이는지 힐끗 본채가 있는 정원 건너편을 바라본다. 그러고는 손목시계를 내려다본다.

「곧 올 거야.」

다독거리는 말투로 남자가 말한다.

「꼭 선보는 것 같네요.」

「하하, 선은 선이지.」

전화벨 소리가 끊어진다. 남자는 물 한 모금을 마시려다가 여자의 잔이 비어 있는 것을 보고는 거기에 먼저 물을 따라 준다.

「그 사람은 어땠어요?」

물 잔을 잡으면서 여자가 묻는다.

「뭐가?」

「쉽게 받아들이지 않지요?」

「당연하지. 정미 씨도 그랬잖아.」

남자가 부드럽게 미소 짓는다.

「지금은요?」

「아직도 혼란스러워해. 정미 씨를 만나고 싶은 것도 혼자 견디기 힘들어서일 거야.」

「저는 그럼 빨리 적응한 편인가요?」

여자의 얼굴에 뜻이 분명하지 않은 모호한 미소가 번진다.

「그렇다고 할 수 있지. 사실은 그래서 우리도 정미 씨에게 기대를 하고 있어요.」

「기대요?」

「그 사람이 안정을 찾는 데 정미 씨가 도움이 될 거라고 보는 거지. 정미 씨는 이제 정체성이 정립돼 있으니까 말이야.」

「제가 그래 보여요?」

「아닌가?」

「그래요, 그건 넘어섰지요. 그렇다고 그게 도움이 될까요? 그런 문제는 스스로 확신이 생겨야지 남의 말은 필요 없는데…….」

「그래도 정미 씨의 당당함을 보면 많이 수습될 거야. 무엇보다도 혼자가 아니라는 것에 위안을 받을 테지.」

「강 박사님 말씀처럼 제가 선각자가 돼 가네요.」

여자가 다시 모호하게 웃는다. 잠깐 무언가 생각하는 듯하던 여자가 고개를 돌려 벽에 걸린 수묵 산수화를 올려다본다. 큰 산을 배경으로 강과 나룻배와 소나무 같은 것들이 멀리 아른거리고, 올려다보는 여자의 눈빛도 멀다.

산수화에 눈길을 둔 채 여자가 묻는다.

「그 사람 이름이 뭐라고 했지요?」

「남기웅.」

밖에는 비가 내리고 있었다. 우산 없이 걸어도 될 만한 가는 빗줄기였으나 아침부터 계속 내린 탓에 거리는 축축이 젖어 있었다. 공기가 여름날답지 않게 선득했고, 사물들은 모두 빛깔이 약간 바랜 듯한 기운을 띠며 평소보다 멀어 보였다. 5월인데도 어딘지 쓸쓸한 가을 분위기가 느껴지는 오후였다.

남기웅은 '죽림 한정식'이 저만치 바라보이는 카페에 앉아 있었다.

이곳에 들어온 지 벌써 20여 분, 약속 시간이 이미 지났으나 그는 창 밖만 물끄러미 바라볼 뿐 일어날 기색이 아니다. 손에는 담배가 들려 있고, 탁자 위 재떨이에는 이미 세 개비의 꽁초가 담겨 있었다.

남기웅이 약속 장소를 눈앞에 두고 여기 앉아 있는 것은 여자를 만나는 게 내키지 않아서가 아니었다. 그가 먼저 부탁한 일 아니던가. 잠시 후에는 식당으로 걸어 들어가 여자를 만나리라는 것을 그 자신도 잘 알고 있었다.

남기웅은 이 순간의 고요하고도 서글픈 감정에 조금 더 빠져 있고 싶었다. 그뿐이었다. 여자를 생각하면 마음 한구석에 야릇한 흥분이 꿈틀거리는 건 사실이었다. 하지만 남기웅은 여자에게 어떠한 기대도 갖고 있지 않았다. 피할 수 없는 축몰이 수순을 따라가듯 여기까지 오고 말았지만 여자를 만난다 한들 달라질 건 아무것도 없다는 것을 그는 알고 있었다. 어쨌거나 여자는 만나게 될 것이다. 그러나 지금은 잠시만이라도 멍하니 혼자 있고 싶었다. 그뿐이었다.

지난 2주간은 남기웅의 생애에 가장 힘든 날들이었다. 그리고 앞으로 얼마나 더 힘들고 혼란스러울지는 짐작조차 할 수 없었다. 그에게는 순간순간 모든 게 비현실이었다.

루루루 루루루루……. 핸드폰에서 모차르트가 흘러나왔다. 강 박사일 거라는 생각에 그는 발신자도 확인하지 않고 핸드폰을 귀에 갖다 댔다.

「어딥니까?」

자상하면서도 힘이 들어가 있는 목소리, 역시 강 박사였다.

「거의 다 왔어요.」

「아, 그래요. 십 분 안에는 도착하겠지요?」

「네.」

「그럼 음식 미리 시켜 놓겠습니다.」

통화를 끝내고 남기웅은 담배 한 개비를 더 꺼내 물었다. 전화 받기 전에 들고 있던 담배는 어느새 꺼져 있었다. 모질게 마음먹고 끊었던 담배를 2년 만에 다시 피우고 있듯 지난 2주간 그의 생활은 모든 것이 변했다. 아니, 정작 무엇이 변한 것인지 그는 알 수 없었다. 생각하면 변한 건 아무것도 없었다.

「무엇이 달라졌다는 말인가. 나는 남기웅이다!」

외치듯 중얼거려 보지만 그 말은 공허하다. 그 공허함 때문에 결국 여자를 만날 생각을 했다. 남기웅이 오늘 만날 그녀에 대해 알고 있는 것은 이정미라는 이름과 나이가 20대라는 것이 전부였다.

빗줄기는 여전히 그만그만했다. 남기웅은 우산을 펼치지 않고 비를 맞으며 횡단보도를 건넜다.

'이 첨단 시대에 우산은 왜 바뀌지 않는 걸까?'

횡단보도를 건너며 남기웅은 그런 생각을 했다.

이 생각은 지금의 상황에 어울리지 않았다. 지나치게 한가로운 상념이었다. 말하자면 이런 것이 현재 남기웅의 정신 상태였다. 남기웅은 잠시 후의 만남이나 자기 신상에 관련된 생각은 의식 저 아래에 묻어 두는 의도적인 방심 상태에 들어가 있었다. 그리하여 지금 남기웅은 차라리 권태로웠다. 물론 우울한 권태였으나, 그 텅 빈 권태로

움 속으로는 무엇이든 스며들 수 있었다.

'인간은 왜 미래를 기억하지 못하고 과거만 기억하는 걸까?'

어느 날 아인슈타인은 이런 엉뚱한 의문을 품었다고 한다. 너무 당연한 사실에 대한 어린아이 같은 그 의문 역시 정교한 과학적 상상이라기보다는 아마 어느 무료한 날 문득 스며든 방심의 산물이었을 터. 이런 식의 질문은 집요하진 않으나 유연하다. 목적이 없으므로 자유롭게 홀홀 뻗어 모든 것에 가지를 친다.

그리하여 남기웅은 횡단보도를 건너며 우산에 대해 생각한다. 지금 가장 중요한 문제는 그것밖에 없다는 듯이.

남기웅의 생각에 1백 년, 2백 년 전과 하나도 달라지지 않은 대표적인 구식 시스템 두 가지가 자명종과 우산이었다. 시간 계산해서 찬물까지 들이붓는 자명종도 나왔지만 그 근본은 소리 울려서 잠 깨우는 원시적인 방식에서 한 치도 벗어난 게 아니고, 한 손으로 우산을 받쳐 비를 피하는 방식도 중세를 배경으로 한 영화들에 나오는 장면 그대로이다. 화성에 우주선을 보내는 시대에 비만 오면 아직도 우산 챙겨 들고 바짓가랑이를 적셔야 하다니……. 남기웅은 그런 생각을 하면서 횡단보도를 건넜다. 조심스럽지 못한 승용차 한 대가 그의 신발에 물을 튀기며 지나갔다.

「일행 있으세요?」

남기웅이 '죽림 한정식'에 들어서자 한복 차림의 여자가 다가왔다.

「강 박사님 와 계시죠?」

「기다리고 계십니다.」

여자는 공손하게 고개 숙이고는 안쪽으로 앞장서 걸었다. 여자는 나무 바닥으로 된 복도를 기역 자로 꺾어 정원을 가로지르는 구름다리 앞까지 가서는 그 끝에 보이는 육각 정자형의 방을 가리켰다. 도심에서는 보기 어려운 토종 소나무 가지 하나가 별채 처마에 꼬리연처럼 드리워져 있는 게 보였다. 그 너머로는 작은 대숲이 담장 전체를 가리고 있었다.

남기웅은 공연히 뒤를 한 번 돌아다보고는 천천히 구름다리를 건너 별채로 갔다. 그는 노크하기 전에 자기 옷차림을 내려다보았다. 하늘색 티셔츠에 회색 면바지. 회사에도 종종 입고 나가는 캐주얼 평상복이었다. 양복 같은 걸 입을 생각은 처음부터 하지 않았다. 가뜩이나 묘한 인연으로 만나는 것이어서 어색한데 그런 옷차림은 더욱 부자연스러울 것 같았다. 여자는 어떤 차림일지 그는 문득 궁금했다. 여자가 이 만남에 임하는 감정이 어떠한지, 혹은 자기 처지를 어떻게 받아들이고 있는지 하는 것들이 옷차림에 담겨 있지 않을까. 남기웅은 그런 생각을 하면서 '똑똑' 문을 두드렸다.

「네―.」

안에서 강 박사의 목소리가 길게 들려왔다.

남기웅은 문을 열었다. 맞은편 벽을 장식하고 있는 수묵 산수화가 먼저 보였다. 중앙에 놓인 교자상 왼쪽으로 강 박사, 그리고 오른쪽에는 연한 청색의 투피스 정장 차림인 20대 후반의 여자가 앉아 있었다. 이쪽으로 고개 돌리는 여자의 입술에 가볍게 힘이 들어가는 것을 남기웅은 보았다.

2

2주 전 그날, 남기웅의 하루는 여느 날과 전혀 다름없이 시작되었다.

그는 수도권 신도시에 있는 자기 오피스텔 침대에 누워 아침 7시에 맞추어 놓은 자명종 소리에 부스스 눈을 떴다. 정확히 말하면, 그는 눈은 뜨지 않은 채 손만 뻗어 자명종의 일시 정지 버튼을 눌렀고, 일시 정지가 풀리기 전까지 달콤하고도 아슬아슬한 마지막 수면을 즐기다가 자명종이 다시 울리기 몇 초 전에 벌떡 몸을 일으켰다.

'이겼지?' 하는 득의에 찬 표정으로 자명종을 내려다보는 것도 그는 물론 잊지 않았다. 일시 정지 버튼을 누르지 않았다면 30초 후에는 자명종이 재작동되면서 그의 얼굴 위로 찬물이 한 바가지 쏟아질 것이다. 그 찬물을 견디면 10분을 더 잘 수 있다. 10분 후에는 자명종에 연결된 플라스틱 방망이가 침대 위의 인간을 향해 온갖 욕설을 내뱉으며 온몸을 난타하도록 돼 있다. 방망이질도 그렇지만 스피커에 내장된 그 욕설은 귀엽다고 보기에는 지나칠 정도의 민망한 욕설로 가득 차 있다. 잠자다 죽은 게 아닌 한 그 3차 작동 때는 누구라도 일어날 수밖에 없었다.

약간 촌스러운 발상이라고 볼 수도 있는 이 재기 발랄한 자명종은 아침잠이 깊어 종종 낭패를 보던 남기웅이 석 달 전에 큰마음 먹고 구입한 신형 기상 시스템이었다. 컴퓨터 칩이 내장돼 있는 자명종 본체 하단은 로코코식 문양이 미려하게 음각된 은빛 스테인리스 상자로 돼 있고, 상단은 푸른빛이 감도는 타원형 크리스털 속으로 세 개의 액정 시곗바늘이 물 흐르듯 흘렀다. 앙증맞으면서 우아한 본체와 거기에 연결된 무시무시한 공격 장치의 부조화는 이 기상 시스템의 기본 컨셉이 지난 20세기 유머에 닿아 있다는 것을 말해 주고 있었다.

자명종과의 1회전 게임에 승리하고 일어난 남기웅은 늘 그래 왔듯 우선 전자동 리모컨으로 서향의 발코니 쪽 창문을 열어 실내 공기를 순환시켰다. 원룸 형태의 15평 거실 안으로 뒷산의 상쾌한 공기가 밀려들었다.

다음 순서는 냉수를 마시는 일. 남기웅은 기상 직후의 냉수 한 잔이 최고의 보약이라고 굳게 믿는 사람이었다. 찌르르 식도를 타고 내리는 찬 기운을 느끼며 그는 실내 한가운데에 서서 가벼운 체조를 하고, 욕실로 들어가 세수와 면도와 양치질을 하고, 휘파람을 불며 직접 와이셔츠를 다렸다. 그러고는 현관 입구의 대형 벽거울 앞에 단정히 서서 청색 실크로 된 정장 양복을 입었다.

남기웅이 근무하는 곳은 업무용 소프트웨어를 개발하는 컴퓨터 프로그램 회사로, 다른 직종에 비해 근무 여건이 자유로웠다. 출근 시간 하나만 엄격할 뿐 근무 시간 중의 외출은 물론, 퇴근까지도 자신이 원하는 시간에 할 수 있었다. 복장 따위엔 아무도 간섭하지 않았다. 때문에 직원들은 대개 허술한 면바지에 티셔츠 하나 걸치는 간편한 복장으로 출근했다.

남기웅이 가끔 양복을 입는 건 순전히 그의 개인적인 취향이었다. 새하얗게 다림질한 와이셔츠 위에 넥타이를 꼼꼼하게 매고, 상하의 같은 색깔의 정장 양복을 입고는 마치 루벤스의 초상화라도 음미하듯 거울 속의 자기 모습을 그윽이 응시한다. 그럴 때 남기웅은 '세계의 모든 아침이여!'라고 외치고 싶다. 말하자면 정장 양복으로 출근하는 일은 남기웅에겐 일종의 취미 생활이었다. 일주일에 한 번씩 돌아오는 그 취미 생활의 날이 바로 이날, 목요일이었다.

그랬다, 분명 남기웅이 놓치고 있는 건 없었다. 그의 하루는 정상적으로 시작되고 있었다.

현관을 나선 남기웅은 엘리베이터로 지하 주차장까지 내려가 흰색 아폴론에 올랐다. 태양의 신의 이름을 딴 이 아폴론은 최신형은 아니었으나 요즘 어느 차에나 있는 자동 운전 기능과 인터넷 시스템이 기본으로 장착돼 있었다.

남기웅은 급히 검토해야 할 서류가 있다거나 참을 수 없이 졸음이 몰려올 때 아니면 수동 운전을 즐기는 편이었다. 스스로 판단하면서 길을 잡아 가야만 운전의 맛을 느낄 수 있다는 게 그의 지론이었다. 바깥 경치가 좋을 때면 그는 더욱 수동 운전을 고집했다. '팔짱 끼고 느긋이 전경 전부를 바라보는 건 티브이 화면을 보는 것과 다를 바 없다, 운전대에 손 얹고 힐끗힐끗 곁눈으로 훔쳐볼 때 경치가 더 맛있게 감상된다.' 그게 남기웅의 생각이었다. 그러고 보면 남기웅은 다분히 복고주의적 정서를 지닌 사람이었다. 일주일에 한 번씩 정장을 입는 취미처럼이나.

남기웅은 수동 운전으로 주차장 출구를 향해 차를 몰았다. 지하 주차장의 단조로운 풍경이 백미러 속에서 시뮬레이션 전투 게임의 텅 빈 시가지처럼 가볍게 흔들리며 멀어졌다. 주차선 안에 가지런히 정차돼 있는 차량들과 일정한 간격으로 세워져 있는 사각의 흰색 기둥, 천장 곳곳의 지나치게 밝은 삼파장 불빛, 그리고 휘발유 냄새가 섞인 축축한 공기를 지나 차는 지하 주차장의 마지막 모퉁이를 돌았다. 지상에서 비껴 들어온 말간 햇살이 차의 앞 유리창에 고양이 눈처럼 반짝거리며 내려앉았다.

지상 5미터 전, 남기웅은 경사를 오르기 위해 액셀러레이터에 지그시 힘을 가했다. 그의 평범한 일상에 이상한 조짐이 생긴 건 바로 그때였다.

끼익!

남기웅은 급히 브레이크 페달을 밟았다. 웬 남자가 황급히 주차장 안으로 뛰어들고 있었다. 남자 바로 앞에서 차를 멈춘 남기웅은 휴우! 잠깐 숨을 고르고 나서 눈앞의 남자를 짜증스럽게 노려보았다. 남자는 보닛에 양손을 얹은 채 자기대로 가쁘게 숨을 몰아쉬고 있었다. 창문을 내리고 거칠게 한마디 쏘아붙여도 될 만한 상황이었으나 남기웅은 말없이 화를 삭이며 남자가 어서 비켜 주기만 기다렸다.

그런데 잠시 후에 고개를 든 남자의 행동이 약간 이상했다. 남자는 자동차를 막아선 자세 그대로 차 안의 남기웅을 빤히 들여다보고 있었다. 무엇인가를 확인하는 듯한 표정이었다.

'아는 사람인가?'

남기웅은 남자의 얼굴을 유심히 바라보았다. 낯선 얼굴이었다. 그러나 상대 쪽에서는 마침내 무언가 확인이 끝난 모양이었다. 마음속으로 무슨 다짐이라도 하고 있는 듯 남자의 한쪽 입술이 가볍게 치켜 올라갔다.

'맞아, 이 사람이야!'

미세하게 흔들리는 남자의 표정 어딘가에 그런 문장이 실려 있는 것을 남기웅은 보았다. '내가 맞다고? 뭐가?' 속으로 그런 반문을 던지며 남기웅은 차창 옆으로 다가서는 남자의 얼굴을 다시 한 번 찬찬히 살폈다. 역시 모르는 사람이었다.

「뭡니까?」

차창 유리를 내리며 남기웅이 먼저 물었다.

「미안합니다, 저기…….」

남자는 몹시 허둥거렸다. 남자의 그 단정하지 못한 태도를 보면서 남기웅은 공연히 창문을 내린 것 아닐까 잠깐 후회했다.

「바쁘니까 빨리 말씀하세요.」

남기웅이 처음에 혀에 담았던 말은 '저를 아세요?'였다. 그런데 입을 열려는 순간, 왠지 그렇게 묻는 건 현명하지 않다는 생각이 들었다. 판단이라고 할 것까지는 없는 순간적인 방어 본능이었다.

「남기웅 씨 맞지요?」

남자의 입에서 결국 그의 이름이 나왔다. 얼마간 예상하고 있었음에도 남기웅은 역시 놀랄 수밖에 없었다. 그 놀람은 곧 경계로 바뀌었다. 남기웅은 남자에게서 이상하게 불길한 기운을 느꼈다.

「누구시죠?」

「경계하지 마세요.」

남기웅의 마음을 읽었는지 남자는 애써 밝은 미소를 지어 보이려 했다. 그러나 남자의 얼굴에 실린 쫓기는 듯한 표정 때문에 그 미소는 자연스럽지 못했다.

「경계 안 해요. 무슨 일입니까?」

남기웅은 차내의 시간 표시등 쪽으로 힐끗 고개를 돌리며 시간을 확인하는 듯한 시늉을 보였다.

「바쁘시겠지만 꼭 드릴 말씀이 있어서요.」

「말씀하세요.」

남기웅은 일부러 무뚝뚝하게 말했다.

「어디 다른 데 가서 얘기하면 안 될까요?」

「출근길인데요.」

「잠시만이라도.」

「안 되겠는데요, 지금도 늦었습니다.」

「그러시면…….」

체념하는 표정으로 남자가 말을 이었다.

「이따 저녁에 좀 뵐 수 있을까요?」

허둥거릴 땐 도전적인 모습이더니 일단 체념으로 바뀌고 나자 남자의 얼굴은 갑자기 쓸쓸해 보였다. 그 쓸쓸한 기색이 남기웅의 경계심을 얼마간 풀어 주었다.

「그렇게 하시죠. 그럼 어디에서?」

「제가 오피스텔로 찾아가겠습니다.」

「내가 사는 곳을 알아요?」

「압니다.」

「대체 누구십니까?」

「이따 말씀드리겠습니다.」

남기웅은 잠시 가라앉았던 불길한 기분이 아랫배 쪽에서 다시 스멀거리는 느낌이었다. 마음을 진정시키면서 그는 남자의 얼굴을 물끄러미 올려다보았다. 남기웅이 그렇듯 빤히 올려다보는데도 남자는 선생님 앞에 불려 와 지시를 기다리는 학생처럼 가만히 서 있기만 했다. 남기웅은 어쩔 수 없다는 기분으로 고개를 끄덕이고 말았다.

「알았어요, 기다리지요.」

「그럼 저녁에 뵙겠습니다.」

어색하게 미소 지으면서 남자가 돌아섰다. 남기웅이 차창을 올리려 할 때 무언가 생각난 듯 남자가 다시 돌아섰다.

「참, 저를 만났다는 얘기 아무한테도 하지 마세요.」

「댁이 누군지도 모르는걸요.」

「아, 네…… 그럼 저녁에…….」

남자는 휙 돌아서더니 주차장 출구 쪽으로 먼저 올라갔다. 남자의 걸음은 남기웅이 처음 보았을 때처럼 다시 조급해 보였다. 남기웅은 남자가 시야에서 사라지고 난 다음에야 차에 시동을 걸었다. 이번엔 자동 운전이었다. 기분이 심란해진 남기웅은 운전대에서 손을 내리고 남자가 사라진 쪽을 물끄러미 바라보았다.

3

이날 남기웅은 하루 종일 정신없이 바빴다. 그는 출근하자마자 오후에 시연하기로 돼 있는 선교 관리 프로그램의 마지막 점검에 매달렸다. 소프트웨어 교정보다는 주로 브리핑 연습이었다. 컴퓨터 화면을 영사막에 스캔해 올리면서 프로그램이 진행되는 과정을 일일이 설명하는 일이었다.

남기웅이 근무하는 '휴먼 시스템'은 업무용 소프트웨어를 전문적으로 개발하는 회사였다. 인사 급여 관리 프로그램, 판매 재고 관리 프로그램, 회계 관리 프로그램 등의 패키지 제품을 기본으로 두고 그 밖에 기업체나 협회 등 큰 단체의 업무 전체를 총괄하는 네트워크 프로그램을 위탁 개발하고 있었다.

개발 1팀장인 남기웅이 현재 전담하고 있는 것은 한 국제 선교 단체의 선교 관리 프로그램이었다. 이 프로그램은 위탁 개발이 아니라 공모 방식으로 초청되어 오늘 몇 개의 소프트웨어 개발 회사가 동시에 프로그램 시연을 하도록 돼 있었다.

오전 내내 자료를 정리하면서 브리핑 연습을 마친 남기웅은 점심 식사 후에 바로 선교 단체에 들어가 시연에 참여했다. 시연은 오후 4시에 끝났고, 그는 거기에서 곧장 며칠 전에 프로그램 개발 요청이 들어온 태양열 발전 시공 업체로 들어가 개발에 필요한 업무 파악을 했다. 회사로 돌아온 것은 퇴근 시간이 지난 7시였다. 회사에서 다시 30분 정도 팀장 회의가 있었고, 퇴근 후 팀원 몇 명과 생맥줏집으로 몰려간 것은 8시가 다 되어서였다.

술자리의 첫 화제는 오늘 시연을 마친 프로그램 공모 결과에 대한 예상이었다. 된다, 안 될 것 같다, 저마다 열띠게 분석하다가 어느 정도 할 말이 떨어지자 화제는 슬그머니 야한 농담 쪽으로 옮겨 갔다.

사람들은 돌아가면서 한마디씩 자기가 아는 가장 야한 이야기를 꺼내 놓으며 서로 낄낄거리기 시작했다. 그러나 남기웅은 그 유쾌한 대화에 끼어들지 않고 말없이 듣기만 했다. 남기웅은 다른 생각을 하고 있었다. 아침에 만났던 남자, 야한 이야기와는 전혀 관계없는 그 남자가 걸쭉한 음담의 향연 속에서 불쑥 그의 머릿속으로 쳐들어왔던 것이다.

사실은 그의 머릿속에 줄곧 위태롭게 찰랑거리다가 한순간 주르르 흘러내렸다고 할 수 있었다. 출근길 이후 그 남자는 한시도 남기웅의 머리에서 떠나지 않았다. 애써 다시 생각하지 않으려 했을 뿐이었다. 까닭을 알 수 없는 불길한 기분, 남기웅은 그 기분을 다시 느끼고 싶지 않았다. 그래서 의도적으로 아침에 있었던 일을 기억 저 한 귀퉁이로 밀어냈었다. 그런데 야한 이야기들로 마음이 풀어진 탓일까. 구멍이 어떻고 작대기가 어떻고 하는 걸쭉한 음담 사이로 초로의 남자 얼굴이 슬그머니 고개를 쳐들었다.

일단 남자가 떠오르자 그의 생각은 두서없이 겹치기 시작했다. 누구지? 무슨 일이지? 온갖 상상이 떠오르면서 마음이 영 안정되지 않았다. 남자를 만나야만 풀릴 일이었다. 남기웅은 결국 동료들에게 집에 일이 있다는 핑계를 대고 먼저 술집을 나섰다.

자동 운전이 가장 유익할 때는 술을 마셨을 경우이다. 자동 운전 장치가 보편화되면서 사라진 것 두 가지가 음주 단속과 대리 운전이었다.

「오피스텔.」

남기웅은 차의 운행을 자동 운전으로 맞추어 놓고 목적지를 불러 주었다. 너무 취해 혀가 잘 돌아가지 않는 경우에는 자동 응답 장치가 두세 번씩 목소리 재입력을 요구해 오기도 하지만 남기웅의 이때 상태는 물론 그 정도는 아니었다. 자동차는 그의 목소리를 듣자마자 즉시 움직이기 시작했다. 그리고 구간별 최대 속도를 지키면서 시외곽의 33층 오피스텔을 향해 달렸다.

시트를 뒤로 젖히고 눈을 감은 채 남기웅은 남자에 대해 찬찬히 생각해 보았다. 남자의 어떤 점이 그에게 불길한 기분을 느끼게 했는지 스스로도 그 이유를 잘 알 수 없었던 것이다. 불쑥 나타났다는 것 말고는 남자에게 특별히 이상한 점은 없었다. 옷차림도 단정했고 말투도 그만하면 정중했다. 적어도 외면적으로는 위협을 느낄 만한 인상이 아니었다. 오히려 남자에게는 어딘지 모르게 학자풍의 진중한 분위기가 느껴졌다. 아침에는 남자가 시종 조바심 어린 태도를 보이는 바람에 잘 느낄 수 없었는데, 하나하나 차분히 되새겨 볼수록 확실히 남자의 전체 분위기는 교양 있으면서 진중했다.

'그럼 뭐지?'

그렇게 반문하면서 가볍게 한숨을 쉬다가 남기웅은 그 이유를 갑자기 알아차렸다.

간절함이었다. 조바심 밑바닥에 깔려 있던, 조바심과는 또 다른 어떤 간절함, 그의 감정을 자극한 것은 바로 그것이었다. 분명 그것 때문이라고 그는 생각했다. 남자의 간절함을 떠올리는 지금 그가 또다시 불길한 기분에 사로잡혀 가는 것이 그 증거였다. 간절함이 왜 불길한 기분으로 연결되는지는 알 수 없었다. 어쨌거나 이쯤에서 그는 일단 생각을 그쳤다.

남기웅이 오피스텔 지하 주차장에 도착한 것은 10시가 거의 다 되어서였다. 시간을 정하지 않았으므로 남자는 초저녁에 이미 그의 빈 집에 다녀갔을 수도 있었다. 생각이 거기에 미치자 남기웅은 맥이 풀렸다. 조급해하던 남자의 태도로 보아 내일이라도 당장 다시 찾아올 것 같기는 했으나 불안한 궁금증을 하루 더 끌고 가야 한다는 것이 내키지 않았다.

「빌어먹을……」

남기웅의 입에서 자기도 모르게 그런 말이 흘러나왔다. 남자를 향한 것인지, 공연히 머뭇거린 자기 자신을 향한 것인지 알 수 없는 모호한 짜증이었다.

차가 주차장의 첫 모퉁이를 돌았다. 아침에 남자와 부딪칠 뻔한 곳이었다. 혹시 아침에 그랬던 것처럼 남자가 갑자기 나타나지나 않을까 기대했지만 입구에는 아무도 보이지 않았다. 남기웅은 조금이라도 빨리 오피스텔로 올라가기 위해 엘리베이터 가까운 곳까지 차를 몰았다. 운 좋게도 엘리베이터로 빠지는 통로 근처에 빈자리 하나가 남아 있었다. 남기웅은 그 자리를 지나쳤다가 후진으로 천천히 차를 집어넣기 시작했다.

그때 백미러에 누군가가 비쳤다. 방금 지나칠 땐 못 보았던 사람이었다. 남기웅은 그 남자일 것이라고 직감했다. 언제 왔는지는 몰라도 잠복이라도 하듯 내내 거기에서 자기를 기다렸다고 생각하니 그 끈질긴 마음이 그를 새삼 긴장시켰다.

「늦었군요.」

남기웅이 차에서 내리자 남자가 반색을 하며 다가왔다.

「회식이 있어서…… 많이 기다리셨나요?」

「오셨으니 됐습니다.」

「올라갈까요, 아니면 밖에서?」

「괜찮다면 집이 좋겠네요.」

남기웅은 엘리베이터 쪽으로 앞서 걸었다. 남자는 미행자가 있나 살피기라도 하듯 힐끗 주변을 둘러보고는 빠르게 그의 뒤로 붙었다. 아침에 만났을 때처럼 심하게 허둥거리지는 않았으나 불안정해 보이는 눈빛은 여전했다. 음모. 남기웅의 머릿속에 공연히 그런 단어가 떠올랐다.

엘리베이터에 오른 두 사람은 나란히 선 채 말없이 정면만 바라보았다.

'엘리베이터 안에서는 침묵하게 된다. 그리고 그 침묵 때문에 어색해진다. 왜 그럴까?'

19층까지 올라가는 동안 남기웅은 그런 생각을 했다. 갇혀 있다는 느낌 때문이었을 것이다. 사각의 좁은 틀 안에 갇힌 채 숫자 표시등을 바라보는 것 말고는 아무것도 할 일이 없게 되는 순간, 사람들은 무슨 말이라도 나누어야 될 것 같은 까닭 없는 의무감에 사로잡힌다. 그런데 한시적인 그 짧은 시간에 맞는 적당한 이야깃감이 없다. 결국 엘리베이터가 빨리 도착해 주기만 기다리며 숫자 표시등이나 올려다보게 되는데, 엘리베이터란 늘 욕망보다 느리게 마련이어서 그 지루한 틈새로 어색함이 침투하게 된다. 스멀스멀, 작고 징그러운 벌레처럼.

그런 생각을 하는 동안 남기웅은 엘리베이터 안에 정말 눈에 보이지 않는 작은 벌레가 가득 차 있는 것 같은 느낌을 받았다. 그래서 공연히 몸을 한번 움찔했다. 그러고는 슬며시 옆에 있는 남자를 훔쳐보았다. 남자는 입을 꽉 다문 채 숫자 표시등만 올려다보고 있었다. 입술에 얼마나 힘이 들어가 있는지 흡사 눈빛의 염력으로 숫자를 조정하고 있는 것만 같았다. '식사는 하셨습니까?' 그런 엉성한 말이라도 하려고 남기웅이 입을 열려는 순간 딩동, 엘리베이터가 19층에 도착했음을 알렸다.

오피스텔 현관 앞에서 남자는 또 한 번 주변을 유심히 살펴보았다. 남기웅은 이번에도 모른 체했다. 집 안까지 둘러보는 것 아닌가 했으나 남자는 일단 집 안에 들어서자 평범한 손님의 모습이었다. 남기웅은 양복을 입은 채로 커피 두 잔을 끓여 소파를 사이에 두고 남자와 마주앉았다.

「설탕 필요하면 넣으세요.」

남기웅은 천천히 자기 잔의 커피 한 모금을 마셨다. 그는 남자에게 여유 있는 모습을 보여야 한다고 생각했다. 어쩐지 그래야 할 것 같았다.

조급해하던 태도와 달리 남자는 한동안 아무 말도 하지 않았다. 어디서부터 시작할까 말을 고르고 있는 듯한 표정이었다. 결국 남기웅이 먼저 물어야 했다.

「저를 어떻게 아세요?」

남자는 커피 잔을 내려놓고 비로소 남기웅을 똑바로 쳐다보았다.

「얘기하자면 깁니다. 어떤 식으로 말씀드려야 제 말을 믿을지 몰라서⋯⋯.」

「들어 보면 알겠지요.」

「아마 황당하게 들릴지 모릅니다. 하지만 제 말을 믿어야 합니다.」

「허, 제 어머니가 생모가 아니라는 얘기라도 하러 온 것 같네요.」

「그 비슷한 얘깁니다.」

「네?」

4

　토요일 오후, 남기웅은 거실 소파에 길게 누워 텔레비전을 보고 있었다. 햇볕이 알맞게 따스한 데다가 조금 전에 아침 겸 점심으로 늦은 식사를 하고 난 다음이어서 온몸이 나른했다.

　텔레비전에서는 오케스트라 연주회가 실황 방송되고 있었다. 남기웅은 평소 그런 방송을 즐겨 듣는 편이 아니었으나 지금은 딱히 어떤 프로그램에 집중하고 싶지 않아 자장가처럼 듣고 있었다. 연주는 한창 현악기의 빠른 고음이 이어지고 있었고, 남기웅의 눈꺼풀은 벌써 여러 차례나 스르르 내려갔다가 올라오기를 반복했다.

　뻐꾹뻐꾹.

　어느 순간 남기웅은 바이올린 연주 사이로 뻐꾸기 울음소리를 들었다. 뻐꾸기 울음은 이 집의 초인종 소리였다. 남기웅은 정말로 들은 건지 확실하지 않아 눈을 치켜뜨면서 귀를 모았다. 수시로 듣다 보면 초인종 소리도 가끔 환청이 된다. 욕실에서 샤워를 할 때나 전화 통화를 하고 있을 때, 아무도 찾아온 사람이 없는데도 그의 귀에는 가끔 '뻐꾹!' 하는 소리가 들려오고는 했다.

남기웅은 리모컨을 들어 '현관'이라 쓰인 버튼을 눌렀다. 리모컨은 텔레비전을 비롯해 원격 조종이 필요한 실내의 모든 전자 제품과 연결되어 있었다. 리모컨 상단의 액정 화면이 밝아지면서 현관 밖 복도가 나타났다. 잘못 들은 건 아닌가 보았다. 리모컨 화면 안에 검은색 잠바를 입은 웬 남자가 서 있는 게 보였다.

남기웅은 리모컨 하단의 마이크에 입을 갖다 댔다.

「누구세요?」

「경찰입니다. 남기웅 씨 댁 맞지요?」

남기웅은 소파에서 벌떡 일어났다.

「제가 남기웅인데, 무슨 일이죠?」

다시 마이크에 대고 묻자 화면 속의 경찰이 얼굴을 조금 앞으로 숙이며 대답했다.

「확인할 게 하나 있어서요. 문 좀 열어 주시겠습니까?」

「잠깐만 기다리세요.」

리모컨으로 열 수도 있었지만 남기웅은 일어나 현관까지 걸어가 직접 문을 열었다. 남자는 화면으로 본 것보다는 키가 작았다. '실물 비율이 왜곡되지 않는 완벽한 영상을 원하십니까?' 그는 얼마 전에 보았던 최신형 핸드폰의 광고 카피를 불쑥 떠올렸다.

「남기웅 씬가요?」

문이 열리자마자 경찰이 물었다.

「네, 무슨 확인을······.」

「이 사람 아십니까?」

경찰이 품에서 사진 한 장을 꺼냈다.

어디에서 오려 낸 듯 오른쪽 어깨에 남의 팔 하나가 어깨동무로 걸려 있는 한 남자의 사진이었다. 빨간색 등산 모자를 쓰고 있는 40대 남자, 남기웅은 그 얼굴을 한눈에 알아보았다. 자기가 보았던 실물보다는 많이 젊게 나온 사진이었지만.

「본 적은 있는데, 무슨 일로······?」

「가까운 사이인가요?」

「아니요, 며칠 전에 딱 한 번 만났을 뿐입니다.」

「한 번밖에 안 본 사이라구요?」

「네. 대체 무슨 일입니까?」

「아, 다른 게 아니라 이 사람이 어제 교통사고로 사망했습니다.」

「네?」

「그런데 시신을 인도할 만한 연고자가 하나도 없어요. 그래서 무연고 사망 처리를 할까 하다가 혹시 몰라서 이분 수첩에 적혀 있는 사람들을 찾아보는 중입니다. 수첩 중간에 선생의 이름과 주소가 적혀 있더군요.」

남기웅은 멍청히 서 있었다. 경찰이 다시 물었다.

「남기웅 씨와 특별한 관계가 아니라면 혹시 다른 연고자 아시는 분은 있습니까?」

「아니요, 전혀.」

「그렇군요…… 근데 이 사람은 무슨 일로 만났던 거죠?」

「제가 만난 건 아니고 먼저 찾아왔는데, 좀 이상한 사람이었어요.」

「어떤 점이요?」

「음…… 그냥 그랬어요. 그거야 뭐 중요한 거 아니잖아요.」

아무 상관 없는 남자에 대해 길게 이야기하고 싶지 않아 남기웅은 대충 말을 접었다. 그러나 경찰은 호기심이 가는 모양이었다.

「얘기해 보세요. 연고자 찾는 데 참고가 될지도 모르니까.」

「참고는 안 될걸요. 황당한 얘기였어요. 자기네 연구소에서 복제 인간을 만들었는데…… 그 복제 인간이…… 아무튼 말도 안 되는 이야기라 자세히 안 들었어요.」

「역시 그랬군요. 맛이 좀 간 사람이었거든요.」

「제 생각에도 그런 거 같았습니다.」

「벌써 몇 년째 입원 중이었지요. 레퍼토리도 항상 복제 인간이 어 쩌구 하는 그런 이야기였던 모양입니다.」

「네…….」

「그런데 말이지요, 그 사람이 왜 선생을 찾아왔을까요? 전에 만난 적 있는 거 아니에요?」

「처음이에요.」

「그렇다면 그 사람에 대해선 전혀 모르는 거군요?」

「그렇지요. 도움이 못 돼서 미안합니다.」

「아닙니다. 시간 내주셔서 고맙습니다.」

경찰이 돌아간 다음 남기웅은 한동안 아무 생각 없이 앉아 있었다. 그러다가 자기 손에 남자의 사진이 들려 있는 것을 발견했다. 그는 반사적으로 벌떡 일어났다가 다시 앉았다.

'필요하면 다시 오겠지…….'

남기웅은 구겨지지 않도록 사진을 탁자에 내려놓았다. 그러고는 새삼스레 남자의 얼굴을 찬찬히 들여다보았다. 전혀 모르는 사람이지만 바로 며칠 전에 이야기를 나눈 사람이 죽었다니 기분이 좀 묘하기는 했다.

사진 속에서 남자는 환히 웃고 있었다. 아마 10여 년 전쯤에 찍은 사진 같았다. 아직 정신이 이상해지기 전의 행복한 어느 날 한때였을 것이다. 어깨에 팔을 걸친 사람은 누구일까? 팔만 보아서는 남자인지 여자인지 구분이 되지 않았다. 아내? 자식? 친구? 아무튼 매우 가까운 사이였을 것으로 짐작되었다. '그런데 그 사람들은 다 어디 가고 시신 거두어 줄 사람 하나 없을까. 정신이 이상해지자 하나둘 떠난 걸까. 진짜 가까운 사이라면 오히려 그럴 때 곁에 있어 줘야 되는 건데…….' 그는 이런 생각들을 했다.

남자의 간절해하던 표정이 사진에 겹치면서 남기웅은 슬그머니 미안한 기분이 들었다. 생전 마지막 대화 상대였을지 모를 자기마저 남자를 박대했다는 것이, 그땐 그럴 수밖에 없었다고 생각되면서도 다소 후회되는 것이었다.

그런 상념에 빠져 있다가 남기웅은 슬며시 무언가 약간 이상하다는 생각이 들었다. 경찰의 말에 의하면 남자는 시신을 인수할 만한 연고자가 하나도 없는 사람이다. 그런데 경찰은 또 말하기를 남자가 정신 병원에 입원해 있었다고 했다.

연고자도 없다면서 경찰은 남자가 정신 이상자이고 또 오래도록 입원해 있었다는 것을 누구에게 들었을까? 신원 조회를 통해 최종 주소지가 정신 병원이었음을 확인한 것일까? 만약 그렇다면 남자를 병원에 입원시킨 사람도 찾아낼 수 있지 않았을까?

여기까지 생각하던 남기웅은 죽은 남자가 자기에게 명함을 남기고 갔던 것을 문득 기억해 냈다. 그러니까 남자가 복제 인간에 대한 이야기를 대강 마친 다음이었다. 남기웅이 어처구니없어하는 표정을 보이자 남자는 조금 쭈뼛거린다 싶은 동작으로 지갑에서 명함 한 장을 꺼냈다. 자신이 신뢰할 만한 사람이라는 걸 보여 주고 싶었을 것이다. 하지만 남자의 말이 어디 그깟 명함 한 장으로 믿어 줄 만한 말이던가. 당시에 남기웅은 남자가 건넨 명함을 거들떠보지도 않았었다.

'어디에다 뒀더라?'

남기웅은 일어나 명함을 찾기 시작했다. 일부러 보관해 두진 않았으나 딱히 버린 기억도 없었다. 찾아보면 어딘가에 있을 것 같았다. 탁자 아래, 소파 밑, 침대 머리맡, 찬찬히 찾아보았으나 보이지 않았다. 남기웅은 별 기대 없이 욕실로 들어가 보았다. 명함은 거기에 있었다. 세면대 옆 면도기 놓아두는 통에 짙은 녹색의 명함이 약간 젖은 채 꽂혀 있었다.

'세일제약 신약개발연구소'

명함에 적힌 회사 이름이었다. 남자의 직책은 연구원이었고, 이름은 '문영길'이었다. 명함을 보고 나자 남기웅은 새삼 의아했다.

'경찰은 지갑에 들어 있는 명함도 보지 못했나?'

아니, 경찰은 당연히 시신의 소지품을 뒤졌을 것이고, 명함을 발견했을 것이고, 연구소에 확인도 했을 것이다. 그러고 나서 명함이 가짜라는 걸 알았을 것이다. 그래, 그게 합리적인 생각 같았다. 남자는 정신 이상자, 그것도 겉으로는 아주 멀쩡한 소위 곱게 미친 사람 아니던가.

그런 생각이 들면서도 남기웅은 명함을 쉽게 무시할 수 없었다. 번듯하게 인쇄된 활자의 힘 때문이었는지 모른다. 남기웅은 소파로 돌아가 전화기를 들었다. 그러고는 명함에 적인 연구소 전화번호를 눌렀다.

'휴일이라 안 받을지도 모른다…… 아니, 명함 자체가 가짜일 테니까 연구소 따위도…… 아니야, 명함만 가짜일 뿐 연구소는 실제 있는 것일 수도…….'

그가 이렇듯 생각의 갈피를 오가고 있을 때 수화기에서 여자 목소리가 들렸다. 자동 응답 장치에서 흘러나오는 소리였다. 연구소를 방문해 주셔서 고맙다, 죄송하지만 오늘은 휴일이라 통화가 안 된다, 여자의 상냥한 목소리는 그렇게 말하고 있었다.

'연구소는 가짜가 아닌가 보다. 그렇다면…….'

남기웅은 연구소 전화번호 아래에 있는 핸드폰 전화번호를 눌렀다. 죽은 사람의 핸드폰에 전화하고 있다는 것에 기분이 다시 묘해졌다. 경찰서 증거물 보관소의 어느 서랍 속에서 갑자기 울리는 어둠 속의 벨소리, 스릴러 영화의 한 장면 같은 영상이 희뜩 그의 머리를 스쳤다. 말하자면 그는 누군가 이 전화를 받을 것이라곤 전혀 기대하지 않고 있었다.

그런데 뜻밖에도 전화를 받는 사람이 있었다.

「여보세요.」

이번에도 젊은 여자 목소리였다. 그러나 이번에는 자동 응답 장치가 아니었다. 남기웅은 긴장했다. 갑자기 할 말이 하나도 생각나지 않았다. 하기야 전화 걸기 전에도 특별히 할 말은 준비되어 있지 않았다. 그는 단지 확인을 위해, 무엇을 확인할 것인지도 사실 모호하지만, 번호가 있기에 누른 것뿐이었다.

「여보세요?」

저쪽에서 거듭 상대를 부르고 있었다. 그 소리가 세 번인가 네 번 반복되어 전화가 끊어지려는 순간 남기웅이 황급히 물었다.

「문영길 씨 핸드폰인가요?」

이 전화 끊어지면 다시는 전화를 받지 않을 거라는 예감에 불쑥 나온 말이었다.

순간 저쪽에서 멈칫하는 기색이 느껴졌다. 잠시 침묵이 흐른 후 훨씬 조심스러운 목소리로 여자가 되물어 왔다.

「누구세요?」

「문영길 씨 핸드폰 맞나요?」

「그런데요, 실례지만…….」

「지금 계신가요?」

「어디신데요?」

「후배입니다. 오래 못 뵈었는데 우연히 전화번호를 알게 돼서.」

「네, 그러세요……?」

남기웅의 말에 여자 목소리가 갑자기 울먹이는 소리로 바뀌었다.

「아버지…… 돌아가셨어요.」

「아버지라구요?」

「네, 제가 큰딸입니다.」

「…….」

「어제 돌아가셨어요. 지금 영안실인데, 아버지 핸드폰이 울리기에…….」

여자는 말을 잇지 못하고 울음을 터뜨렸다. 남기웅은 여자의 울음이 가라앉을 때까지 기다렸다가 영안실 위치를 물어보았다. 여자가 알려 준 곳은 남기웅도 언젠가 가 본 적이 있는 서울 시내 외곽의 전문 장례식장이었다.

5

　남기웅은 통화가 끝난 후 바로 집을 나섰다. 장례식장까지 가면서 그는 아무 생각도 하지 않았다. 하지 않으려 했다. 머리가 혼란스러운데도 수동으로 운전대를 잡은 건 그 때문이었다. 잡념은 없애려 들수록 무성해진다. 잡초처럼 아무 데서나 올라오는 무성한 잡념에 휩쓸리지 않으려 그는 운전에만 신경을 모았다. 그러나 그 무심한 집중 속으로도 불길한 상상이 바람처럼 스쳐 가는 건 어쩔 수 없었다.

　문영길이라는 사람, 어느 제약 회사의 연구원이라고 자신을 소개한 그 남자가 남기웅에게 들려준 이야기는 황당했다. 처음에 그는 남자의 말을 하나도 믿지 않았다. 어느 누가 그런 말을 사실이라고 받아들일 것인가.

　「복제 인간이라는 말 들어 봤습니까?」

　남자의 말은 그렇게 시작되었다.

　들어 본 적 있다고 남기웅은 대답했다.

'돌리'라는 귀여운 이름의 복제 양이 탄생된 게 벌써 20여 년 전의 일이다. 그 후 30억 개나 된다는 인간의 유전자 염기 서열을 완전히 해석하려는 게놈 프로젝트도 순조롭게 진행돼 지금은 유전자 치료로 정신 분열증을 완치하고, 모든 암을 백 프로 가까이 예방하는 단계에 와 있다. 인간의 복제는 여전히 법으로 금지되어 있지만 항간에서는 인간 복제 기술이 이미 완성되었다는 소문도 심심찮게 들린다. 남기웅도 그 정도는 알고 있었다.

인간을 복제하는 게 가능하다고 생각하느냐고 남자는 두 번째로 물었다. 그거야 그가 어떻게 알겠는가. 남기웅은 잘 모르겠다고 말했다. 그러자 남자는 가능한 일이라고 스스로 대답했다. 그러고는 인간을 복제하는 기술에 대해 설명하기 시작했다. 개체 복제니 체세포니 배아니 하는, 신문 기사 같은 데서 가끔 보았지만 그 정확한 뜻은 잘 모르는 용어들이 한참 계속되었다.

처음엔 호기심으로 들었지만 얼마 후 남기웅은 자신이 왜 이런 이야기를 듣고 있어야 하는지 의아했다. 무언가를 팔러 온 사람이라기에는 지나치게 진지했고, 자신에게 호의를 갖고 중요한 사실을 알려 주려고 온 사람이라기에는 지나치게 수상쩍었다.

「대체 용건이 뭡니까?」

남기웅이 남자의 말을 자르며 다소 짜증스럽게 물은 건 그 때문이었다. 그러자 남자는 잠시 입을 닫았고, 묘하게 긴장된 잠깐 동안의 침묵이 지나간 후에 그 황당한 말을 꺼냈다.

자기네 연구소에서 최근에 복제 인간을 탄생시켰다고 했다. 일란

성 쌍둥이처럼 유전자 구조만 같은 아기를 출산시킨 게 아니라 일반 성인의 몸과 정신 전부를 백 프로 완벽히 복제했다고 했다. 체형은 물론 감정과 기억까지 똑같은 완벽한 동일인이 국화빵처럼 뚝딱 새로 만들어졌다는 이야기였다. 믿기 어려웠지만, 따지고 보면 못 믿을 것도 없었다. 그런가 보다, 마침내 그 정도까지 되었나 보다, 남기웅은 그렇게만 생각했다. 그런데 이어지던 남자의 말.

「믿기 힘들겠지만, 남 선생이 바로 그 복제 인간입니다.」

믿기 힘든 게 아니라 아예 믿을 생각도 하지 않았다. 남기웅은 웃으면서 남자를 돌려보냈다. 그가 남자에게 함부로 대하지 않고 끝까지 정중했던 건(물론 차갑게는 대했지만) 남자의 태도가 시종 점잖고 공손했기 때문이다. 거기다가 진실성 여부를 떠나 남자의 언변이 시종 조리 정연했다.

남자를 내보내고 난 한참 후에야 남기웅은 미친 사람이란 원래 정상인보다 조리 있게 말한다는 것에 생각이 미쳤다.

정상인은 오히려 완벽하게 조리를 갖춰 말할 수 없다. 자기 생각에 딱 맞는 단어와 문장은 존재하지 않는 법이므로, 생각과 말 사이의 간격을 메우느라 언제나 약간은 허술한 곳이 생기게 마련이다. 무언가를 절실하게 표현하고 싶은 때일수록 더 그렇다. 그러나 미친 사람은 허점이 없다. 관념과 문장이 머릿속에서 한꺼번에 만들어져 그것을 단지 밖으로 꺼내 놓을 뿐이므로, 의도와 관념과 문장 사이에 조금도 어긋남이 없다. 미친 사람은 그리하여 정상인보다 정교하게 말할 줄 안다.

그런 생각을 하면서 남기웅은 홀가분해졌다. 그러나 홀가분해졌다는 그 점, 미친 사람의 일반적인 사고 작용까지 꼼꼼히 따져 보고 난 후에야 그가 홀가분해졌다는 것은 남자의 그 황당한 말이 황당하지만은 않은 채로 그의 마음에 걸려 있었다는 이야기다. 그날 밤 그가 침대에 누워서까지 남자의 말을 되새겨 본 것도 분명 그 때문이었을 것이다.

남자의 말은 허황했지만, 적어도 복제 인간이라는 말이 불러일으키던 서늘한 영상만은 잠자리에 들어서까지 쉽게 사라지지 않았다.

머리카락 개수까지 똑같은 두 사람이 있다. 기억과 감정까지 똑같다면 원본이니 복제본이니 하는 구분도 의미가 없다. 그러나 한 사람은 분명 슈퍼마켓에서 산 과자나 똑같은 존재다. 법이나 윤리적인 문제 말고도 수없이 많은 어처구니없는 일들이 생겨날 것 같은데, 그때 당장은 아무 생각도 할 수 없었다. 다만 무언가 오싹했다. 그것은 마치 식인 상어의 이빨에 자기 하반신이 물려 있는 것을 두 눈을 뜨고 내려다보고 있는 것 같은, 자기 육신이 한 입 한 입 먹히고 있는 광경을 두 눈만 살아 멀뚱히 내려다보고 있는 것과도 같은 경악스러운 감정이었다. 그렇듯 그때, 남기웅은 두서없이 떠오르는 서늘한 영상들로 자꾸 몸이 오싹했었다.

그리고 결국 예감처럼 그 무서운 꿈을 꾼다.

그는 커다란 방에 혼자 서 있었다. 온통 흰색인 방, 벽에는 아무 장식도 없고 창문 하나도 없었다. 드나드는 문도 없었다. 어떻게 이 방에 들어왔을까, 그런 생각조차 없이 혼자 가만히 서 있었다. 그러다가 벽 한가운데에 거울이 있는 것을 보게 되었다. 무심코 그리로 걸어갔다. 거울을 보았다. 그런데 아무것도 안 보였다. 거울 속은 텅 비어 있었다. 거울 바로 앞에 서 있는 자기 몸은 안 보이고 자기 주변 사각의 흰 벽들만 덩그마니 거울을 채우고 있었다. 그는 황급히 자기 몸을 내려다보고, 다시 거울을 보았다. 역시 텅 비어 있는 거울 속. 순간 오싹했다. 나는 어디에 있지?

토요일 늦은 오후의 거리는 막 구워 낸 빵처럼 엷게 달아올라 있었다. 생각보다 차량이 많지 않았고, 해는 서녘으로 반쯤 넘어가면서 차창 정면으로 따가운 햇발을 일직선으로 쏟아 부었다. 그 강렬한 열기가 주변 사물을 들떠 보이게 만들어 빠르게 달려가는 차량들에서도 전혀 속도감이 느껴지지 않았다. 한가로우면서도 어딘가 비밀스러운 장소에 사람들이 모여 숨어 있을 것만 같은 느낌이 드는 이상하게 적요한 오후였다.

장례식장에 도착했을 때 남기웅의 의식은 약간 몽롱했다. 그것은 바둑에 몰입하다 밥상을 대했을 때 반찬 그릇의 배열에서 행마를 읽어 내는 것과도 같은, 말하자면 무엇에 과도하게 집중하느라 지각 기능이 전부 그것에 맞춰져 있어 발생하는 인식 작용의 가벼운 마비 상태였다. 장례식장 마당에서 서성이는 행인들, 화단 앞에 드문드문 서 있는 나무들, 길고 긴 회색 담장이 모두 그에게는 자칫하면 접촉 사고가 날지도 모를 무질서하고 복잡한 차량 행렬처럼 여겨졌다.

그는 차 안에서 몇 분간 앉아 있었다. 차츰 마음이 안정되었다. 눈앞의 사물들이 바둑돌도 차량 행렬도 아닌 현실의 사물과 공간 그대로 인식되었다. 그는 차에서 나와 옷매무새를 가다듬고는 장례식장 현관으로 향했다.

장례식장 건물은 최대한 엄숙한 분위기를 내려는 의도가 역력히 느껴질 만큼 건물 전체가 장중한 위압감으로 가득 차 있었다. 현관 양쪽을 받치고 있는 갈색의 원형 기둥은 중세의 어느 성당에 있으면 어울리겠다 싶게 지름이 족히 1미터는 될 만큼 거대했다. 전에 한 번 왔을 때는 별생각 없이 지나쳤으나 이날은 그 거대한 기둥이 다소 흉물스럽게 느껴져 남기웅은 그 원형 기둥 사이를 빠르게 지나쳐 실내로 들어섰다.

식장 벽에 붙어 있는 게시판에는 다섯 개의 영안실이 사용 중인 것으로 나왔다. 문영길이라는 이름이 적힌 영안실은 2층에 있는 특실이었다. 남기웅은 2층으로 올라가기 전에 게시판 옆의 대형 벽거울에 자기 모습을 비춰 보았다. 급히 걸치고 나온 양복 차림에 큰 흠은 없었으나 자주색 넥타이가 조금 마음에 걸렸다. 그는 넥타이를 풀어 상의 주머니에 구겨 넣었다.

문영길의 영안실에서 남기웅이 가장 먼저 발견한 것은 제단 앞에 세워져 있는 큰 화환이었다. 아니, 그 화환 아래에 매달려 있는 '세일제약 신약개발연구소'라는 이름이었다. 그것을 보는 순간 그의 심장은 강하게 쿵닥거리기 시작했다. 그는 주변 눈치를 살피며 잠깐 호흡을 가다듬었다. 그러고는 숙연한 표정을 지으면서 신발을 벗고 제단으로 올라갔다.

남기웅이 영정 앞에 재배하고 나자 문영길의 아들인 듯싶은 젊은 상주가 한 걸음 앞으로 나와 그의 맞절을 받았다. 다행히 상주는 그에게 아무것도 묻지 않았다. 하기야 상주는 대답하는 위치이지 묻는 위치는 아니다.

　제단에서 내려오자 근처의 다른 젊은 남자가 그에게 식권 한 장을 건네며 음식이 차려져 있는 장소를 일러 주었다. 음식을 먹을 생각은 전혀 없었지만 그는 일단 남자가 일러 준 장소로 갔다. 오른쪽으로 복도를 꺾어 맨 끝에 있는 구내식당이었다.

　남기웅이 식당으로 들어서는데 소복을 입은 젊은 여자가 쟁반을 들고 그의 앞을 스쳐 지나갔다. 남기웅은 직감적으로 그 여자가 아까 핸드폰을 받은 여자라는 걸 알 수 있었다. 남기웅은 여자의 뒷모습을 바라보면서 근처의 빈자리 하나를 골라 앉았다.

　잠시 후 아까 본 젊은 여자가 그에게 다가왔다.

「식사 드릴까요?」

「음료수나 있으면 한잔 주시겠어요.」

「사이다 괜찮으세요?」

「네.」

　여자가 돌아선 후에 남기웅은 실내를 찬찬히 살펴보았다. 그러다가 아는 얼굴을 발견하고는 급히 고개를 숙였다. 왼쪽으로 두세 탁자 건너에 그의 집으로 찾아왔던 경찰이 앉아 있었다.

　'내가 왜 피하지?'

　범죄자처럼 얼른 얼굴을 가린 자기 행동이 스스로도 이해되지 않았지만 남기웅은 고개를 들지 않았다. 어쩐지 남자와 마주쳐서는 안 될 것 같은 생각이 드는 것이었다.

「술은 필요 없으세요?」

젊은 여자가 사이다를 내려놓으며 물었다.

「네, 됐습니다.」

여자가 돌아섰다.

「잠깐만요!」

남기웅이 돌아서는 여자를 불렀다.

「네?」

「식권 안 받으세요?」

「카운터에 주고 가세요.」

여자가 다시 돌아섰다.

「저기요!」

남기웅이 다시 여자를 불렀다.

「필요한 거 있으세요?」

불러 놓고도 아무 말이 없자 여자가 먼저 다소곳이 물었다. 귀찮아하는 기색은 없었지만 여자는 몹시 피로해 보였다.

「문 선배님 따님 맞지요?」

「혹시 아까 아버지 핸드폰으로……?」

「네, 뜻밖의 소식이어서 바로 달려왔습니다. 대체 어떻게 된 거지요?」

「교통사고로…… 어젯밤 퇴근하시다가 그만…….」

전화로 통화할 때처럼 여자는 금방 목이 메었다. 다른 상황이었다면 남들이 수없이 물었을 구태의연한 질문으로 여자를 피곤하게 하지 않았을 것이지만 지금 남기웅의 사정은 그렇지 못했다.

「수동 운전을 하셨나 보지요?」

「아니요, 아버지는 출퇴근할 땐 자동차를 안 타세요. 회사가 그리 멀지 않고, 또 운전을 싫어하셔서요. 늦은 시간에 자전거 타고 다니는 걸 그러잖아도 늘 걱정했는데…….」

「요즘 연구소에는 정상적으로 출근하셨나요?」

「정상적이라니, 무슨……?」

「아, 건강 괜찮으셨나 해서요. 조심성 많은 분이 갑자기 사고를 당하셨다니.」

「근래 부쩍 피곤해하시긴 했어요. 연구소 일이 잘 안 되는지 고민도 많이 하시는 것 같았어요.」

「네…….」

「그럼 드세요, 바빠서 이만.」

「참, 저분은 왜 여기 와 계시지요?」

남기웅은 고개를 슬쩍 틀어 왼편 탁자에 앉아 있는 경찰을 가리켰다.

「실장님 말씀하시는 거예요?」

「실장이라구요?」

「아버지가 근무하시던 부서의 실장이에요. 아시는 분인가요?」

「아, 아니요. 제가 아는 사람인가 했는데, 잘못 봤네요.」

남기웅은 자기가 착각했음을 서둘러 강조했다. 문영길의 딸은 무

표정하게 실장 쪽으로 눈길을 주었다가 곧 돌아섰다.

잠시 후 남기웅은 조용히 식당을 빠져나왔다. 남기웅은 사람이 없는 한적한 곳을 찾아 건물 뒤쪽 보일러실이 있는 곳으로 갔다. 연구소에서 보낸 화환을 보았을 때처럼 가슴에 압박감이 느껴져 그는 우선 크게 심호흡부터 했다. 상황을 정리해 봐야만 했다. 그는 여전히 아무것도 깊이 생각해 보고 싶지 않았지만, 눈앞에 벌어지고 있는 상황들은 이미 모르는 체 넘겨 버릴 수 없을 만큼 그의 신상에 가까워져 있었다.

'신상에 가까워져 있다.' 이 말이야말로 분명 남기웅의 곤혹스러운 심사에 딱 맞는 말이었다. 무언가 있다, 깊이 관여하고 싶지는 않다, 그러나 자기 신상에 관련된 것이므로 모른 체할 수 없다, 그래도 가능하면 모르고 싶다, 내게 더 이상 아무 일도 생기지만 않는다면.

그것이 남기웅의 마음이었다. 그래서 남기웅은 잠시 생각해 보았다. '이대로 조용히 집으로 돌아가면 더 이상 내게 아무 일도 생기지 않을까?'

문영길은 죽었다. 다시는 찾아오지 못한다. 실장이라는 사람은 무슨 이유에서인지 모르지만 신분을 감췄다. 생각해 보니 그 사람은 자신이 어디까지 알고 있는가를 확인해 보기 위해 왔었던 것 같다. 그러니 자신이 아무것도 모르는 한, 적어도 모르는 척하는 한 그 사람은 다시 찾아오지 않을 것 같다. 그리고 사실 자신이 알고 있는 것은 아무것도 없다.

'그렇다면……?'

남기웅은 갈등했다.

'더 이상 문제 만들지 말고 집으로 돌아가자, 돌아가면 모든 게 없었던 일로 돌아간다, 어서 돌아가! 집에 가서 맥주 한잔 마시며 재미있는 영화나 한 편 때리자구.'

한 목소리는 그렇게 말하고 있었다. 그러면 다른 목소리는?

남기웅은 주머니에서 담배를 꺼냈다. 집에서 나올 때 오피스텔 구내매점에서 사온 것이었다. 오랜만에 피우는 담배였다. 회사 동료들이 하나 둘 담배를 끊기 시작하다가 부서 전체가 합동으로 금연 결의를 한 것이 3년 전이었다.

담배 연기가 체내로 들어가자 처음 담배를 배울 때처럼 대번에 머리가 몽롱해졌다. 휘청 다리도 풀리는 느낌이어서 남기웅은 그 자리에 쪼그려 앉았다. 눈을 감았다. 그러자 앞으로 고꾸라질 것만 같았다. 그래서 다시 눈을 떴다. 건물 내 어느 방에선가 외마디 신음 같은 호곡이 들려왔다. 곧 몇 사람의 울음이 그 뒤를 이었다.

남기웅은 담배를 구두 바닥으로 비벼 끄고는 천천히 몸을 일으켰다. 잠깐 앉아 있는 사이에 해가 기울어 하늘에는 겹겹이 붉은 천을 포개 놓은 것 같은 장엄한 노을이 만들어지고 있었다. 눈앞의 건물 유리창들이 자수정처럼 은은히 반짝거렸다. 남기웅은 한 손으로 담뱃갑을 만지작거리다가 이윽고 결심이 선 표정으로 담뱃갑을 주머니에 집어넣었다.

남기웅은 2층 식당에 들어서자 곧장 실장이라는 사람이 앉아 있는 곳으로 다가갔다. 단호한 결의가 걸음 어딘가에 묻어 있었던 걸까,

주변 몇 사람이 그를 힐끔거렸다. 실장은 중년의 어떤 남자와 이야기를 나누고 있었다. 남기웅은 옆 탁자의 의자를 끌어당겨 실장 옆에 앉았다. 실장이 고개를 돌려 이쪽을 바라보았다.

「당신 누굽니까?」

남기웅은 대뜸 그렇게 물었다. 실장은 깜짝 놀라는 표정이었다.

「당신 경찰 아니라면서요?」

두 번째 말도 도전적으로 나왔다. 사실 남기웅은 처음부터 그렇듯 다짜고짜 추궁할 생각은 아니었다.

'또 만나네요.' 미소라도 보이며 그렇게 은근히 접근하려던 게 처음 생각이었다. 그러나 실장의 얼굴을 정면으로 보는 순간 머릿속에 준비한 모든 절차가 다 귀찮아졌다. 아니, 순간적으로 강한 두려움이 엄습해 오는 것이어서 그는 단숨에 끝내고 싶었다.

「아⋯⋯.」

실장은 몹시 당황해했다.

「여긴 어떻게⋯⋯?」

실장이 애매하게 웃으면서 약간 더듬거리기 시작했다.

「명함을 받아 둔 게 있었지요. 근데 그분, 미친 사람은 아니었나 보던데요? 물론 알고 계시겠지만.」

실장과 대화 중이던 중년 남자가 호기심 어린 표정으로 남기웅을 바라보았다. 실장도 그 남자를 의식하고 있는 듯했다. 남기웅의 입에서 무슨 말이 더 나올까 당혹해하는 표정이 역력했다.

「잠깐 자리 좀 비켜 주시겠어요.」

실장이 앞의 남자에게 부탁했다. 남자가 일어나기 전에, 그러나 남기웅이 먼저 몸을 일으켰다.

「됐습니다, 전 가볼 데가 있어서요.」

남기웅은 곧장 일어나 밖으로 나갔다. 현관 밖에서 남기웅이 막 담배를 꺼내 들었을 때 누군가 허겁지겁 그를 뒤따라 나왔다. 보지 않아도 남기웅은 그가 누군지 알았다.

「잠깐만요!」

실장이 다급한 목소리로 그를 불렀다. 남기웅은 돌아보지 않고 담배에 불을 붙였다.

「얘기 좀 하지요.」

여유 있게 보이기 위한 듯 실장은 가볍게 웃고 있었다. 아니, 실장은 확실히 안에서보다는 여유를 되찾은 표정이었다. 옆에 다른 사람이 없기 때문이었을 것이다.

「말씀하세요.」

「사실은……..」

말은 꺼냈지만 실장은 쉽게 다음 말을 잇지 못했다. 그러나 그 순간 더 초조한 건 남기웅이었다. 어떻게 설명할까 애쓰는 듯한 실장의 얼굴을 바라보며 남기웅은 말할 수 없이 초조했다.

결국 남기웅이 먼저 입을 열었다.

「내가 복제 인간이라는 거, 무슨 말이죠?」

물어 놓고 남기웅은 스스로 당황했다. 자기 입에서 그런 말이 나오다니, 그런 황당한 이야기를 묻고 있다니……..

두 사람은 한동안 말없이 바라보기만 했다. 불편하면서 조심스러운 침묵이었다. 이별을 앞둔 연인이 서로의 심정을 누구보다 잘 알아 아무 말도 할 수 없는 것과도 같은 상태로 두 사람은 상대의 미세한 표정 변화만 조용히 바라보았다.

「잠깐만 기다리시겠어요, 전화 좀…….」

실장이 양해를 구하고 건물 뒤쪽으로 돌아갔다. 남기웅은 실장이 사라지자 비로소 바위가 가슴을 누르는 듯하던 압박감에서 벗어났다. 순간순간 차오르는 불길한 상념과 싸우느라 그는 지쳐 가고 있었다.

그가 새 담배를 꺼내 두 모금 정도 빨았을 때 실장이 돌아왔다.

「가시죠.」

「어디로요?」

「우리 연구소로요.」

남기웅은 가슴이 서늘해졌다. 그는 본능적으로 자신의 생이 지금 매우 위태로운 상황에 처해 있다는 느낌이 들었다. 이유는 알 수 없었다. 알 수 없는 그것이 이유일 것이었다. 아무튼 본능적인 그 위기감 속에서 그는 동시에, 돌연히, 이제야말로 진정 대범해질 때라는, 적어도 담담하지 않으면 안 된다는 야무진 내면의 목소리를 들었다.

남기웅은 실장의 눈을 똑바로 바라보면서 천천히 고개를 끄덕였다. 자신의 얼굴에 어떤 표정도 실려 있지 않기를 그는 바랐다. 이윽고, 실장이 주차장 쪽으로 앞서 걸었다. 남기웅은 반 발짝 뒤에서 따라갔다. 해가 완전히 넘어가 도시의 하늘은 검푸르스름한 바다색을 배경으로 잿빛 그늘이 번지기 시작하고 있었다.

6

정결한 방이었다. 그러나 어딘지 차갑다는 느낌을 주었다. 실내 장식이 거의 없는 데다 3면의 벽은 눈부실 만큼 희고, 건물 바깥으로 난 창은 한 면 전체가 커다란 무색 강화 유리로 돼 있어 시원스럽다기보다는 지나치게 노출돼 있다는 느낌을 지울 수 없었다.

넓은 실내에 가구라고는 서랍도 없이 컴퓨터만 올라앉은 단순한 철제 책상 하나와 중앙에 놓인 소파 세트뿐이었다. 소파 세트는 유리가 덮인 낮은 원형 탁자를 가운데 두고 계란을 반으로 자른 것처럼 좌석이 둥그렇게 파인 1인용 소파 다섯 개가 빙 둘러 있었다.

사무실이라기보다는 휴게실에 어울릴 만한 분위기였다. 어쩌면 정말 휴게실인지 모른다. 아니면 외부 손님을 맞이할 때만 사용하는 일종의 대기실 같은 곳인지도. 만약 그런 용도라면 이 방은 손님을 편안하게 기다리게 하기보다는 처음부터 주눅 들게 만들려는 의도로 설계되었을 것이다. 화려하거나 위압적인 장식은 전혀 없는데도 공연히 움츠러들게 만드는 낯선 차가움이 이 방에는 있었다.

　장례식장에서 함께 온 실장은 남기웅을 이 방에 들여놓고 어디론 가 가버렸다. 자기네 연구 파트의 팀장이 곧 올 것이라고 했다. 무슨 연구 파트인지, 팀장이 실장보다 높은 직급인지 실무를 담당하는 중 간 관리자인지조차 남기웅으로서는 알 길이 없었다. 이곳까지 정중 히 안내하고는 기다려 달라 했으므로 기다리고 있을 뿐이었다.

　남기웅은 담배를 피우고 싶었지만 탁자엔 재떨이 비슷한 것도 준 비되어 있지 않았다. 웬만한 곳은 금연 건물로 지정되어 있는 요즘 추세로 보면 이 건물은 당연히 전 구역이 금연 지역일 듯했다. 연구 소라는 특성 말고도 건물 안팎이 워낙 청결하여 담배 연기가 떠다닐 만한 분위기가 아니었다.

　얼마 후 문밖에서 발소리가 들렸다. 구두가 아니고 슬리퍼인 듯 바닥에 약간씩 끌리는 소리가 차츰 문께로 다가왔다. 이윽고 소리 없이 문이 열렸다. 실장을 따라 들어올 땐 미처 몰랐는데 지금 열리 는 것을 보니 자동문이었다. 어쩌면 그동안 자기는 갇혀 있었던 건 지 모르겠다고 남기웅은 문득 생각했다.

　방에 들어선 사람은 쉰 안팎으로 보이는 남자였다. 문영길보다는 젊고 실장보다는 나이 들어 보였다. 흰색 가운에 은빛 테 안경을 쓰 고 있었다. 전형적인 연구원 타입으로 보이는 그 남자가 남기웅을 향해 마치 전부터 알던 사람처럼 친근한 미소를 띠었다.

　「오래 기다리게 해서 미안합니다.」

　가까이 다가온 남자는 좀 더 환하게 웃으면서 남기웅에게 손을 내밀었다. 남기웅은 악수를 받지 않고 멀거니 올려다보기만 했다. 일부러 거절한 건 아니고 어색해서였다. 남자는 그런 것은 전혀 개의치 않는 듯 웃음 가득한 표정 그대로 그의 맞은편 자리에 앉았다.

「우리 무슨 이야기부터 하면 좋을까요?」

마치 제자의 면담 요청을 받은 지도 교사 같은 말이었다. 목소리도 그에 걸맞게 매우 부드러웠다.

남기웅은 왠지 말려들면 안 될 것 같다는 생각이 들어 다소 도전적으로 첫 마디를 꺼냈다.

「여긴 무슨 연구를 하는 뎁니까?」

「복제 인간을 연구합니다.」

남기웅은 뒤통수를 맞은 기분이었다. '복제 인간'이라는 말 자체보다도 그런 말을 그처럼 선선히, 그리고 간단히 말하는 것에 오히려 그는 얼떨떨했다. 그 한마디로 말문이 막혀 남기웅은 무엇을 더 물어야 할지 몰랐다.

남자는 여전히 상담 교사 같은 미소를 짓고 있었다. 이 남자는 누구일까? 남기웅은 가까스로 할 말 하나를 떠올렸다.

「근데 누구시죠? 여기 책임잔가요?」

「우리 팀 안에서는 책임자라 할 수 있지요.」

「문영길 씨는 여기 연구원이었죠?」

「네, 우수한 연구원이었지요.」

남자의 대답은 매번 기다렸다는 듯 시원스러웠다. 한 달에 섹스를 몇 번이나 하냐고 물으면 「네, 몇 번입니다」 하고 간단히 대답할지도 모른다는 생각이 들 정도였다.

남자가 그처럼 기자와 인터뷰하듯 툭툭 쉽게 대답해 오자 남기웅은 오히려 물을 게 없었다. 물론 정말 물어야 할 것이라면 딱 한 가지가 있었다. 그러나 어찌 그런 말을 물어볼 수 있는가. 남기웅은 조금 질려 가고 있었다.

마침내 남자가 먼저 이야기를 풀어 가기 시작했다. 제자의 고민을 들어주듯 내내 자상하던 남자의 표정이 약간 근엄하게 바뀐 뒤였다.

「남 선생이 어떤 기분인지 압니다. 궁금한 것도 많으시겠지요. 먼저 저희 연구소에 오신 걸 환영합니다. 연구소 안에서도 여긴 아무나 못 들어오는 곳이에요. 선생을 여기에 모신 이상 아무것도 감출 것이 없습니다. 우리가 바라는 건 남 선생의 마음이 편안해지는 것뿐입니다.」

'우리'라는 표현이 남기웅을 긴장시켰다. 담배 피워도 되느냐고 묻고 싶었지만 남기웅은 초조한 기색을 보이고 싶지 않아 참았다.

「이 연구소는 대외적으로 세일제약 신약개발연구소로 돼 있지만, 아 물론 신약개발 연구도 하지요. 그러나 이 연구소가 만들어진 건 전적으로 우리 팀 때문입니다. 우리는 다른 부서명 없이 그냥 팀이라고 부르고 있는데, 우리가 하는 일은 연구소의 다른 부서에서는 전혀 모릅니다. 연구원의 가족들도 모를 겁니다. 비밀 준수 서약을 받거든요. 뭐 대학 입시 문제지 만드는 것만큼은 보안이 필요한 일이라 할 수 있으니까요. 참, 제 소개부터 했어야 하는데…… 말씀드렸다시피 연구 팀장이고, 여기선 그저 강 박사라고 들 부르지요.」

「담배 피워도 됩니까?」

남기웅은 불쑥 말해 버렸다. 그러자 강 박사는 말없이 가운 주머니에서 무언가를 꺼냈다. 립스틱 모양에 크기도 딱 그만한 플라스틱 막대였는데, 겉면의 작은 버튼을 누르자 꽃망울 벌어지듯 여러 겹의 날개가 펼쳐지더니 비누갑 모양의 작은 그릇이 되었다. 휴대용 재떨이였다.

「사실 연구소 안에서는 이 방이 유일하게 담배를 피울 수 있는 곳입니다. 허가된 구역이라서가 아니라 드나드는 사람이 한정돼 있거든요. 저도 한 대 주시겠습니까?」

남기웅은 강 박사에게 담배 한 개비를 건넸다. 그리고 그의 라이터로 함께 불을 붙였다. 강 박사가 그의 담배 피우는 모습을 보면서 말했다.

「최근에 다시 피우기 시작했군요?」

「어떻게 아세요?」

「눈동자 풀리는 게 다르지요. 오래 끊었다 피우면 담배의 약리 작용이 빠르게 활성화되지요.」

빙그레 웃으면서 강 박사가 말을 이었다.

「연구 환경을 위해 연구소 전체를 금연 구역으로 지정하긴 했는데, 이 연구소 사람들은 아무도 일부러 금연하지는 않습니다. 두 가지 이유 때문이지요. 하나는 담배의 해독을 완전히 중화시킬 수 있는 약품이 개발돼 있기 때문이고, 다른 이유는 정 끊고 싶으면 언제라도 한순간에 끊을 수 있기 때문이지요. 뇌의 한 부분을 살짝 조정하는 것만으로 담배 욕구 정도는 단숨에 없애 버릴 수 있어요. 담배든 도박이든, 모든 중독은 기본적으로 뇌가 그것을 요구하기 때문에 생기는 겁니다. 그래서 금연 학교나 알코올 중독자 치료 센터 같은 데서도 그 방법을 쓰면 중독을 간단히 제거할 수 있지요. 실제로 그런 시도를 한 적이 있는데, 뇌를 수술한다는 말에 사람들이 기겁을 해서 시행되지는 못했어요. 레이저를 이용해 이, 삼 분이면 끝나기 때문에 수술이라고 할 수도 없는데, 받아들이는 사람이 없더군요. 그런데 사실 담배 끊기를 그렇게 바라면서도 사람들이 그 제안을 거부하는 이유는 수술이 두려워서만은 아닙니다. 남 선생 생각에는 왜 그런 것 같습니까?」

「……」

「진짜 이유는 사람들이 뇌를 신성하게 생각한다는 거지요. 함부로 건드려서는 안 되는 영역으로 생각하는 거지요. 생명이 위협받는 큰 병이라면 모를까, 고작 금연을 위해 뇌를 건드린다는 건 불경스러운 짓이라는 거죠. 불경까진 아니라도 뭔가 좀 비도덕적인 행위로 느끼는 겁니다. 이해는 가지만 저에겐 그런 견해가 우습게 생각됩니다. 금연이 무슨 숭고한 행위라고 꼭 순수한 자기 의지로만 극복해야 됩니까. 간단하고 편한 방법이 있다면 거기에 맡겨 버리는 게 최선 아닙니까? 뇌를 신성한 것으로 여기는 생각도 마찬가지예요. 하기야 뇌든 무엇이든, 무언가를 신성하게 여기는 의식 자체는 나쁘지 않습니다. 역사적으로도 인간은 특정한 대상을 신성

한 것으로 존중해 주는 일종의 사회적 금기를 통해 그 시대의 질
서나 가치관을 만들어 왔지요. 지구가 움직이지 않는다는 천동설
은 과학 이전에 하나의 신성한 철학 아니었습니까? 하지만 어떤
신성도 우리가 그것에 대해 잘 모를 때까지만 유지되는 겁니다.
과학적으로 지동설이 증명되는데도 여전히 천동설을 신성한 것으
로 여겨 무조건 고수하려고만 하는 건 오히려 신에 대한 예의가
아니지요. 인간의 능력으로 어찌해 볼 수 없는 건 신의 영역으로
두면서 신성하게 바라봐도 좋지만, 인간의 능력이 마침내 그것을
감당할 수 있게 되면 그땐 신성이라는 커튼을 치우고 그 안으로
도전해 들어가야 하는 겁니다. 제 생각엔 인간이 끊임없이 자기
능력을 확장시켜 나가기를 신은 바라고 계십니다. 그렇다면 신성
의 기준은 오직 하나입니다. 인간의 능력으로 가능한가 불가능한
가, 그게 신성의 기준점이지요.」

부드러운 상담 교사는 어느새 신념에 찬 과학자로 바뀌어 있었다.
주장 이전에 그건 하나의 열정이었다. 그러나 강 박사에게서 느껴지
는 강한 소신과 열정이 남기웅은 까닭 없이 두려웠다. 강 박사의 말
은 특별히 비인간적인 건 아니었으나, 어딘가 좀 인간적이지 않다고
느껴지는 게 사실이었다.

어쨌거나 남기웅은 철학 논쟁을 하러 온 것이 아니었다. 그에게는
들어야 할 이야기가 따로 있었다. 그러나 재촉할 필요는 없었다. 강
박사가 스스로 아까 하던 이야기로 되돌아가고 있었다. 표정도 금세
전처럼 부드러워졌다.

「얘기가 옆으로 샜지요? 남 선생이 궁금해하는 이야기로 바로 들어가지요. 말씀드렸다시피 우리 연구소는, 아니 우리 팀은 복제 인간을 연구합니다. 정확히 말하면 복제 인간을 만드는 일이지요. 복제 양 돌리 같은 게 아닙니다. 그건 단지 어미와 유전자 구조가 같은 새끼 양 한 마리를 출산한 것뿐이지요. 엄밀하게 따지면 복제라는 말은 기존에 있는 한 생명체와 모든 면이 똑같은 존재에게만 붙일 수 있습니다. 외형은 물론 정신상의 모든 게 똑같은 존재요. 우린 그것을 연구합니다. 그리고…… 비밀 누설이 되겠군요, 우린 이미 그것에 성공했습니다. 우리 손으로 과학사에 위대한 이정표 하나를 세운 거죠. 솔직히 세계 최초인지 아닌지는 모르겠습니다. 아시겠지만, 인간에 대한 복제는 난치병 치료를 위한 배아 복제만 허용되고 있지 완전한 개체 복제는 어느 나라나 법으로 금지돼 있거든요. 그래서 다른 기관의 실험 수준에 대해서는 대강 짐작만 할 뿐 정확한 정보는 갖고 있질 못해요. 인간 복제에 성공했다고 유일하게 공개한 곳이 라엘리언이라는 종교 단체인데, 우리 짐작엔 거기를 포함해 서너 곳 이상의 연구 기관에서 이미 인간 복제 연구가 끝났을 거라고 봅니다. 만약 그렇다면 그들은 지금 복제된 인간에게 어떤 결함이나 부작용이 없는가를 찾는 임상 실험 단계에 들어가 있을 겁니다. 그건 새로 창출된 모든 신물질이 거치는 마지막 과정인데, 우린 이미 그 단계도 거쳤습니다. 인간 복제에 완전히 성공했고, 이젠 인류를 위해 그것을 어떻게 활용할 것인지만 생각하면 됩니다. 물론 그 점은 이 연구가 시작되

여기부터 천국입니다 59

기 전부터 이미 계획되어 있었지요. 그 목표가 있어 우리 연구가 시작될 수 있었던 거니까요.」

강 박사는 거기에서 말을 그쳤다. 그러고는 그윽한 눈빛으로 남기웅을 바라보았다. '여기까지 질문 없습니까?' 그렇게 묻고 있는 것 같았다.

남기웅은 질문할 게 있었다.

「임상 실험이란 건 어떻게 하는데요?」

강 박사는 대답 대신 남기웅이 벌써 두 번째 피워 물고 있는 담배를 가리켰다.

「재가 떨어지려고 하네요.」

터는 걸 잊어버린 그의 담뱃재가 길게 휘어져 위태롭게 매달려 있었다. 남기웅은 담배를 조심스럽게 재떨이로 가져갔으나 재떨이 바로 앞에서 재가 떨어져 버렸다.

「괜찮아요.」

강 박사가 웃으면서 휴대용 재떨이를 재 가까이 대고는 버튼 하나를 눌렀다. 그 작은 용기에 초소형 모터라도 들어가 있는지 탁자에 떨어진 재가 단번에 재떨이 안으로 빨려 들어갔다.

「마술 하나 보여 드릴까요? 마술사들이 병 같은 것에다 물을 붓고는 잠시 후에 '짠' 하면서 거꾸로 들어 보이는 것 있지요? 어디로 갔는지 물이 한 방울도 안 나오는 장면 말입니다.」

강 박사는 짐짓 개구쟁이 같은 표정을 지으며 한 손으로 재떨이 윗부분을 쓰다듬는 척하더니 곧 재떨이를 거꾸로 들어 탈탈 흔들어 댔다. 예상대로 재는 하나도 쏟아지지 않았다. 강 박사가 그에게 재떨이 안을 보여 주었다. 그 안은 새것처럼 깨끗하게 비어 있었다.

「마술사들은 그 물을 어딘가에 감추지요. 우리가 눈치 채지 못하는 빠른 손놀림으로 말입니다. 하지만 과학은 그걸 정말로 사라지게 할 수 있습니다. 정확히 표현하면 물질의 특성이 다른 것으로 바뀐다는 게 맞는 말이겠지만요. 자, 새 담배는 새 재떨이에.」

강 박사가 재떨이를 남기웅 앞쪽에 내려놓았다. 남기웅은 거기에 재를 떨었다.

「임상 실험을 어떻게 하느냐고 물으셨죠?」

강 박사는 아까 하던 이야기로 돌아갔다.

남기웅은 그가 마치 준비된 대본을 연기하는 배우같이 느껴졌다. 강 박사의 태도는 모두 사전에 계획된 듯 어딘지 정밀하고도 일사불란한 데가 있었다. 이야기 중간에 우연히 끼어드는 한마디 말과 행동까지도 그렇게 보였다.

그렇다고 남기웅이 강 박사의 언행을 작위적이라고 여기는 건 아니었다. 오히려 강 박사에게는 상대로 하여금 자기 말에 조용히 귀 기울이게 만드는 솔직 담백한 투명성 같은 것이, 그리고 자기 언행의 리듬을 따라오게 만드는 은근한 흡인력 같은 것이 있었다.

「일반적인 신약 개발의 경우를 예로 들면, 우선 동물을 대상으로 기본적인 약효와 안정성을 검증하는 임상 전 단계가 있습니다. 그 다음에 실제 적용 대상인 인간을 상대로 투여하는 게 임상 실험인데, 이 단계는 보통 삼 단계로 실행됩니다. 먼저 일반인을 상대로 투여량에 따른 독성을 점검하고, 다음엔 해당 환자를 대상으로 점차 실험 대상을 늘려 가면서 두 번에 걸쳐 실질적인 약효와 부작용을 평가하게 되지요. 이 기간이 보통 오륙 년 정도 걸립니다. 하지만 그건 약의 경우이고, 복제 인간의 경우는 다르지요. 탄생된 복제 인간 자체가 실험의 끝이고 성공입니다. 다만 그에게서 복제의 영향이라 할 만한 예상치 못한 문제는 없는지 일정 기간 지켜볼 필요는 있겠는데, 그 기간을 굳이 이름 붙이면 임상 실험 과정이라 할 수 있겠지요. 그러나 우리 견해로는 복제 인간이 탄생하는 순간 모든 과정은 끝납니다. 복제 인간은 복제 전과 하나도 다름이 없습니다. 그는 신약처럼 새로 개발된 무엇이 아니라 옷을 갈아입었을 뿐인 원래 그 사람입니다. 그러니 복제 인간에겐 그 자신이나 그를 둘러싼 세상이나 한숨 자고 일어난 새 아침처럼 변함없는 오늘일 뿐이지요.」

마지막 말은 조금 시적이었다. 그 말보다 그 말을 하고 있는 강 박사의 표정이 더 그랬다. 강 박사는 자신의 비유가 스스로도 만족스러운 듯 약간 포만감이 서린 표정이었다.

그러나 남기웅의 얼굴은 반대로 얼마 전부터 급격히 핼쑥해지고 있었다. 강 박사가 말하고 있는 도중에도 그는 무엇인가를 말하고 싶어 여러 번 입술을 달싹거리곤 했다.

마침내 남기웅이 물었다.

「이런 얘기를 내가 왜 듣고 있어야 되지요?」

권태롭다는 투의 목소리였다. 남기웅의 얼굴에는 비아냥거리는 냉소마저 실려 있었다.

그러나 매번 즉각적으로 대답해 주던 강 박사가 이번에는 말이 없었다. 강 박사는 처음 들어설 때의 부드러운 눈빛으로 그를 가만히 바라보고만 있었다.

「묻잖아요, 비밀 준수 서약까지 받는다는 일급비밀을 왜 나한테 이야기해 주는 겁니까?」

남기웅의 목소리가 커졌다.

강 박사는 그제야 입을 열었다. 차분하지만 어딘지 추궁하는 느낌이 드는 목소리였다.

「남 선생! 자신이 복제 인간이라면 안 믿으시겠지요?」

남기웅은 즉시 대답했다.

「물론 안 믿지요.」

「왜 안 믿으시죠?」

「말도 안 되는 이야기니까요.」

「왜 말도 안 되는 이야긴가요?」

「그건…….」

남기웅이 머뭇거리자 강 박사가 웃으며 말했다.

「맞아요, 남 선생은 복제 인간이 아닙니다. 말도 안 되지요. 그러니 이제 마음 편히 돌아가세요. 요 며칠 있었던 이상한 일은 다 잊으시고, 돌아가서서 그냥 전처럼 사시면 돼요. 이제 편해지셨죠?.」

「…….」

「돌아가세요.」

강 박사가 자리에서 일어나면서 손을 내밀었다. 남기웅은 이번에도 악수를 받지 않았다. 이번엔 얼떨떨해서였다. 갑작스러운 상황 변화에 남기웅은 당황했다. 그는 혼란스러운 표정으로 강 박사의 얼굴만 멍하니 쳐다보았다.

「나가는 길은 아시죠?」

강 박사가 돌아섰다. 그리고 천천히 문께로 걸어갔다. 달그락달그락, 그의 슬리퍼 끌리는 소리가 고요한 실내에 조약돌처럼 튀어 올랐다. 강 박사가 출입문 1미터 앞에 이르자 자동문이 소리 없이 열렸다. 강 박사는 문밖으로 한 걸음 내디뎠다. 그전에 한순간 머뭇거리는 듯했다. 아니, 전혀 머뭇거리지 않은 것 같기도 했다. 어쨌거나 그 순간, 남기웅은 벌떡 일어났다.

「이봐요!」

자동문이 중간에서 멈췄다. 무심한 표정으로 돌아보는 강 박사에게 남기웅은 대들듯 크게 물었다.

「나를 오늘 처음 보는 거 아니죠?」

7

연구소에서 강 박사를 만나고 나온 남기웅은 머리를 텅 비운 채 오피스텔로 차를 몰았다. 그는 올라오는 생각의 싹을 모두 외면하고, 지우고, 피해 가면서 자신의 의식을 백치 상태로 몰아 갔다. 의식의 통로는 점점 좁아지다가 이윽고 한 점이 되었다. 앞선 차량과 신호등과 횡단보도 같은, 운전을 하기 위한 극히 단순한 분별력만 가동시키며 그는 텅 빈 머리로 밤의 도로를 달렸다. 의식이 운전 하나로만 단순화되자 잡념들은 머릿속에서 여름날 모기 떼처럼 끊임없이 윙윙거리기는 했으되 구체적인 관념으로는 자라지 못했다. 운전을 하는 내내 그는 그렇듯 텅 빈 상태였다.

그러나 집에 거의 다 와 어둠 속에 높이 서 있는 33층 오피스텔 건물을 보는 순간 상념들은 갑자기 우박 덩어리가 되어 그의 머릿속으로 한꺼번에 떨어져 내렸다. 끼익! 그는 급브레이크를 밟았다. 어쩌면 액셀러레이터를 밟고 싶었던 건지도 모른다. 어디로든 돌진하고 싶다는 충동이 그를 밀어붙였다. 머리를 세차게 흔들었지만 강 박사에게 들은 말은 머리에 생생히 박혀 조금도 흔들리지 않았다.

강 박사는 조용히 고개를 끄덕거렸다. 「나를 오늘 처음 보는 거 아니죠?」라는 남기웅의 추궁은 '복제 인간'이라는 단어를 피해 가기 위한 우회적 질문이었다. 그런데 강 박사가 그 물음에 고개를 끄덕였다. 그를 처음 본 것이 아니란다. 남기웅의 의식은 이미 그때 하얗게 비워지고 있었다.

강 박사는 남기웅이 먼저 물어 오길 기다린 듯했다. 부드러운 눈빛으로 고개를 끄덕이고 난 강 박사는 슬리퍼 소리를 내며 그의 앞으로 다시 돌아와 앉았다. 이어서 그의 입에서 나온 말들, 그 무참한 선언.

강 박사는 남기웅이 복제 인간이라는 것을 인정했다. 인정이 아니라 설명이었다. 아니, 그것은 통보였다.

두 달 전 어느 날, 술에 취해 거리에서 깜박 잠들어 있던 그를 이 연구소로 데려와서는 복제했다는 것이다. 아니, 그러니까 그는 '그'가 아니다. 술에 취해 잠든 '그'가 있고, 복제된 그가 있다. 그는 두 달 전의 '그'가 아니다. 그러나 술에 취했던 그날을 당신이 분명히 기억하듯, 그건 또한 당신 자신이다. 복제는 말하자면 일종의 부활이다. 당신은 새로운 존재지만 새로운 사람은 아니다. 당신이 '그'다. 그런 끔찍하고 복잡한 이야기가 강 박사의 입에서 술술 흘러나왔다.

미친 소리 말라고 자리 박차고 일어날 상황은 아니었다. 연구소의 분위기 때문이었는지 모른다. 지나치게 정갈한 흰색 건물, 긴 복도

끝에서 소리 없이 열리는 자동문, 건물 주변의 퀭한 어둠과 눈부시게 밝은 실내 불빛의 극명한 대조, 연극 무대의 소품처럼 덩그마니 배치된 차가운 집기, 그런 것들.

한 번도 끼어들지 않고 묵묵히 듣고 있는 그에게 감사장 수여식 때의 인사말 같은 강 박사의 마지막 말이 들렸다.

「선생께서 알게 되기를 바라지는 않았습니다. 오늘 솔직하게 모든 걸 밝힌 건 선생이 눈치 채서가 아니라 이젠 말해도 괜찮겠다고 생각해서입니다. 선생 스스로 느끼듯, 선생은 아무것도 달라지지 않은 남기웅 자신일 뿐입니다. 그러니 복제니 그런 말은 이제 하지 맙시다. 우리는 그것을 '정화'라고 부릅니다. 완벽히 똑같으면서 육신의 세포만 청량하게 갱신되었다는 의미지요. 사전에 동의를 구하지 않은 정화여서 송구스러운 일이지만, 남 선생에게 해가되는 일은 아니었지요. 선생은 돌아가셔서 이전처럼 그냥 자기 인생을 살면 되는 겁니다. 보세요, 어제와 오늘, 그리고 두 달 전과 지금 선생이 달라진 게 있습니까? 달라진 게 있다면 우리의 세상이 자체입니다. 세상에겐 위대한 진보였고, 이제 이 진보의 이익은 인류 전체에게 돌아갈 것입니다. 남 선생은 그 첫 발걸음을 뗀 분이지요. 그것뿐입니다.」

그냥 돌아가 전처럼 살면 된다. 강 박사로부터 두 번째로 그 말을 들은 남기웅의 기분은 혼란스럽고 모호했다. 자신이 복제된 인간이라는 건 여전히 믿을 수 없는 이야기였지만, 어쨌거나 그런 끔찍한 이야기를 전하면서 그냥 돌아가 전처럼 살라고 한다. '여행에 협조해

주셔서 감사합니다. 잊으신 물건 없이 안녕히 돌아가세요.'

그 간단한 권유는 분명 어처구니없었지만, 강 박사의 말 자체를 믿지 않으려는 남기웅으로선 무언가 더 다른 이야기를 들려 달라고 새삼 따지고 들 일도 아니었다.

그랬다, 돌아가 전과 같이 살면 되는 것이었다. 아무 문제도 없는데 왜 문제가 있길 바라는 듯 행동하겠는가. 믿고 안 믿고를 떠나, 돌아가 편히 주무시라면, 그래, 돌아가 편히 잠들면 되는 것이다. 자신이 정말 남기웅 맞느냐고 묻기라도 할 것인가. 그런 우스운 짓을 하고 있어야 하는가.

남기웅은 그리하여 조용히 일어났다. 더 물을 것도, 들어야 할 말도 없었다. 없다고 생각했다. 그는 세 번째로 손을 내미는 강 박사와 이번에는 정중하게 악수도 나누었다. 강 박사의 배웅을 받으며 연구소를 걸어 나올 때, 무언가 야릇한 상황 속에 있다는 생각은 들었지만 남기웅은 강 박사에게도, 자신에게도 더 이상 추궁하지 않았다. 그저 어서 빨리 연구소를 떠나 집으로 돌아가고 싶은 마음뿐이었다.

'어쨌거나 더 따지지 않고 돌아선 건 잘한 일이다.'

골리앗처럼 우뚝 서 있는 오피스텔을 바라보며 남기웅은 애써 그런 생각을 끌어올려 마음을 안정시켰다. 그는 연구소 사람들이 문영길을 죽인 것이라고 믿고 있었다. 물론 강 박사는 인정하지 않았지만.

「문영길 씨는 전에도 일급비밀을 누설해서 엄한 문책을 받은 적이 있습니다. 그때부터 그 사람을 감시했지요. 다시는 그러지 않겠다는 각서를 받았지만 믿을 수가 없었거든요. 입을 못 믿은 게 아니라 그의 가치관을 못 믿은 거지요. 그 사람은 인간 복제를 비윤리적인 행위로 생각했어요. 결국 우리 예상대로 당신에게 접근했고, 우리는 비밀이 누설됐는지를 확인하기 위해 실장을 보냈던 겁니다. 그리고 당신이 아무것도 모른다는 것을 확인했습니다. 그것뿐이에요. 당신에게 누설이 안 됐는데 문영길 씨를 죽일 이유는 없지요. 무엇보다 우리는 그렇게 폭력적인 집단이 아닙니다. 그 사람 혼자 자책감 때문에 과음하고는 사고를 당한 겁니다. 글쎄요, 어쩌면 자살일지도 모르지요. 아무튼 문영길 씨의 죽음은 연구소와 관계가 없습니다.」

남기웅은 강 박사의 말을 믿지 않았다. 오히려 해명을 듣고 나자 살인이라는 의심이 더 굳어졌다. 실장이라는 사람이 신분을 감춘 것은 그렇다 쳐도 문영길이 정신 이상자임을 은근히 주지시킨 것과 장례식장에서 만났을 때 당황하던 표정, 이것들이 말해 주는 건 뻔하다는 게 그의 생각이었다. 우수한 연구원이던 문영길이 저들을 곤란하게 만드는 행동을 했고, 저들은 그 파장이 두려워 문영길을 제거했다. 그러고는 교통사고로 위장했다. 이것은 따로 추리해 볼 것도 없이 그가 겪은 몇 가지 상황만으로도 눈앞에 훤히 보이는 사실이었다.

'자기들 일에 방해되면 사람을 죽일 수도 있는 무서운 집단이다!'

어쩌면 더 간단한 방법을 사용할지 모른다는 생각도 들었다. 그의 기억을 조작하는 것.

강 박사는 자신들이 '정화'라고 부른다는 그 완벽한 복제 시술, 그중에서도 특히 기억의 전이에 대하여 그에게 한참 동안 설명했었다. 브리핑이라도 하듯 그처럼 자세히 설명해 준 건 남기웅에 대한 예의라기보다 강 박사 자신의 들뜬 자부심으로 보였다. 상대방이 알아듣기 힘든 전문적인 용어와 정교한 시술 과정까지 세세히 설명하면서 그는 얼마간 자기도취에 빠져 있는 듯했다.

어쨌거나 그 자세한 설명 덕분에 남기웅은 비록 이론적인 원리는 몰라도 복제 과정의 윤곽만은 대강 이해할 수 있었다. 뇌의 스캔이 그 요체였다. 인간의 기억, 감정, 사고 작용 전부를 보관하고 통제하는 뇌, 그 뇌 전체의 세포 구조를 빠짐없이 읽어 그와 똑같은 형상의 뇌를 만들고, 그렇게 새로 만들어진 뇌를 미리 복제해 놓은 육체의 머리에 이식시킨다. 이식되는 건 물리적인 뇌지만, 그와 함께 한 인간의 기억 정보 전부가 전이되는 것이다.

강 박사의 말에 의하면 뇌 전체를 스캔하는 그 방법에는 장점과 한계가 있다. 시술 절차가 간단하다는 것과 더불어, 뇌 전체를 스캔해 따로 보관할 수 있으므로 언제든, 어느 육체에든 이식이 가능하다는 게 장점이고, 반면 기억의 일부만 삽입하거나 제거할 수는 없다는 게 그 방법의 한계다. 치매를 백 프로 완치할 수 있을 정도로 지금의 과학은 뇌의 어느 부분이 기억 정보를 관장하는지 충분히 알고 있지만, 한 인간의 그 수없이 많은 기억 정보가 어떤 식으로 배열되고 흘러다니는가 하는 것까지는 밝혀내지 못했다. 기억이 저장된 위치는 알지만 그 상세한 내부 체계까지는 알지 못한다. 그것까지 완벽히 알아내는 건 거의 불가능할 것이라는 게 강 박사의 말이었다.

「신조차 모를걸요. 한 움큼의 모래를 손에 쥐고 있다고 생각하면 돼요. 우리는 그 모래 전체를 다른 곳으로 옮길 수는 있지만, 거기에 아주 사소한 변화만 주어도 모래들이 애초에 어울려 있던 배열 구조는 영원히 회복할 수 없지요.」

그런 한계야 알 바 아니었다. 한 인간의 기억 정보 전부를 추출하고 보관도 할 수 있다는 것, 그리하여 언제든 새로 이식할 수 있다는 것, 그것 하나만도 충분히 무서운 일 아닌가.

그러고 보니 새삼 느껴지는 게 있었다. 그들이 비밀 서약까지 받는다는 복제 인간의 연구를 그에게 술술 다 이야기해 준 것은 언제라도 자신의 기억을 없앨 수 있기 때문일 거라는 생각이었다. 정확히 말하면 없애는 게 아니고 그 말을 듣기 이전, 즉 그의 뇌를 스캔했던 시점으로 기억의 정보를 되돌리는 게 될 것이었다. 마치 컴퓨터의 내부 시스템에 이상이 생겼을 때 '시점 복원'이라는 기능을 이용해 이상이 생기기 이전의 시점으로 시스템 상태를 되돌려 놓는 것과 마찬가지이다.

그러자 또 다른 생각이 스쳤다. 혹시 이미 그런 적이 있는 건 아닐까? 오늘과 비슷한 일이 벌써 있었고, 그때 자신이 그들이 원하지 않는 어떤 행동을 취하려 했다면? 그 때문에 그들은 자신의 기억을 아무것도 모르는 상태로 되돌려 놓고서 오늘은 좀 다른 방법으로 자신을 설득하려 한 것은 아닐까? 그리하여 만약 이번에도 자신이 무언가 그들의 마음에 들지 않는 행동을 한다면 자신의 기억을 다시 또 예전으로 돌린다. 자신이 설득될 때까지, 마음에 드는 태도가 나올 때까지……. 아찔했다.

'아니, 그런데? 내가 무슨 생각을 하고 있는 거지?'

남기웅은 문득 소스라쳤다. 지금 그가 하고 있는 생각들은 그의 뇌가 이미 그들에게 스캔되었다는 것을, 다시 말해 그가 복제된 인간이라는 것을 전제로 한 생각들이었던 것이다. 남기웅은 그런 자기 생각에 스스로 깜짝 놀랐다.

'말도 안 되는 그 이야기를 나는 사실로 받아들였는가? 아니다! 결코 그렇지 않다. 있을 수 없는 일이다! 그러나, 그런데…….'

생각은 거기에서 그쳤다. 남기웅은 별안간 심리적인 공황 상태에 빠져 버렸다. 생각과 상상과 현실 인식이 돌연 갈피를 잡을 수 없이 뒤죽박죽되었다. 바로 몇 시간, 며칠 전의 일마저 갑자기 꿈처럼 불투명했다. 상상이 기억에 스며든 건지, 기억하고 있던 걸 상상한 건지 혼란스러웠다. 게다가 남기웅은 자신이 그들의 말을 스스로 어디까지 믿고 있는지조차 알 수 없었다. 믿고 싶지 않은 마음이 사실을 부정하는 것인지, 아니면 오히려 자신이 믿고 싶어 하지 않는다는 것을 스스로 알고 있기 때문에 주변 정황들에 역으로 과장된 사실성을 부여하는 것은 아닌지……. 그는 도무지 자기 머릿속의 생각조차 믿을 수가 없었다.

'나를 믿어야 한다.'

그는 가까스로 그렇게 마음을 추슬러 보았지만, 기억을 믿을 수 없으면 자신을 믿는다는 일마저 모호해졌다. 사실을 믿을 것인가, 기억을 믿을 것인가. 그런데 과연 무엇이 사실이란 말인가?

남기웅의 의식은 전지 떨어진 자동 인형처럼 한순간에 정지되었다. 하나를 생각하면 열 가지가 엉켰다. 생각의 다발은 무성하게 부풀어 오르는데 정작 자기가 무엇을 생각하는지조차 그는 알 수 없었다.

도로는 밤이 깊어 갈수록 차량들이 늘어났다. 나들이 갔던 사람들이 한꺼번에 귀가하느라 그의 차 옆으로 빠른 속도의 승용차 대열이 쉴 새 없이 이어졌다. 그러나 차 오른쪽의 인도는 인적이 거의 없었다. 일정한 간격으로 서 있는 은행나무 이파리들만 소리 없이 조금씩 살랑거렸고, 가끔 후터분한 바람과 함께 짙은 아카시아 향내가 날아오고는 했다. 그뿐, 가까운 곳에도 먼 곳에도 행인은 전혀 보이지 않았다. 어느덧 자정이 가까워지고 있었다.

얼마 후, 남기웅은 핸드폰을 꺼내 어디론가 전화를 걸기 시작했다. 신호가 떨어지자 남기웅은 소리 증폭 버튼을 누른 다음 손을 뗐다. 이윽고, 라디오에서 흘러나오듯 굵은 남자 목소리가 차내에 울렸다.

「남 선생이로군요. 집에 도착하셨습니까?」

강 박사였다.

「내가 정말 복제된 거라면…….」

신음처럼 그가 입을 열었다.

「진짜 남기웅은 어디에 있지요? 그의 시신은…… 없앴나요?」

「시신이 아닙니다. 복제 시술은 원체나 클론 어느 쪽에도 해를 입히지 않아요.」

「어쨌거나 그 사람은 어딨죠? 내가 그 사람의 자리에 들어와 있다면 그 사람은 어디에 있는 겁니까?」

「남 선생! 당신이 남기웅입니다. 다른 남기웅이 따로 있는 게 아니에요.」

「이것 봐요, 방금 당신 입으로 원체니 복제니 하는 말을 했잖아요. 내가 복제 인간이라면 원래의 남기웅이 있을 거 아니에요.」

「그건 당신의 허물일 뿐입니다. 신경 쓰지 마세요.」

「허물이든 뭐든 그걸 봐야겠어요. 봐야만 믿겠습니다.」

「원하신다면 보여 드리죠. 연구소에 보관돼 있으니 언제라도 볼 수 있습니다. 지금 오시겠어요?」

「……」

「지금 오면 바로 보여 드리지요. 그리고 만약 원하신다면 그 원체를 당장 폐기할 수도 있습니다. 지금은 딱히 없앨 이유가 없어서 보관하고 있지만 언젠가는 그렇게 될 거니까요. 오시겠습니까?」

「……」

「확인이 필요하면 언제라도 오세요. 그리고 남 선생, 혼란스러워하지 말아요. 아까도 말씀드렸지만, 가까운 시간 안에 인간 복제는 일반화됩니다. 치아의 스케일링이나 주름살 제거하는 정도로 모든 사람이 수시로 자기 육체를 정화시키려고 하는 날이 옵니다. 그 비용은 스케일링과 감히 비교되지 않을 엄청난 금액이 되겠지만요. 그 점에서 남 선생은 행운이라고 할 수도 있습니다. 우리가 남 선생에게 복제 사실을 솔직하게 밝힐 수 있었던 건 그걸 확신하기 때문입니다. 그러니까 조금도 이상한 감정 갖지 마세요. 물론 처음에야 기분이 좀 이상하겠지만, 쌍꺼풀 수술을 세상에서 제일 먼저 한 사람도 아마 그랬을 겁니다. 그런 거예요. 아무것도 아닙니다. 남 선생 스스로 자신이 남기웅이라는 걸 누구보다 잘 알고 있잖아요. 남 선생은 그냥 남 선생일 뿐입니다. 아시겠죠?」

「나를 왜 놓아준 거지요?」

「놓아주다니요?」

「어렵게 복제해 놓고 왜 방생했느냐 이겁니다.」

「하하, 남 선생! 선생이 누구 소유물입니까. 우린 선생을 새로 만든 게 아니에요. 말했듯이…….」

「웃으시네요. 지금 '하하' 하고 웃으셨나요?」

「…….」

「야, 이 개새끼들아! 좆같은 소리 하지 마. 내가 복제 인간이라고? 복제 좋아하네, 내가 무슨 에이포 용진 줄 알아!」

8

오피스텔로 돌아온 남기웅은 구두를 벗자마자 욕실로 들어가 샤워부터 했다.

그는 몸이 따끔거릴 정도의 뜨거운 물줄기를 고스란히 받으며 샤워기 아래에 오래도록 서 있었다. 아무 생각도 하지 않았다. 바늘처럼 콕콕 몸을 후벼 대는 물줄기에만 신경을 집중했다. 그러자 차츰 감각이 마비되면서 물은 더 이상 따갑지도 뜨겁지도 않았다.

긴 샤워를 마치고 나오자 기다렸다는 듯 허기가 들이닥쳤다. 그는 냉장고에서 빵과 우유를 꺼냈다. 그러나 빵을 한 입 베어 물며 돌아서던 남기웅은 벽을 바라보면서 잠깐 우두커니 서 있다가 빵과 우유를 냉장고에 도로 집어넣었다.

「기웅아, 너 뭐 먹고 싶으니?」

그렇게 혼잣말로 중얼거리고 나서 그는 냉장고에서 몇 가지 음식 재료를 꺼내서는 간단하지만 제대로 된 요리를 만들기 시작했다.

자정 가까운 고요한 시각, 15평 원룸에 퍼지는 손수제비 냄새는 눈물이 날 만큼 달콤할 것이다. 달콤해야만 하리! 그의 동작은 경쾌하면서 섬세하고, 날렵하면서 차분했다. 순서도 정확했다.

먼저 장국을 만든다. 냄비에 물을 붓고 멸치와 다시마를 넣어 끓이다가 물이 끓기 시작하면 7~8분 정도 더 끓인 후에 불을 끄고 20분쯤 두었다가 건더기를 체에 걸러 맑은 장국을 만든다.

물이 끓는 동안 김치는 속을 털어 내고 물기를 짠 다음 송송 썰어 놓는다. 감자와 양파도 껍질을 벗긴 후 한입에 먹기 좋게 썰고, 풋고추와 대파도 같은 크기로 어슷썰기를 한다. 풋고추는 찬물에 헹궈 씨를 털어 놓는다. 밀가루에 달걀, 식용유, 소금, 물을 넣고 날가루가 남지 않을 정도로 적당히 치댄 후 랩에 싸서 냉장고에 넣어 둔다.

이제 장국에 김치를 넣고 한소끔 끓인 후 야채를 넣고 끓이다가 냉장고에 넣어 두었던 반죽을 꺼내 수제비를 하나씩 떼어 넣는다. 수제비를 떼어 낼 때마다 손에 물 묻히는 것도 잊지 않는다. 마지막으로 풋고추와 대파, 다진 마늘을 넣고 국간장으로 간을 맞춘다.

아아 황홀하다, 맛있다, 정말 맛있다……. 그는 뼛속 깊이 맛을 음미하며 느릿느릿 숟가락을 움직였다. 맛있다, 정말 맛있다, 아아 정말 맛있구나…….

늦은 식사를 마치고 나자 곧 나른한 식곤증이 밀려왔다. 남기웅은 소파에 앉아 리모컨을 들고 잠시 만지작거렸다. 영화를 볼까 음악을 들을까 하는 가벼운 갈등이었다. 그러다가 문득 무언가 생각난 듯 전화기를 집어 들었다.

「어머니, 저예요.」

「으응, 그래.」

「그거 알아봤는데요, 안 된다는데요.」

「왜 안 된다니?」

「노후 보장 연금은 말 그대로 노후의 생활을 보장해 주기 위해서 만든 연금이라 매월 지급해야만 된대요. 일시불로 다 줬다가 그 돈 까먹으면 어떡하냐는 거지요.」

「나라에서 무슨 그런 걱정까지 한다니. 내 노후에 대해서 언제부터 그렇게 관심 있었대. 정말 안 된대?」

「네, 안 되나 봐요. 우리 말고도 한꺼번에 받으려는 사람들이 꽤 있나 보던데, 한 번도 그렇게 지급한 적이 없대요.」

「내 돈 내가 달라는데 원 참…… 졸라 보면 안 될까?」

「그래도 안 될 것 같은데요. 거기서 또 하는 얘기가, 일시불의 기한을 어떻게 책정하느냐는 거예요. 노후 연금은 죽을 때까지 매달 나오는 건데, 그 사람이 언제 죽을지 알고 일시불 금액을 정하느냐는 거지요.」

「그건 무슨 말이야, 내가 한두 달밖에 못 살 사람 같아 보인대?」

「그런 말이 아니구요, 연금이란 게 한 달을 살든 십 년을 살든 살아 있는 한은 계속 지급되지만, 죽으면 당장 그치잖아요?」

「그런데?」

「그런데 일시불로 지불해야 한다면 언제 죽는 거로 계산해야 되느냐 이거지요.」

「아니, 내가 빨리 죽길 바란다는 거야 뭐야?」

「그런 게 아니구요, 잘 들어 보세요……」

남기웅은 20여 분 정도 어머니와 통화했다. 같은 말을 여러 번 되풀이하느라 그는 조금 지쳤다. 그래서 냉장고에 있던 찬 맥주 한 병을 꺼내 마셨다.

맥주를 마시는데 다음 주 일요일에 여자 친구인 희수와 교외로 벚꽃 구경을 가기로 한 약속이 떠올랐다. 남기웅은 그녀와 다시 10분 정도 통화했다. 희수는 그러잖아도 전화하려 했었다며 일요일 약속을 취소하자고 했다. 여고 동창생 중 하나가 결혼하는 날인데 깜박했다는 것이었다.

결혼이라는 단어가 계기가 되어 두 사람은 자신들의 적절한 결혼 시점에 대해 한동안 이야기를 나누었다. 학술 토론 같은 의견 교환이었다. 7년째 사귀어 오고 있지만 두 사람은 어느 쪽도 결혼을 서두르지 않았다. 결혼하게 되면 결국 이 사람과 하게 되리라, 서로 그런 마음, 그런 정도의 애정은 있었지만 각자 혼자만의 청춘을 더 보내도 좋지 않겠느냐는 것에 두 사람은 의견이 일치하는 편이었다.

가벼운 농담 섞어 가며 유쾌한 전화 데이트를 하는 동안 남기웅은 맥주 두 병을 더 마셨다. 적당히 알딸딸해진 그 술기운 때문인지 통화를 끝내고 나자 그는 갑자기 눕고 싶어졌다. 달리 할 일도 없는 터라 바로 침대로 갔다. 눕기 전에 자명종의 기상 시각을 6시로 조정했다. 다음 날은 회의가 있어 한 시간 일찍 출근해야 했다.

그랬다, 요리를 할 때까지만 해도 머릿속 한쪽에는 언제 튀어나올지 모를 위태로운 상념 다발이 뭉쳐 있었으나 어머니와 통화하고 애인과 통화할 때쯤엔 '복제'에 대해 다 잊을 수 있었다. 영혼에 박힌 총알처럼 '복제'라는 문제는 더할 수 없는 충격이었지만, 아직 그를 더 지배하고 있는 것은 일상의 관성이었다. 오래 익숙해진 것들과 함께할 때면 그는 너무도 당연하게 남기웅으로 그것에 섞일 수 있었다.

그러나…….

이윽고 침대에 누울 시간, 실내가 적막해지고 잠잘 일밖에 없게 되자 '복제 인간'이라는 충격적인 단어는 그의 머릿속에 다시금 먹장구름처럼 불길하게 번지기 시작했다.

그는 눈을 감지 못했다. 눈을 감으면 자기 몸이 보이지 않는 것이었다. 그리하여 슬며시 손을 뻗어 팔이며 목덜미를 쓰다듬었다. 피부의 솜털까지 느껴지는 간지럽고 까슬까슬한 그 감촉은 얼마나 경이로운가, 그리하여 다시 눈물 흐르지 않는가, 그렇군, 허허 그렇군, 그런데 눈물이라니, 어서 눈물을 그치게나 그대여, 자, 그렇지, 그래 잘하고 있어, 그래그래 어서 눈물을…… 그런데 조금 졸리군, 이제 그만 자는 건 어떨까, 그렇지, 그렇게 조용히, 조용히, 아주 편안히 잠들어 보게나 그대여, 그렇지, 그렇게 조용히, 조용히…….

결국 며칠 후, 남기웅은 다시 연구소를 찾아간다. 선택의 문제가 아니었다. 대충 무시하면서 외면할 수 있는 문제가 아니었다. 나중에 무엇이 돌아오든 자기 자신의 정체가 뭔지는 정확히 알아야 하는 것이었다. 그것이 설사 에이포 용지이든 무엇이든.

9

남기웅이 강 박사를 따라 들어간 곳은 연구소 지하층에 있는 어느 넓은 방이었다. 지하는 지상과 마찬가지로 조용하고 사람도 별로 눈에 띄지 않았으나 방이 좀 더 세분되어 있었다. 대학의 교수 연구실처럼 복도를 따라 양쪽에 작은 방들이 잇따라 붙어 있었다. 그뿐 특별한 냄새나 소리도, 특별한 장치 같은 것도 보이지 않아 거창한 실험을 하는 곳이라는 느낌은 들지 않았다. 하기야 그 작은 방들 안에서 무슨 일이 벌어지고 있는지는 알 수 없는 노릇이었다.

남기웅이 들어간 곳은 지난번의 그 휴게실 같았던 방과는 달리 작지만 아늑한 분위기였다. 벽면 하나를 차지하고 있는 책장과 그 옆의 작은 오디오, 찻잔 세트, 장식 선반에 가지런히 올려져 있는 백자와 몇 가지 기품 있는 소품들, 그리고 창에는 짙은 녹색 커튼이 드리워져 있어 중견 학자의 서재 같은 느낌을 주었다.

강 박사는 의자에 앉으라는 권유도 없이 창 옆의 수제품 책상 앞으로 혼자 걸어가더니 서랍에서 무언가를 꺼냈다. 푸른색의 작은 막대, 버튼이 여러 개 붙어 있는 리모컨이었다. 남기웅을 향해 돌아선 강 박사가 리모컨의 버튼 하나를 눌렀다. 그러자 뜻밖의 광경이 나타났다.

벽면을 차지하고 있던 서재가 양쪽으로 갈라지면서 다시 넓은 방하나가 나타났다. 영화 같은 데서는 가끔 보아 왔지만 막상 눈앞에서 그런 비밀 공간이 나타나자 남기웅은 자신이 은밀한 장소에 와 있다는 것을 새삼 실감했다.

남기웅은 긴장했다. 비밀 공간 자체보다 그런 은밀한 장소를 거리낌 없이 공개하는 강 박사의 태도가 그를 긴장시켰다. 그를 신뢰한다는 것인지, 아니면 언제라도 그를 조정할 자신이 있어서인지……. 굳이 그 둘 중에서 답을 고른다면 아무래도 후자 아니겠는가, 슬그머니 그런 생각이 드는 게 어쩔 수 없는 남기웅의 심경이었다.

강 박사는 따라오라는 눈짓을 하며 먼저 안으로 들어갔다. 남기웅은 말없이 그를 따라갔다. 그 새로운 방에는 어떤 작은 집기 하나 없었다. 새로 지어 분양을 기다리는 오피스텔처럼, 바닥과 벽이 유난히 깨끗한 것 말고는 사방이 텅 비어 있었다. 남기웅은 얼마 전에 꾸었던 꿈을 떠올렸다. 지금 자기가 서 있는 방이 거울만 하나 있던 꿈속의 그 방과 비슷하다고 느꼈다.

방 중앙까지 걸어간 강 박사가 그를 향해 돌아섰다. 강 박사의 얼굴에 미소인지 뭔지 모를 애매한 표정이 스쳤다.

「기대하세요.」

좋은 성적표를 받아 온 아이가 부모 앞에서 일부러 잠시 머뭇거리는 식, 그런 은근한 자부심이 실린 표정이었다고 그는 뒤늦게 알아차렸다. 그때 강 박사가 리모컨의 다른 버튼 하나를 눌렀다.

맞은편 벽이 또 갈라졌다. 그러나 새로운 방이 나타나지는 않았다. 1미터쯤 벌어진, 벌어졌다기보다 스르르 열린 그 공간에서 침대 크기의 반원형 유리관 하나가 스르르 빠져나왔다.

「오세요.」

강 박사가 먼저 유리관 앞으로 다가섰다. 그리고 남기웅을 향해 고개를 끄덕거렸다. 조금 전의 애매한 미소가 그의 얼굴에 또 한 번 희미하게 번졌다.

그 순간 남기웅의 마음속에서 거친 충동 하나가 솟구쳤다. 갑작스러운 충동이었다. 강 박사의 목을 조르고 싶다는 맹목적인 살의가 한순간 남기웅의 온몸을 뻣뻣하게 만들었다. 자신이 어딘가의 줄에 매달린 존재라는 아주 기분 더러운 심정, 자신이 처한 상황의 어떤 모호성, 수동성, 비주체성 같은 것들이 그를 한없이 참담한 굴종의 심정으로 몰고 가는 것이었다.

그러자 치사했다. 치사하다는 말은 이런 경우 분명 적절한 표현은 아니겠으나 남기웅은 그 순간 다른 무엇보다 치사해서 견딜 수가 없었다. 더럽게 치사하고, 숨 막히게 치사했다.

나에게 무엇을 보라 하는가?

자기 존재성의 유린을 목전에 두고, 거친 살의보다 앞서 그를 짓누르는 것은 뜻밖이라면 뜻밖일 그런 치사스러움이었다. 그것은 차라리 예감이었는지 모른다. 이 순간 이후로 견뎌야 할 시간들, 그 상상할 수 없는 혼란스러움을 그의 마음은 '치사하다'고 하는 모호하면서 생생한 표현 하나에 집약시키고 있었던 것인지도.

「허물일 뿐이에요, 자…….」

강 박사가 재촉했다.

남기웅은 느릿느릿 걸었다. 재갈에 물려 끌려가는 소의 모습이었다. 유리에 반사된 조명빛이 반짝, 한순간 그의 망막을 혼란시켰고, 빛이 반사되는 지점을 지나 한 걸음 앞으로 내딛자 이윽고 유리관 안에 들어 있는 사람의 머리카락이 보였다. 이마, 코, 입술…… 그리고 마침내 한 남자의 벌거벗은 전신이 모두 드러났다.

'남기웅'이 거기에 있었다!

잠깐 다리가 휘청거렸던가, 그러나 그뿐이었다. 원체를 내려다보는 남기웅의 모습은 지나치게 태연했다. 오히려 옆에 선 강 박사가 약간 긴장한 낯빛으로 남기웅의 기색을 살폈다. 남기웅의 눈두덩 주름이 가늘게 떨렸다. 그러나 끝내 그의 입에서는 아무 말도 나오지 않았다.

바스락바스락, 공기가 부서질 것 같은 느낌의 침묵이 흘렀다.

「이제 나가지요.」

한참 후에 강 박사가 남기웅의 팔을 가볍게 이끌었다. 남기웅은 꼼짝하지 않았다. 강 박사는 더 재촉하지 않았다.

남기웅이 입을 연 것은 그렇게 꼼짝 않고 서 있은 지 10여 분이나 지나서였다.

「살아 있나요?」

남기웅이 묻자, 강 박사는 대답 없이 잠깐 그의 표정을 살폈다. 남기웅의 얼굴엔 여전히 어떤 감정도 실려 있지 않았다.

「그런 개념을 버리세요. 호흡은 진행되고 있지만 이건 당신의 예전 꺼풀일 뿐입니다. 살아 있는 건 당신이에요.」

「복제를 해도 원체엔 이상이 없다면서요?」

「이상 없지요. 보관을 위해 한시적인 코마 상태로 만들었을 뿐이에요. 깨어나지 않는 잠에 들어가 있는 셈이지요.」

「깨어나면 나와 똑같은 사람이겠지요? 똑같은 생각, 똑같은 기억…….」

「그래서 잠들어 있어야 하는 거지요. 당신이 둘이길 바라진 않겠지요?」

「이 사람도 바라지 않겠지요…….」

남기웅의 말은 거기에서 그쳤다. 강 박사는 무언가 말을 덧붙이려는 듯 입을 벌렸다가 남기웅의 기색을 보고는 도로 닫았다. 무심해 보이던 그의 표정이 순식간에 하얗게 질리고 있었던 것이다.

남기웅은 자기 말에 스스로 놀라고 있었다. 이 사람! 어느새 눈앞의 원체를 자기가 아닌 다른 누군가로 지칭해 버린 자신의 그 말. 하기야 어쩔 수 없었다. 무어라 부를 것인가? 그러나 남기웅이 정작 스스로 놀란 건, 눈앞의 육체를 어떤 타인처럼 지칭하는 순간, 물론 그건 자기도 모르게 나온 말이었지만, 어쨌거나 그와 동시에 자기 자신이 또한 갑자기 낯설어졌다는 점이었다. 생경하고 기이한 느낌이었다.

죽어서 자기 시신을 내려다보는 듯한 이상야릇한 감회 속에서 남기웅은 우두커니 서 있었다. 눈앞의 이 가엾고 무기력한 육체, 자기 자신이면서 타인인 이 서글픈 육체를 연민하면서, 그러나 마음껏 연민하지도 못하는 모호한 감정 속에서, 남기웅은 후들후들 떨며 꼼짝 않고 서 있었다.

'저게 나였다! 아니, 나다. 그러면 이렇게 서 있는 나는?'

강 박사가 다시 그의 팔을 잡았다.

「갑시다.」

남기웅은 저항하지 못했다. 저항할 마음도 없었다. 그는 넋이 나간 표정으로 강 박사의 손에 이끌려 돌아섰다. 스르르, 유리관은 벽에 뚫린 어두운 구멍 속으로 되돌아갔다.

문을 나서기 직전에 남기웅은 다시 돌아보았다.

이대로 두고 갈 수는 없다!

그것은 슬픔과는 다른 감정이었다. 설명하긴 힘들지만 무언가 한없이 비굴한 짓을 하고 있다는 자괴감이 그를 견딜 수 없게 했다. 그러나 당장은 다른 방법이 없었다. 방법이 없는 게 아니라 무엇을 어떻게 해야 할지 알 수가 없었다. 안다 한들 그가 선택하고 결정할 일도 아니었다. 참담한 무기력감만 전신에 액체처럼 흘러내렸다. 거대한 파충류의 위액이 자신의 몸을 녹이고 있다고 그는 생각했다.

두 사람은 원래의 방으로 돌아와 마주앉았다. 남기웅은 말이 없었고 강 박사도 가만히 지켜보기만 했다.

남기웅의 눈길은 창문의 녹색 커튼에 가 있었지만 무엇을 바라보고 있는 것은 아니었다. 강 박사가 일어나 두 잔의 차를 타 왔다. 남기웅은 그때까지도 창문 쪽만 바라보고 있었다. 강 박사는 혼자 차를 마셨다. 처음으로, 강 박사의 얼굴에 남기웅을 가엾어하는 듯한 표정이 실렸다.

「남 선생! 우리가 남 선생에게 얼마나 큰 애정을 갖고 있는지 알아주었으면 합니다. 우리는 인류의 도약을 위한 위대한 첫걸음을 함께하고 있어요. 남 선생은 우리의 동지이자 식구입니다. 앞으로 복제 인간은 분명 일반화되고 더 많은 발전이 있겠지만, 우리의 이 첫걸음에 비할 만한 일은 없습니다. 남 선생은 보통 인간과 하나도 다를 게 없어요. 동시에 새로운 인류입니다. 당장은 아니라도, 우리는 조만간 남 선생이 자기 존재에 대해 긍지와 자부심을 갖게 될 것이라고 믿고 있습니다.」

어디에선가 희미하게 음악 소리가 들려왔다. 휴일에 나와 일하는 어느 연구원이 틀어 놓은 라디오 소리인 듯했다. 두 사람 모두 음악 소리에는 신경 쓰지 않았으나 그 은은한 바이올린 소리는 이 방의 무거운 침묵을 얼마간 중화시켰다.

창에 가 있던 남기웅의 눈길이 강 박사 쪽으로 돌아왔다.

「이제 어떡하면 되는 거지요?」

침통한 목소리였으나 한 구석 가시 돋친 억양이었다. '그래, 날 이제 어떻게 할 거냐?' 하는 식의 냉소적인 항의가 묻어 있었다.

「여러 번 말씀드렸습니다. 우리는 남 선생의 삶에 간섭하지 않아요. 남 선생은 그저 전처럼 살아가시면 돼요.」

「전처럼……」

「남 선생이 잃어버린 건 없습니다. 아무것도 달라진 게 없어요.」

「내가 누군지 알 수 없게 돼 버렸는데 달라진 게 없다구요?」

「우리를 만나지 않았다면 남 선생은 지금 뭐 하고 있을까요? 맥주를 마시면서 주말의 흥겨운 오락 프로그램을 즐기고 있지 않겠습니까? 달라진 건 없어요. 돌아가서 그렇게 하시면 돼요. 남 선생과 제가 다른 건 하나도 없습니다.」

남기웅이 담배를 꺼냈다. 강 박사는 전에 본 휴대용 재떨이를 꺼내 탁자에 내려놓았다.

「또 있습니까?」

담뱃불을 붙이고 난 후 남기웅이 물었다.

「네?」

「나 말고 또 있나요?」

「……」

「솔직히 말해 주세요.」

「말했지요, 남기웅 씨에겐 아무것도 감추지 않습니다. 남 선생은 우리 일원이에요.」

「있나요?」

강 박사가 고개를 끄덕였다.

「복제에 성별의 차이는 없다는 게 우리 판단이었지만 완벽을 기하기 위해 남녀를 다 실험해 봐야 했지요. 여성이 한 사람 더 있습니다.」

「그 여자도 아나요, 자기가 복제됐다는 걸?」

잠깐 망설이는 듯하다가 강 박사가 말했다.

「사실은…… 문 박사가 그 여자를 먼저 찾아갔었습니다. 여자가 우리와 만나게 된 과정은 남 선생과 좀 다르지만, 아무튼 지금은 알고 있습니다.」

한동안 다시 침묵이 흘렀다. 얼마 후, 쓸쓸하게 미소 지으며 남기웅이 중얼거렸다.

「아담과 이브로군요…….」

「만나고 싶나요?」

강 박사가 물었다.

남기웅은 금방 대답하지 않았다. 그렇다고 생각해 보는 표정도 아니었다. 남기웅은 그저 히죽히죽 허탈한 미소를 지으며 천장을 향해 고개를 쳐들었다. 자신을 내려다보고 있는 누군가에게 '자, 봐라!' 하는 듯한 표정이었다.

「만나 보고 싶으면 언제든지 말하세요. 그 여자 분도 남자 한 사람이 더 있다는 걸 알고 있습니다.」

「그쪽은 어때요? 만나고 싶어 하던가요?」

「그랬지요. 하지만 그땐 아직 남 선생이 우리와 접촉하기 전이라 만나게 해드릴 수가 없었지요.」

「집에 가도 되는 거지요?」

갑자기 남기웅이 벌떡 일어났다. 그 바람에 손에 들고 있던 담배의 재가 떨어졌다.

남기웅의 그런 느닷없는 태도에 강 박사는 조금도 당황하지 않았다. 강 박사는 느긋한 태도로 전처럼 재떨이의 버튼을 눌러 재를 빨아들이면서 담담하게 말했다.

「물론입니다. 가서서 전처럼 사세요.」

「나를 감시할 건가요?」

「그런 짓을 왜 하겠습니까. 남 선생이 복제 인간이라는 단어조차 잊고 예전과 하나도 다름없이 사는 게 우리의 바람입니다.」

「예전과 다름없이 사는지 알려면 감시를 해야 할 것 아닙니까?」

「허허, 약속하지요. 숨어서 지켜보는 짓 같은 건 절대 안 합니다. 가끔 안부 전화야 할 수 있겠지만 그마저도 신경 쓰인다면 안 하구요.」

'내가 당신들을 폭로하기라도 하면 어쩔 겁니까?' 그런 말이 목구멍까지 올라왔지만 남기웅은 거기에서 입을 닫았다. 그건 아무래도 자신에게 불리한 질문이라는 생각이 들었다. 남기웅은 부드럽게 미소 짓고 있는 강 박사를 잠깐 노려보았다. 그러고는 이내 돌아섰다. 강 박사는 따라 나오지 않았다.

10

'휴먼 시스템' 사무실에는 약간의 긴장감이 감돌았다. 선교 단체의 소프트웨어 개발 공모 결과가 발표되는 날이기 때문이었다. 프로그램 단가가 그리 큰 게 아니어서 사운을 걸고 매달릴 정도는 아니었으나, 경쟁 업체와 함께 공모에 들어간 것이어서 회사로서는 자존심이 걸린 일이었다. 특히 시연 프로그램을 만든 개발 1팀에겐 보상과 질책이 따르는 중요한 문제였다.

통보는 전화로 오게 돼 있었다. 오전 중에 연락이 없으면 다른 업체에게 넘어갔다고 볼 수 있었다. 그래서 전화벨이 울릴 때마다 개발 1팀은 긴장한 눈빛으로 전화통을 바라보고는 했다.

「너무 긴장하지 마.」

개발 2팀장이 남기웅의 어깨를 툭 쳤다. 남기웅이 아까부터 묵묵히 창밖만 바라보고 있자 격려를 해주고 싶은 모양이었다.

「이번 건은 어차피 저쪽이 먼저 손썼던 일이잖아. 걔네들이 수의 계약으로 따낼 수도 있는 일이었다구. 그러니까 얼굴 좀 펴.」

2팀장은 한 번 더 어깨를 툭 치고는 손가락으로 V자를 만들어 보이며 자기 자리로 돌아갔다. 2팀장이 돌아간 뒤에도 남기웅은 여전히 굳은 표정으로 있다가 다시 창밖으로 눈길을 돌렸다.

선교 프로그램 공모 결과에 대해 남기웅은 전혀 신경 쓰고 있지 않았다. 아침에 눈을 뜨자 습관적으로 회사에 출근하기는 했지만 공모 결과뿐 아니라 그 어느 것에도 관심이 없었다. 연구소에서 그는 무엇을 보았던가. 그것은 충격 이전에 우선 더할 수 없이 처량한 경험이었다. 자기 존재를 스스로 낯설고 괴이하게 바라보아야 하는 심경이란 참혹하다기보다 차라리 서글픈 감정에 가까웠다.

그 기묘한 서글픔 속에서도 남기웅은 어쨌거나 자신이 처한 상황을 정리해 보려고 필사적으로 노력했다. 무기력해지는 마음을 추스르며 냉철히 생각을 모아 갔다.

남기웅은 우선 자신이 복제된 인간이라는 것을 인정했다. 생각할수록 황당한 일이었지만 명백한 증거를 보고 왔으니 안 믿을 도리가 없었다. 그런데 복제 인간임을 인정한 다음부터가 더 혼란스러웠다.

'나는 남기웅인가?'

어처구니없는 자문이었지만 거기서부터 시작해야 했다.

대답은 오래 걸리지 않았다. 남기웅이 아니면 누구란 말인가. 자신의 기억과 생각과 느낌 모두가 남기웅 바로 자신의 것이었다. 자신이 누구인가를 묻는 그 '나'가 바로 '나'이다. 복제가 되었든 무엇이 되었든, '나'임을 자각하는 그 '나'가 바로 '나'이다. 내가 남기웅이다.

대답은 그처럼 간단히 나왔지만, 그럼에도 무시할 수 없는 건 그가 보고 온 생생한 육체였다. 그 육체만 떠올리면 자신은 한낱 기억을 이식받은 살덩이에 지나지 않는다는 자조적인 기분에 떨어지고 마는 것이었다. 유리관 안의 육체에서 느꼈던 존재성이 너무도 생생하게 다가와 정작 자기 자신은 육체 없이 기억만 남은 허깨비 유령같이 생각되는 것이었다.

그리하여 차츰 주변의 사물마저 허깨비처럼 여겨지기 시작했다. 자신이 허깨비라면 자신을 둘러싼 세계 또한 자기 것이 아니다. 허깨비에 불과한 소리, 냄새, 빛깔 들인 것이다. 어느 쪽이 정녕 허깨비든, 자신과 세계가 온전한 관계로 결합돼 있지 않다는 것은 분명한 사실이었다.

남기웅은 그런 마음의 상태로 창밖을 내다보고 있었다. 그때 갑자기 그의 등 뒤에서 환호성이 터졌다.

「와! 이야호! 아싸!」

동시에 사무실 곳곳에서 박수 소리가 들렸다. 남기웅이 창가에서 돌아서자 개발 2팀장이 주먹을 불끈 쥔 채 다가왔다.

「내가 뭐랬어, 된다고 했지?」

남기웅은 일어나 2팀장의 악수를 받았다. 개발 1팀원들이 우르르 남기웅의 주변으로 몰려들었다. 홈런을 친 타자처럼 남기웅은 그들과 일일이 손바닥을 부딪치고 가벼운 포옹도 나누었다. 이어서 사장도 다가와 남기웅의 어깨를 툭툭 두드려 주었다.

「수고했어! 점심 먹고 회의 준비해. 일단 팀원들 스케줄부터 확보

하고.」

오후 시간은 바쁘게 지나갔다. 남기웅은 점심 식사를 끝내자마자 선교 단체에 들어가 프로그램 위탁 개발 계약서를 작성했고, 회사로 돌아와서는 사장이 주재하는 팀장 회의에 참석한 다음, 개발 1팀원들과 함께 업무 분담을 하고 스케줄 조정을 했다.

정신을 집중해야 하는 회의와 만남이 계속되었지만 물론 남기웅의 정신은 그것들에 가 있지 않았다. 막 자고 일어난 사람처럼 그의 정신은 내내 부옇게 흐려 있었다. 익숙한 일들이라 기계적으로 말하고 움직일 뿐이었다.

퇴근 시간 직전에 희수에게서 전화가 왔다. 같이 영화 보러 가자는 희수의 말에 남기웅은 회식이 있어 안 되겠다고 말하고 바로 끊었다. 회식이 있는 건 사실이었다. 프로그램 공모에 성공한 것을 자축하느라 개발 1팀뿐 아니라 20여 명의 전직원이 회사 근처의 갈비집에 모이기로 돼 있었다. 그러나 남기웅은 그 자리에 가지 않았다. 다른 사람은 몰라도 그가 빠져서는 안 될 자리였다.

「몸이 너무 안 좋아요.」

남기웅의 이 한마디에 사장이나 동료 직원들은 의외로 쉽게 그를 보내 주었다. 아침부터 시종 말이 없었는 데다 회의 시간에도 어딘지 평소와 다른 모습임을 모두 보았기 때문이다.

남기웅은 혼자 집 근처의 술집에 갔다. 많이 마시지는 않았다. 그리고 아무 생각도 하지 않았다. 오른쪽 자리의 대화를 듣고, 왼쪽의 대화를 듣고, 그렇게 주변 다른 손님들의 대화에만 귀 기울이며 혼자 천천히 술을 마셨다. 결국 그 집의 마지막 손님이 되었다. 손님들이 모두 빠지고 주인 여자가 주섬주섬 빈 그릇들을 정리하고 있을 때 그는 약간 휘청거리면서 일어나 계산을 했다. 새벽 3시였다.

집으로 돌아온 남기웅은 양치질을 하기 위해 욕실로 갔다. 옷도 갈아입지 않은 채 욕실로 직행한 것은 심신이 워낙 피곤해 일단 누우면 못 일어날 것 같아서였다

남기웅은 잠자기 전에 반드시 양치질을 했다. 40대에 벌써 틀니를 했던 아버지의 영향으로 어릴 적부터 양치질 버릇만큼은 제대로 들어 있었다. 아침에는 안 하더라도 자기 전에는 꼭 해야 된다는 게 아버지의 강력한 주장이었다. 남기웅이 어쩌다 일찍 그냥 잠들어 버리면 꼭 깨워서 칫솔을 물려 주던 아버지 때문에 그는 다섯 살 이후로 취침 전 양치질을 한 번도 거른 적이 없었다. 성인이 되어서도 아무리 피곤하거나 폭음을 한 날이라도 양치질은 거르지 않았다.

욕실에서 남기웅은 칫솔에 치약을 가득 묻히면서 거울에 비친 자기 얼굴을 멀뚱하니 바라보았다.

「남기웅 너 대단하다…….」

취중에 중얼거리는 혼잣소리였다. 이런 와중에도 양치질을 하겠다고 치약을 짜고 있는 자신이 그는 정말 웃기다는 생각이 들었다. 한심하면서 우스웠다. 그래서 그는 또 중얼거렸다. 거울 속의 제 얼굴을 멀거니 바라보면서, 히죽히죽 웃으면서, 노래하듯 중얼거렸다.

「미련한 건지…… 대견한 건지…… 그래 기웅아, 닦아라 닦아, 삼십 년을 매일 밤 해온 일 아니냐, 오늘 안 해주면 이빨이 지 주인

바뀐 줄 알 거야, 안 그래?」

그렇게 중얼거리다가 한순간, 남기웅은 번쩍 정신을 차렸다. 남기웅은 거울 속의 자기 얼굴을 똑바로 바라보았다. 등에 찬 기운이 지나갔다. 남기웅은 천천히 입술을 벌렸다. 분명 자기 이빨이었다. 어린 시절부터 이빨에 유난히 신경 써온 그였으므로 그는 자기 이빨과 잇몸의 상태를 자세히 알고 있었다. 이빨의 두께, 벌어진 간격, 잇몸의 색깔까지 정확히 알고 있었다. 지금 눈앞에 보이는 건 분명 자기 이빨이었다.

그러나…… 다시 등에 찬 기운이 흘렀다. 형태는 같지만 이건 자기 이빨이 아니었다. 유전자 구조도 같겠지만 분명 자기 이빨은 아니라는 걸 그는 알지 않는가. 30년을 닦아 온 실제 자기 이빨은 연구소 지하의 어느 어두운 구석에 있을 것이다. 눈앞에 보이는 건 자기 이빨이 아니었다.

울컥, 남기웅은 참을 수 없는 구토를 느꼈다. 뭐라 표현할 길 없는, 말할 수 없이 매스꺼운 감정이 배 속에 비누 거품처럼 퍼져 나갔다.

'나의 이빨이 아니다. 내가 닦아 주던 이빨이 아니다.'

그는 양치질을 할 수가 없었다. 양치질을 하는 게 더없이 치욕스럽게 느껴졌다. 강요에 의해 남의 자지를 만져야 된다면 아마 그 비슷한 기분이 될 것이었다. 그의 손에서 툭, 칫솔이 욕실 바닥으로 떨어졌다. 그는 입술을 부들부들 떨며 욕실을 나와 침대로 갔다. 오 하느님! 그는 양손으로 머리카락을 움켜쥐며 침대보에 얼굴을 묻었다. 그리고 흐느끼기 시작했다. 오래오래 흐느꼈다.

이튿날 아침 눈이 떠졌을 때 남기웅은 마취에서 방금 깨어난 사람처럼 한동안 멍하니 천장만 올려다보았다. 잠에서 막 깨면 누구나 잠시 몽롱한 상태에 있게 마련이지만, 이때 남기웅의 정신 상태는 그것과는 또 달랐다.

눈을 뜨자마자 간밤에 흐느껴 울다 잠들었다는 생각이 났고, 그 직전에 치약을 짜면서 거울을 본 일도 생각났다. 그러자 꼼짝도 할 수가 없었다. 슬프고 아득했던 심정이 되살아나면서 전신에 맥이 풀렸다. 언젠가 본 영화가 생각났다. 머리는 인간처럼 작동하지만 팔다리는 쇠로 된 기계 인간. 자신이 그런 존재 같은 기분이 들었다.

물론 그런 기계 인간과 달리 그는 섹스도 할 수 있고 밥도 먹을 수 있다. 그래 봐야 무엇이 다르다는 말인가? 30년 동안 보고 만져 온 자기 육신이 아닌 새로운 살덩어리를 매달고 있다는 느낌은 결코 기분 좋은 게 아니었다. 단순히 기분 정도의 문제가 아니라 뭐라 말할 수 없이 불결한 느낌이었다. 그때 자명종이 울렸다.

띠릭띠릭띠릭…….

남기웅은 즉시 손을 뻗어 일시 정지 버튼을 눌렀다. 그 반사 신경만큼은 예전과 다를 바 없었다. 남기웅은 자기 손을 가만히 들여다보았다. 외관상으로는 원래의 자기 손과 전혀 다르지 않았다. 반사 신경도 똑같고, 어느 면에서는 예전보다 움직임이 좀 더 가뿐하고 날렵해졌다는 느낌도 들었다. '정화.' 남기웅은 강 박사가 말했던 단어를 떠올렸다. 그리고 다른 말도 떠올렸다. 옷 하나만 갈아입은 원래의 그 사람일 뿐이라고 강 박사는 말했었다.

그래!

남기웅은 벌떡 일어나 앉았다. 돌연히 새로운 자각 하나가 솟구쳤다.

'나의 몸이 아니라고 생각하고 있는 이 나는 누구인가? 남기웅 아닌가. 비록 육체는 새로 만들어 갖다 붙였는지 몰라도 나는 원래의 나다. 내 기억, 내 생각 모두 나의 것이다. 나는 남기웅이다.'

남기웅은 주먹을 불끈 쥐었다. 그의 심장이 불처럼 뜨거워지고 있었다.

그는 어제도 그런 생각을 하기는 했었다. 자신이 복제 인간이라는 충격적인 말을 듣고 난 후, 정체성의 혼란 속에서 자기 자신을 인정하려는 마음으로 그는 얼마나 수없이 「나는 나다」라는 말을 되뇌었던가. 그러나 지금의 생각은 그때와 또 달랐다. 자기 육체의 낯선 이물감을 생생하게 느끼고 나자 그것을 통해 이번에는 그의 정신, 생각하고 느끼는 그 정신만은 분명 남기웅 자기 자신이라는 것이 명료하게 자각돼 오는 것이었다

'그래, 한 사람이 다른 누가 아닌 그 사람인 건 그의 정신 때문이다. 그만의 생각과 그만의 기억이 그를 다른 사람과 구분 짓는 것이다. 육체 따위는 아무것도 아니다. 신체에 이상이 생기면 남의 심장이나 눈을 이식하지 않던가. 이가 병들어 틀니를 했다고 해서 내가 바뀌는 건 아니다. 나는 그냥 남기웅이다.'

지난 며칠간의 존재론적 고민, 자기 정체성에 대한 고민이 한순간 눈 녹듯 사라졌다. 남기웅은 벅찬 환희 속에서 사방을 둘러보았다.

'내가 남기웅이고 이게 나의 집이다. 이 오피스텔을 계약하고 짐을

옮기던 이사 날까지 나는 다 기억하고 있지 않은가. 나는 남기웅이다. 다른 건 아무것도 생각할 필요 없다.'

띠릭띠릭띠릭…….

자명종이 다시 울렸다. 남기웅은 후다닥 일어나 침대에서 빠져나왔다. 몸과 마음 모두 상쾌했다. 날아갈 것 같았다. 지옥 같은 고통이 사라지면서 그는 이제 무엇이라도 할 수 있을 것 같았다. 우선 당장 출근을 해야 한다. 10여 분 전까지 아무 의미도 없게 생각되던 회사 일이 이제 다시 소중한 일상으로 느껴졌다.

'잘리면 안 되지…….'

남기웅은 서향의 발코니 창문을 열어 실내 공기를 순환시켰다. 그러고는 늘 그러했듯 냉수 한 컵을 들이켰다.

'기상 직후의 냉수 한 잔은 보약이지…….'

남기웅은 찌르르 식도를 타고 내리는 찬 기운을 느끼며 실내 중앙에 서서 1분 남짓 가벼운 체조를 하고, 욕실로 들어가 세수와 면도와 양치질을 하고, 휘파람을 불며 티셔츠와 청바지를 갈아입었다. 낡은 청바지, 노트북 컴퓨터, 욕실의 수건 한 장까지, 그의 눈에 보이는 모든 것이 새삼 소중하고 친밀하게 느껴졌다. 자기 인생과 함께 가는 일상의 동지들 아니냐. 남기웅은 빠르게 출근 준비를 마치고는 더할 수 없이 청량한 기분으로 집을 나섰다.

이날 남기웅의 하루는 말할 것도 없이 그의 생애 어느 날보다 활력이 넘쳤다. 인생의 무의미함에 절망해 권태롭게 살아가던 사람이 종교적 세례를 받아 어느 한순간 새롭게 각성된 양, 그의 주변에 펼쳐지는 사소한 일상 모두가 완전히 다른 빛깔로 다가왔다. 모든 것에 의미가 붙었고, 모든 것이 신선했다.

「좋은 아침!」

사무실에 들어서면서 경쾌하게 아침 인사를 던지는 것으로 그의 신선한 하루는 시작되었다.

「다 나았어? 어젠 생리했나 봐, 맛이 완전히 갔드만.」

농담조로 이죽거리는 개발 2팀장에게 그는 웃으면서 손을 번쩍 들어 주었다.

선교 프로그램 회의도 일사천리도 진행되었다. 공모용 시연 프로그램을 만드느라 이미 그쪽 업무 파악은 대강 한 상태여서 프로그램 개발 일정에 큰 어려움은 없었다. 추가 업무 파악을 지시하고, 세부적인 플로 차트 몇 개 점검하고, 기초 데이터 입력을 위해 아르바이트생 몇 명 확보하라는 지시를 내리는 것으로 한 시간 만에 개발 회의는 끝났다. 물론 이런 회의는 개발이 완료되기 전까지 2, 3일에 한 번씩 꾸준히 해야 했다.

회의가 끝난 다음에는 전체 개발 일정을 도표로 만들어 사장에게 보고했고, 일 처리가 꼼꼼하다는 칭찬과 격려의 말을 들었다. 「몸은 괜찮아?」 하고 사장이 물었을 때 그는 히죽 웃으며 대답했다.

「헤에, 어제 생리가 시작됐거든요. 생리 첫날은 좀 그렇더라구요, 헤에.」

11

새로운 프로그램 개발이 시작되면 퇴근 시간은 무의미해진다. 개발 일정은 언제나 빠듯하게 짜놓게 마련이라 일이 시작되면서부터 바로 시간과의 싸움이다. 이날도 개발 1팀의 퇴근은 밤 10시가 넘었고, 팀장인 남기웅은 추가된 업무에 따라 시스템 플로 차트를 새로 설계하느라 혼자 늦게까지 사무실에 남아 일했다.

남기웅이 컴퓨터를 끄고 일어난 것은 시침과 분침이 숫자 12에 거의 나란히 서 있는 자정 무렵이었다. 남기웅은 꼼꼼하게 사무실 보안 장치를 확인하고 나서 건물 계단을 천천히 걸어 내려왔다. 이때까지도 그의 가슴은 은근히 들떠 있었다. 하루 종일 경쾌하게 그를 밀어붙였던 충일감이 감기 끝 무렵의 기분 좋은 미열처럼 그의 머리에 따뜻이 남아 있었다. 그는 회사 건물 앞에서 담배 한 대를 빼물고는 밤거리의 농익은 불빛과 산만히 오가는 행인들을 느긋하게 바라보았다. 아무나 붙잡고 술 한잔 나누고 싶은 기분이었다.

그런 기분으로 차를 몰아 오피스텔 지하 주차장까지 왔다. 야밤의 지하 주차장은 스산하면서 고요했다. 탁, 차 문 닫히는 소리가 벽에 반사돼 크게 울렸고, 엘리베이터 입구까지 걸어가는 그의 발소리는 뚜벅뚜벅 과묵한 동행자처럼 옆에 붙어 따라왔다. 그렇게 지하 주차장 엘리베이터 앞에 섰을 때였다.

층 버튼을 눌러 놓고는 빨간 숫자가 하나씩 아래로 떨어지는 것을 무심히 올려다보고 있었는데, 갑자기 무서움 혹은 외로움, 아무튼 정체 모를 아득한 기분이 그의 몸속으로 스며들었다. 왜 정체가 없겠는가? 그랬다, 가까스로 회복한 자기 존재성의 문제가 결국 다시 솟아오르고 만 것이었다. 무엇이 그것을 촉발시켰는지는 알 수 없었다.

불길한 기운이 스며드는 순간 남기웅은 우선 당황했다. 그게 무엇을 뜻하는지 그는 알았다. 이제 곧 무성하게 번질 지옥 같은 고통이 예감되어서 그는 허둥거리며 소리 질렀다.

「안 돼!」

남기웅은 허겁지겁 오늘 아침의 그 명쾌한 논리를 끌어올렸다. 육체 따위가 복제되었든 말든 자기 정신은 남기웅 그대로라는 것, 자신은 육체라는 옷만 하나 갈아입었을 뿐인 남기웅 자신이라는 것, 그 논리를 머릿속에 채우고자 노력했다. 노력할 필요도 없이 그 논리는 이미 머릿속에 선명히 박혀 있었다. 그런데 어쩐 일인지 그 논리가 전혀 도움이 되지 않았다. 논리와 상관없이 자꾸 아득한 기분이 밀려들었다. 꾸역꾸역 온몸에 밀려들었다.

눈앞에서 마침내 엘리베이터 문이 열렸지만 남기웅은 몽유병자처럼 멀건 눈빛으로 서 있었다. 그러다가 역시 몽유병자처럼 엘리베이터 안으로 들어갔다. 빨간 숫자가 하나 둘 위로 올라가는 동안 그는 내내 핏기 없는 얼굴로 바닥만 내려다보고 있었다.

그렇게 침대까지 갔다. 엘리베이터에서 침대까지 어떻게 왔는지 하나도 기억이 나지 않았다. 짧은 거리였지만, 짧은 거리였는데도, 엘리베이터에서 침대까지 걸어온 기억이 없었다. 정신을 차리고 보니 침대 위였고, 그러자 지난밤에 욕실에서 나와 하염없이 흐느꼈던 게 생각났다. 그때의 비통한 감정이 다시 그의 온몸에 퍼졌다. 남기웅은 이를 악물며 침대에 머리를 묻었다.

머리를 묻은 그 순간에도 그는 끊임없이 자기가 남기웅임을 스스로에게 선언하고 있었지만, 강철 같은 선언에도 불구하고 그 반대편에서 불거지는 목소리 하나, 자신이 가짜이고 허상이고 허공에 뜬 존재라는 은밀한 속삭임 하나를 그는 끝내 이길 수가 없었다. 그는 지난밤처럼 소리 내어 흐느꼈다.

남기웅의 의식은 다시 극과 극 사이를 갈팡질팡했다. 자기가 남기웅이라는 것이 불처럼 확신되는가 하면, 그리하여 자신의 아주 작은 기억 하나까지 문득 소중해지는가 하면, 얼마 후 이번에는 자기는 한낱 생각의 다발이고 움직이는 살덩이일 뿐이라는 오싹한 인식이 바위처럼 굴러 왔다.

이 두 가지 의식은 논리와는 무관했다. 내가 나인 것을 안다는 정체성의 자각은 논리가 아니라 감정이었다. 그의 의식 밑바닥에서는 논리가 탑을 세우고 있을지라도, 정작 그의 감정을 움직이는 건 일상에서 마주치는 사소한 것들이었다.

면도를 하다가 턱밑에 상처가 날 때 젖은 화장지로 피를 막고 있으면 자신은 두말없이 남기웅이었다. 이유를 따질 것 없이 그 순간 그는 생생한 자기 자신을 느꼈다. 상처를 젖은 휴지로 닦아 내는 버릇 하나에서 남기웅은 천 년 전부터 존재해 온 그 자신의 영혼을 느꼈다. 그러나 얼마 후 텔레비전을 보다가 리모컨으로 채널을 바꾸는 순간 남기웅은 갑자기 사라졌다. 방금 전의 화면과 지금의 화면이 충돌하면서 그 사이의 어떤 검은 구멍 속으로 자신과, 세계와, 우연성, 필연성, 그 밖에 세계의 모든 실증적인 명제들이 단숨에 휩쓸려 들어갔다. 그러면 세계는 순식간에 공허해졌다.

턱밑에 난 상처와 채널을 바꾸는 행위 간에 어떤 차이가 있는지, 그것의 어떤 점들이 그의 정서를 건드리는지 그 자신은 물론 알지 못했다. 감각은 돌발적으로 날카로워졌다가 슬그머니 무디어졌다. 언제 무엇이 다가올지 몰랐다. 그로서는 그 변화무쌍한 감정의 파고에 속절없이 휘둘리고만 있을 뿐이었다.

남기웅의 이런 혼란은 회사에서는 크게 드러나지 않았다. 새로운 프로그램 개발이 시작되었으므로 팀원들은 각자 자기 업무와 씨름하고 있었다. 남기웅 역시 거의 하루 종일 컴퓨터 앞에만 앉아 있었다. 말 한마디 없이 모니터만 들여다보고 있어도 작업에 열중인 모습으로 비치게 마련이었다. 고민 어린 표정으로 창밖을 내다보고 있어도 그건 로직이 안 풀려 고심하는 모습이었다.

「잘 안 돼?」

누가 옆에 다가와 물으면 씩 웃으며 어깨 한 번 으쓱하면 그만이었다. 아무도 그를 이상하게 보지 않았다.

혼란과 갈등은 남기웅 안에서만 무성했다. 남기웅은 자주 초점 없는 눈으로 사무실 안을 천천히 둘러보고는 했다. 아니, 그럴 때 그의 눈빛은 오히려 날카롭게 번득이고 있다고 해도 좋을 것이었다. 어떤 잘못이라도 찾아내려는 양 어느 한 사람의 사소한 동작을 뚫어지게 바라보고는 했다.

그럴 때 그는 느꼈다. 남들은 평범한 인간이고 자기는 무언가 이상한 존재이다가, 그러다가, 때로는 사무실 동료들 모두가 태엽 감긴 자동 인형처럼 여겨지면서 사무실 안에 사고 능력을 가진 사람은 자기 하나뿐이라는 기분마저 들기도 했다. 동료들의 웃음소리가 공허하게 솟구쳤다가 흔적 없이 사라지는 것을 그는 민감하게 가슴으로 느꼈다. 모두 자동 인형만 같았다. 살아서 생생하게 세상을 느끼는 건 자기 하나뿐인데, 그 자기 하나가 어떤 존재인지를 그는 알 수 없었다.

부지불식 원체가 떠오르고는 했다. 그는 그 원체를 깨우고 싶었다. 그렇게 하면 무슨 일이 벌어지는지 보고 싶었다. 그럴 때마다 떠오르는 의문이 있었다.

'똑같은 사람이 두 명 존재해도 되는 것인가?'

그런 생각이 떠오르면 다음 순간에 바로 그것이 매우 불경한 짓이라는 것을 그는 온몸으로 느낄 수 있었다. 말할 수 없는 섬뜩함이 쭉

뻣 머리카락을 곤두서게 했다. 차분히 생각해 볼 필요도 없이 그건 말도 안 되는 매우 이상하고 불경스러운 무엇이었다.

강 박사는 자기 말처럼 가끔 안부 전화를 해왔다. 요즘 건강은 어떤지, 회사 일은 잘되고 있는지 등 누구라도 물을 수 있는 가벼운 질문들 한두 마디였다. 그리고 통화 마지막에는 늘 이런 전화 귀찮으면 더 이상은 하지 않겠다는 말을 덧붙였다. 남기웅은 상관없다고 대답해 주고는 했다. 강 박사의 전화를 받고 나면 잠깐씩 침울한 기분에 젖긴 했지만, 그런 안부 전화마저 일절 없다면 오히려 조금 불안해질 것 같기도 했던 것이다.

금요일 오전에 희수에게서 전화가 왔다. 주말에 함께 영화 보러 가기로 했던 약속을 확인하는 전화였다.

「미안해, 새 프로그램 들어갔거든. 아무래도…….」

「기웅 씨, 조금 달라진 거 알아?」

「뭐가?」

「이번 주에만 내가 세 번이나 전화했어. 나 갑자기 짝사랑하는 여자 된 기분이야. 무슨 일 있어?」

「없어. 프로그램이…….」

「여자 생겼어?」

「…….」

「생기면 얘기해. 우리 그런 거 솔직하기로 했지?」

남기웅은 내내 우물쭈물하다가 통화를 끝냈다.

희수가 무슨 오해를 하든 그는 전혀 신경 쓰이지 않았다. 미안했지만, 그보다 먼저 귀찮았다. 그러면서 그는 새삼 사랑이라는 것에 대해 생각해 보았다. 희수에게 아무것도 말할 수 없다는 것이 그를 안타깝게 하지는 않았다. 죄책감을 느끼지도 않았다. 그것을 말할 수 없다고 사랑하느니 안 하느니 판단할 문제는 아니었다. 그렇게 따지면 어머니에게는 말했던가, 앞으로는 말할 수 있을 것인가, 그건 분명 사랑과는 관계없는 문제였다. 그렇더라도 외로운 건 어쩔 수 없었다. 그는 말할 수 없이 외로웠다.

그리하여 여자를 떠올리게 되었다. '하나 더' 있다고 했던 그 여자.

처음 강 박사에게서 그 여자 이야기를 들었을 때 남기웅은 당연히 궁금했다. 그러나 한 번 만나 보겠느냐는 강 박사의 말을 듣는 순간 그는 단숨에 마음을 닫아 버렸다. 매우 이상한 기분이 그를 휘감았다. 종이에 살을 베이는 것과도 비슷한 느낌이었다. 아프다기보다는 서늘하고, 불쾌하고, 이상하게 들큰한, 다시 비유하면 그것은 근친상간과도 비슷한 감정이었다. 때문에 유일하게 서로를 이해할 그 여자를 남기웅은 결코 만나고 싶지 않았었다.

그러나 마침내, 만나 보고 싶어졌다. 남기웅은 고통을 혼자서 감당할 만한 단계를 지나 있었다. 만나면 그 결과가 어떻게 될지, 사소한 위로나 나누면서 더 참담한 기분을 맛보게 될지 어떨지 알 수 없는 일이었지만 그 이후는 생각하고 싶지 않았다. 당시 그에게는 하루를 견디는 일이 중요했다.

금요일 밤에 사무실 동료들은 모두 야근에 들어갔다. 밤 12시경,

두어 명은 이미 야근용 침대에 올라가 있고 나머지 사람들은 간식으로 통닭을 시켜 먹고 있을 때 그는 식욕이 없다면서 건물 아래층 계단으로 내려갔다.

'이 사람에게 전화하는 건 늘 이런 시간이군……'

남기웅은 허탈하게 웃었다. 여자를 만나고 싶다는 말이 쑥스러워서, 그리고 왠지 치욕스러워서, 그는 금방 번호를 누르지 못하고 핸드폰을 한참 내려다보았다. 그러다 결국 번호를 눌렀다.

언제나 그렇듯 강 박사는 자상하게 전화를 받아 주었다. 그 편안하고 자상한 목소리가 남기웅에겐 듣기 역겨웠다. 곤충 채집되어 하얀 상자에 들어가 있는 듯한 그의 무력한 처지를 그 목소리는 늘 강렬하게 확인시켜 주었다. 여자를 만나는 일도 강 박사의 목소리처럼 무언가를 역겹게 확인하는 일이 될지 모른다고 생각하면서도 남기웅은 결국 강 박사에게 자기 마음을 이야기했다.

친절하게, 아주 친절하게 강 박사가 말했다.

「허허, 알겠습니다. 이브에게 연락하지요.」

12

「먼저 갈게요.」

식사가 어느 정도 진행되었을 때 강 박사가 먼저 자리에서 일어났다. 코스로 나오는 음식 중에 아직 두어 가지 요리가 더 남아 있을 때였다.

「허허, 잡는 사람 아무도 없네. 더 앉아 있었으면 큰일 날 뻔했어요.」

양복을 걸치며 강 박사가 마지막 농담을 했다. 강 박사는 오늘 유난히 농담을 많이 했다.

「안녕히 가세요.」

이정미가 몸을 반쯤 일으켜 인사말을 했고, 남기웅은 가벼운 목례로 인사를 대신했다.

「계산은 내가 합니다.」

문을 나서면서 강 박사가 말했다. 그 말에는 두 사람 다 아무 응답

도 하지 않았다. 그의 존재는 벌써 잊었다는 듯 말없이 음식에만 손
대고 있는 두 사람을 강 박사는 빙그레 웃으며 바라보다가 조용히
문을 열고 나갔다.

강 박사가 나가고 난 후에도 두 사람은 식사가 끝날 때까지 서로
아무 말 하지 않았다. 두 사람이 직접 말을 주고받은 것은 처음 보았
을 때 인사로 나눈 '안녕하세요?' 단 한마디뿐이었다. 식사 분위기가
썰렁하지 않았던 것은 순전히 강 박사 때문이었다. 강 박사는 자신
의 역할을 충분히 알고 있다는 듯, 밥을 먹는 내내 두 사람을 번갈아
돌아보면서 여러 화제로 이야기를 이끌어 갔다.

그 다양한 화제 중에 복제에 관련된 말은 하나도 없었다. 그것을
보면, 어울리지 않게 중매쟁이처럼 수다스러운 모습을 보이기는 했
어도 강 박사 또한 이 만남이 두 사람 이상으로 조심스러웠던 게 분
명했다.

어쨌거나 강 박사의 수다로 해서 두 사람은 말 한마디 나누지 않
으면서도 상대의 신상에 대해서 어느 정도 알게 되었다. 남자가 컴
퓨터 회사에 근무하는 서른한 살의 미혼으로 현재 시내의 한 오피스
텔에서 혼자 살고 있다는 것을 이정미는 알았고, 여자가 대학 입시
전문 학원의 국어 강사로 일하는 스물여덟 살의 처녀라는 것을 남기
웅은 알았다.

물론 가장 중요한 점에 대해 두 사람은 상대를 알지 못했다. 그래
서 서로 조심스러워하고 있었다. 그러나 어색하지는 않았다. 스스로
어색하지 않을 뿐 아니라 상대가 어색해하지 않고 있다는 것 또한

두 사람은 느끼고 있었다. 침묵이 계속되고 있어도, 그래서 두 사람은 불편하지 않았다. 그것은 우연히 만난 옛 연인이 차 한 잔을 앞에 두고 각자 애틋한 상념에 빠져 있는 장면과도 같은 부드럽고 섬세한 침묵이었다.

남기웅이 젓가락을 내려놓았다. 달그락거리는 그 작은 소리에 이정미가 고개를 들어 그를 바라보았다. 이정미는 무언가 말할 듯 입을 반쯤 열었다가 닫고는 곧 수저를 내려놓았다.

「담배 좀 피워도 될까요?」

주머니에서 담배와 라이터를 꺼내며 남기웅이 비로소 처음으로 이정미를 정면으로 바라보았다.

「이 집이 금연만 아니면 저는 상관없어요.」

이정미의 말에 남기웅은 '금연'이라는 표시나 재떨이 같은 게 있나 찾아보는 듯 좌우를 슬쩍 둘러보았다. '금연' 표시도 재떨이도 보이지 않았다. 남기웅은 담배에 불을 붙이고는 빈 접시 하나에 물을 부어 재떨이로 만들었다.

「남이 이러는 거 보면 싫었는데…….」

남기웅의 목소리는 얼마간 자조적이었다. 이정미는 맞은편에서 그런 남기웅을 물끄러미 바라보았다.

「힘드시죠?」

얼마 후에 이정미가 조용히 물었다. 남기웅은 담배 연기를 내뿜으면서 쓸쓸하게 웃기만 했다.

「아직 그럴 거예요.」

이정미가 혼잣말처럼 나지막이 말했다. 남기웅의 얼굴이 약간 굳어졌다. 자존심이 부닥칠 문제는 아니었으나 이정미의 다독거리는 듯한 말투가 남기웅의 마음에 약간 반감을 불러일으켰던 것이다.

「그쪽은 언제 알았지요?」

남기웅의 목소리는 조금 도전적이었다.

「두 달 전에요.」

이정미의 목소리는 여전히 담담했다.

「두 달이면 다 정리되던가요?」

「어느 정도는요. 결국 정체성 문제잖아요, 내가 누군가 하는…….
처음엔 혼란스러웠지만 곧 정리됐어요.」

「어떤 식으로요?」

「사실 간단한 문제지요. 내가 달라진 건 없거든요. 나는 내가 이정미라는 걸 알아요. 그거면 되잖아요.」

「간단하네요.」

약간의 빈정거림이 섞인 어조였으나 이정미는 개의치 않고 바로 그의 말을 받았다.

「복잡할 게 없지요. 내가 나인 건 내 정신 때문이에요. 내 생각, 내 느낌, 나만의 기억 같은 것들 말이에요. 그게 그대로 있지 않나요?
몸은 아무것도 아니지요. 사람들이 교통사고 나서 팔을 잃으면 인공 팔을 이식하잖아요. 그렇게 팔을 이식한다고 그의 존재가 달라지는 건 아니지요. 우린 새 몸을 얻은 것뿐이에요. 존재가 변한 건 없어요.」

이제부터 시작이라는 듯 이정미의 표정은 자못 결연하기조차 했다. 남기웅은 피식 웃는 것으로 그 '결연'을 받았다.

「존재가 변한 건 없다고요?」

「그래요, 옷 하나 갈아입은 거나 마찬가지지요.」

「그건 강 박사 표현이로군요.」

「누구 말이든, 맞는 말 아닌가요?」

'아닌가요?' 하는 반문이 남기웅에겐 어쩐지 밤바다에 밀려오는 파도 소리처럼 들렸다. 서늘하면서 고요했다. 이정미가 계속 말했다.

「우리 몸은 어차피 수시로 변해요. 생각해 보세요, 설령 우리가 복제된 게 아니라 해도 우리가 바라보는 이 손은 어린 시절의 그 손이 아니에요. 어제 놀던 강에 오늘 또 가본다 해도 강물은 이미 어제의 그 강물이 아닌 거나 마찬가지지요. 하지만 강물이 어제의 강물이 아니라고 우리가 아는 그 강이 아닌가요? 똑같은 강이에요. 강물이 바뀐다고 강이 바뀌지는 않아요. 기억이 있으면 그게 나예요.」

미리 준비해 온 말인 듯 이정미의 말은 전혀 막힘이 없었다. 웅변이라도 하는 듯한 그녀의 열정적인 주장에 대해 남기웅은 짧게 한마디 던질 뿐이었다.

「대단히 철학적이네요.」

남기웅의 목소리에 비아냥기가 섞여서일까, 잠깐 입술을 깨무는 듯하던 이정미가 그의 말투를 흉내 내어 조용히 되받았다.

「대단히 냉소적이네요.」

남기웅은 두어 차례 천천히 고개를 끄덕거렸다. 수긍이라기보다는 아무튼 이정미가 어떤 생각을 갖고 있는지는 알겠다는 그런 태도였다.

대화를 시작한 지 얼마 안 됐지만 남기웅은 이정미에게서 몇 가지 독특한 습관을 보았다. 단호한 자기 주장이 들어가는 말일수록 그녀의 목소리는 오히려 차분하고 나지막했다. 그리고 입을 열기 직전에는 매번 보조개가 파일 만큼 입술이 굳게 다물어졌다. 다짐하듯 아래위 입술이 야무지게 맞닿을 때면 곧 날카로운 반문 같은 것이 날아올 듯한데, 이어지는 그녀의 말은 언제나 부드럽게 절제되어 있었다.

「나가시겠어요?」

남기웅이 말했다.

「어디로요?」

「어디든, 식사도 끝났고 이젠 나가야지요.」

「그래요.」

이정미가 먼저 핸드백을 챙겨 일어났다. 몸을 일으키는 그녀의 동작이 어딘지 독특하다고 남기웅은 느꼈다.

이정미의 움직임은 한 동작이 아니라 여러 단계의 동작이 순서대로 행해지는 듯했다. 마치 운동 조교의 시범 동작 같은, 부자연스럽지는 않으나 어딘지 지나치게 숙달되어 언뜻 작위성이 느껴지는 동작이었다. 사소한 동작에 밴 그런 모습이야말로 이정미의 성격을 반영하는 것이리라고 남기웅은 생각했지만, 막상 그게 어떤 성격인지는 그로서도 잘 알 수 없었다.

114

두 사람은 한정식당에서 나와 근처의 찻집으로 갔다. 아까 남기웅이 혼자 들어가 있던 곳이었다. 남기웅은 가볍게라도 술 한잔하고 싶은 마음이었으나 이정미가 먼저 그쪽으로 향하는 것을 보고는 내색하지 않고 따라 들어갔다.

「오늘 나올 때 어떤 마음이었어요?」

종업원이 백련차 두 잔을 갖다주고 돌아선 후에 이정미가 물었다.

「어떤 기대를 갖고 나왔느냐는 말인가요?」

「그 점도 그렇고…….」

「기대 같은 건 없었어요. 뭘 기대하겠습니까? 이정미 씨나 나나, 스스로 뭘 어떻게 할 수 있는 입장은 아니잖아요. 그냥…… 그래요, 솔직히 많이 혼란스러웠지요. 뭐가 혼란스러운 건지, 뭘 생각해 봐야 되는 건지도 모르는 채 온갖 생각만 끊임없이 몰려오는데, 뭐 정미 씨도 비슷하게 겪으셨을 거고…… 한 사람이 더 있다는 이야기는 벌써 들었어요. 며칠 전에 불쑥 만나 보고 싶더군요. 혼자 할 수 있는 생각은 다 해봤으니까요.」

솔직한 심경을 고백하고 나자 남기웅은 갑자기 쑥스러웠다. 자존심, 쑥스러움, 지금 같은 상황에서 그런 감정은 사치일 것이지만 어쩔 수 없었다. 여자를 만나는 순간부터 그는 무언가 자꾸 수치스러웠다. 그리고 그 감정 때문에 불편했다.

어쨌거나 남기웅이 솔직히 말하고 나자 이정미의 눈빛은 아까보다 그윽해졌다.

「곧 믿게 될 거예요. 기웅 씬 아무것도 달라진 게 없고, 남기웅이라는 사람 그대로일 뿐이에요.」

「그런 생각 수없이 했지요. 하지만 다짐이라는 거, 이게 벌써 이상한 거지요. 내가 나인 걸 아는데 무슨 다짐이 필요하지요? 그런데 다짐이 필요해요. 다짐해야만 내가 나로 느껴집니다. 후후, 아주 이상한 꼴인 거지요.」

「단순해지셔야 돼요. 우리는 우리의 기억과 감정을 그대로 갖고 있어요. 그것만 생각하면 돼요.」

「이식된 기억이라는 걸 정미 씨도 알잖아요?」

「기억은 그 자체가 한 사람이에요. 기억이 바로 우리 자신이에요. 그 기억이 자기 집을 바꿨을 뿐이라구요.」

「우리와 똑같은 기억을 갖고 있는 사람이 있는데요?」

「연구소의 그 방에 갔었군요?」

「네.」

「그건 옛날의 우리 몸일 뿐이에요. 우리는 지금 여기에 있어요. 이렇게 생생히 우리 자신을 느끼면서 차를 마시고 있어요. 그것만 인정하면 돼요. 대체 뭘 부정하고 싶으세요?」

이정미의 말이 모처럼 빨라졌다. 추궁하듯 연속적으로 주장해 오는 그녀의 말을 들으며 남기웅은 오히려 얼마간 담담해질 수 있었다. 그건 근래 들어 남기웅이 여러 번 겪은 일이었다. 생각의 혼란이 극에 달했다 싶을 때면 다음 순간 나른한 공허감이 밀려들면서 불안이나 조바심 같은 것들이 일시에 흔적도 없이 사라지고는 했다. 물론 잠시에 불과했지만.

116

남기웅은 찻잔을 들어 천천히 한 모금 마시고는 내려놓았다. 찻물이 식도를 타고 내려가는 것을 느끼며 남기웅은 생각했다.

'이것은 나의 느낌인가? 그래, 나의 느낌이다. 남기웅 내가 느끼는 나의 느낌이다. 나는 여기에 이렇게 있다.'

이런 생각을 하는 것도, 이런 생각을 하고 있는 자신을 느끼고 있는 것도 자기 자신이다. 그건 명백했다. 부정하고 싶지도, 부정되지도 않았다. 그럼에도 남기웅은 흔연해지지 않았다. 사고를 당해 팔다리를 이식하는 것과 복제는 근본적으로 다른 문제라는 생각을 그는 아무래도 떨쳐 낼 수 없었다.

그의 생각에 그것은 논리로 결론을 얻을 문제가 아니었다. 이정미의 논리는 나름대로 옳은 듯했다. 논리로만 따지면 기억 자체가 한 인간일 수 있다. 남기웅의 기억을 갖고 남기웅의 정신으로 사고하는 자신은 곧 남기웅이다. 기억과 정신이 그 사람이다.

그러나…… 그것뿐인가?

그것뿐이라고 남기웅은 자신 있게 말할 수 없었다. 나는 누구인가? 남기웅은 그 물음에 어떠한 대답도 할 수 없었다. 나는 무엇인가? 차라리 이렇게 물어야 하는 것은 아닌가 하는 생각이 들 때면 그는 가슴이 찢어지는 고통을 느꼈다. 그것이 지난 2주간 눈 뜨고 있는 매 순간 그를 괴롭혀 온 혼란이었다.

유리창 밖 거리에는 빗줄기가 조금씩 거세지고 있었다. 이제 우산 없이 걸어가는 사람은 별로 보이지 않았다. 유리창에 빗물이 고이면서 행인들의 모습은 영화의 회상 장면처럼 부옇게 흐려지고 있었다.

남기웅의 눈은 창 바깥에, 이정미의 눈은 실내 벽면의 어느 유채화에 고정돼 있었다.

　얼마 후 남기웅이 창 바깥에 나가 있던 눈길을 거두어 이정미 쪽으로 고개를 돌렸다.

「신을 믿으세요?」

「아니요, 거기는요?」

「저도 안 믿습니다.」

　남기웅은 그렇게 대답하면서 담배를 꺼내 물었다. 이정미는 담배에 불을 붙이는 그를 가만히 바라보았다. 무언가 진지한 질문이 나올 듯한 분위기였으나 담배를 반쯤 피울 때까지 남기웅의 입에서는 별말이 나오지 않았다. 이정미도 더 묻지 않아 신에 대한 이야기는 거기에서 그쳤다. 대신 이정미가 다른 이야기를 꺼냈다.

「애인 있으세요?」

「네, 정미 씨는?」

「지금은 없어요.」

「그렇군요.」

　알 것 같다는 얼굴로 남기웅은 두어 번 고개를 끄덕거렸다.

「사귄 지 오래됐나요?」

　이정미가 다시 그에게 물었다.

「칠 년이면 오래된 편인가요?」

「아―주 오래된 거지요.」

　이정미가 놀랍다는 듯 '아주'라는 말을 길게 강조하자 남기웅의 얼

118

굴에 어색한 미소가 흘렀다.

「그분과 결혼하겠네요?」

「그럴 거라고 서로 생각하고 있지요.」

덤덤히 대답하던 남기웅의 얼굴이 별안간 어두워졌다. 결혼이라는 구체적인 삶의 문제가 그에게 생각지 않았던 상념을 불러일으켰기 때문이다. 결혼? 남기웅은 주르르 단숨에 깊은 땅속으로 미끄러져 내리는 기분을 느꼈다.

「이 집 차 맛 괜찮네요.」

남기웅의 심경을 눈치 챈 이정미가 아차 하는 표정으로 화제를 돌렸지만 남기웅은 이미 자기만의 산만한 생각에 빠져 들었다.

그동안 온갖 생각의 그물에 빠져 고통스러워하면서도 남기웅은 그것을 자신의 문제로만 생각했지 남과 연관 지어 생각해 본 적이 없었다. 그런데 결혼이라면? 남기웅은 그것이 매우 미묘한 문제라는 것을 단번에 깨달았다. 허벅지에 유리 조각이 박히는 듯한 날카로운 통증. 그처럼 무언가 서늘했다. 침통하다기보다 얼떨떨한 기분이 되면서 남기웅은 순식간에 머릿속이 하얗게 비어 버리고 말았다.

「남기웅 씨!」

이정미가 조심스럽게 남기웅을 불렀다. 그녀의 목소리는 지금까지와 달리 가늘게 떨렸다. 대번에 창백해지는 남기웅의 얼굴이 그녀마저 불안하게 만드는 듯했다.

그런데 정작 이정미 자신은 별 기대 없었겠지만 그녀의 이 불안한 목소리는 다행히 남기웅을 진정시키는 효과가 있었다. 멍하니 가라

앉아 있는 남기웅의 의식 속으로 그녀의 목소리는 마치 먼 곳에서 불어온 바람 소리인 양 고요히 스며들었고, 그 순간 이것도 갑작스럽다면 갑작스러운 일일 텐데, 남기웅은 부드러운 손길 하나가 그의 가슴에 나비처럼 내려앉는 것을 느꼈다. 그러면서 평안해졌다.

그것은 결국 동병상련이 가져다준 위로였다.

이정미를 만나게 해달라고 강 박사에게 요청해 놓고 나서 오늘 만날 때까지 남기웅은 줄곧 마음이 개운하지 못했었다. 약속 장소를 눈앞에 두고 찻집에서 머뭇거린 것도 그 때문이었고, 이정미를 만난 이후로도 마음이 계속 불편하다가 심지어 무언가 수치스럽다는 기분마저 들었던 것도 처음의 그 개운하지 못한 마음을 끝내 넘어서지 못한 때문이었다.

이 세상의 누구와도 비교될 수 없는 완전히 같은 운명이라는 것, 역설적으로 남기웅이 내내 개운하지 않았던 것은 바로 그 점이었다. 이 세상 누구도 알지 못하는 고통, 이해조차 구하기 어려운 혼란과 갈등을 두 사람은 단 한마디의 말 없이도 교감할 수 있을 것이었다. 그리하여 두 사람은 서로 어떤 허약한 모습과 격렬한 감정을 드러내게 될지라도 상대에게 부끄러워하지 않을 수 있을 것이었다. 이러한 완벽한 동병상련의 처지가 남기웅은 오히려 견딜 수 없었다. 입장이 절실한 만큼 오히려 뻔해 보이는 이해와 격려, 세상 안에서 오직 두 사람만 같은 운명이라고 하는 모종의 신파성, 비유하자면 그것은 흡사 근친상간과도 같은 묘한 끈적거림이었던 것이다.

그리하여 남기웅은 오늘 이정미를 보는 순간부터 줄곧 마음 안의 무엇인가를 밀어내기 위해 애써야 했다. 혼자 견디기 힘들어서 같은 운명의 동료를 찾아왔음에도, 바로 그 때문에 상대에 대한 감정을 애써 시들하게 가져가려 했다. 적나라한 고백을 피하고 싶었다. 결과가 뻔해 보이는 끈적끈적한 이해와 연민을 공유하고 싶지 않았다.

그러나 방금 그의 가슴에 나비처럼 내려앉은 것, 그것은 명백히 동병상련의 깊은 교감에서만 생겨날 수 있는 따뜻한 위로의 손길이었다. 이정미의 마음이 우선 그러했고, 그 손길을 편안하게 받아들이고 있는 남기웅 역시 마음속에서는 이정미를 결국 운명적인 동료로 인정하고 있는 셈이었다.

남기웅은 고개를 들어 이정미를 가만히 바라보았다. 그의 가슴속으로 무언가 고요히 흘러내렸다. 서글픔이었다. 이정미에게서 문득 더할 수 없는 친밀감을 느끼는 이 순간, 동시에 그는 목이 뻑뻑해져 오는 서글픔을 느껴야만 했다.

「남기웅 씨…….」

다른 사람이 된 눈빛으로 자기를 바라보고 있는 남기웅을 이정미가 조용히 불렀다. 남기웅은 말없이 고개를 끄덕였다. '나 아무렇지도 않아요.' 그렇게 말하고 있다는 것을 이정미는 알아차렸고, 이정미가 그런 자기 마음을 느끼고 있다는 것을 남기웅 또한 알았다.

두 사람은 그렇듯 한순간에 좁혀진 교감으로 서로를 묵묵히 바라보았다. 두 사람은 비로소 거리에 내리는 빗소리를 들을 수 있었다. 탁탁탁탁. 어쩐지 그것은 아주 맑은 날 이불의 먼지를 터는 소리 같았다.

한참 만에 남기웅이 입을 열었다.

「오늘 여러 가지 말씀 고마웠습니다.」

사무적인 어조였으나 이정미를 바라보는 그의 눈빛은 애틋하게 절제되어 있었다.

「가시게요?」

「오늘은 이 정도면 될 것 같네요.」

뜻이 모호한 말이었지만 이정미는 알아들었다는 듯 가만히 고개를 끄덕였다. 그리고 먼저 몸을 일으켰다. 그 순간, 남기웅은 언뜻언뜻 작위적으로 보이곤 하던 이정미의 그 독특한 동작이 그녀의 어떤 성격을 반영하는지를 문득 알아차릴 수 있었다.

남기웅은 마음속으로 고개를 끄덕이며 그녀를 따라 일어났다.

「우산 안 가져 오셨지요?」

남기웅이 찻값을 계산하고 돌아서자 이정미가 현관의 우산을 챙겨 들며 돌아보았다.

「네, 아까는 맞을 만하기에.」

「차 있는 곳까지 같이 가요. 차 어디에 있어요?」

「요 아래 공영 주차장에요.」

빗줄기는 유리창을 통해 내다보던 것보다 훨씬 굵고 거셌다. 두 사람은 함께 우산을 쓰고 공영 주차장까지 걸었다.

「이정미 씨 차는 어디에?」

차에 오르면서 남기웅이 물었다.

「식당 뒤쪽 주차장에 있어요.」

「아, 네.」

「그럼, 안녕히 가세요.」

「네, 안녕히 가세요.」

남기웅은 운전석에 앉아 이정미가 식당 모퉁이를 돌아갈 때까지 지켜보았다. 모퉁이를 돌기 전 이정미가 잠깐 돌아본 것 같았으나 행인에 가려 잘 보이지 않았다. 남기웅은 담배를 꺼냈다가 도로 집어넣었다. 그리고 바로 시동을 걸었다. 차를 출발시키기 전에 남기웅은 시디플레이어에 요즘 자주 듣는 시디를 넣었다. 그룹 핵폭탄의 '황홀한 인생'이었다.

13

　오피스텔 남향 창의 크림색 블라인드가 가끔 소리 없이 흔들렸다. 창문을 스쳐 가는 밤바람이 남기고 간 자취였다. 원목 무늬의 깨끗한 거실 바닥에는 아까부터 작은 그림자 하나가 타원형으로 빙빙 돌며 꽃대 흔들리듯 가볍게 일렁이고 있었다. 그림자는 어느 순간 슬그머니 사라졌다가 벽걸이 티브이 위쪽에서 갑자기 나타나곤 했다.

　소파에 앉아 있던 남기웅은 그림자를 좇아 무심히 고개를 들었다. 거실 천장의 조명등 주변에 회색 나방 한 마리가 빙빙 돌며 날아다니는 게 보였다. 남기웅은 소파에서 몸을 일으켰다. 주방에 다녀온 남기웅의 손에는 뿌리는 모기약이 들려 있었다. 칙―, 남기웅이 나방을 향해 모기약을 뿌리자 곧 회색 날개의 나방이 일직선으로 거실 바닥에 떨어졌다. 툭! 소리는 매우 장렬했다.

　모기약을 탁자에 내려놓고 남기웅은 편한 실내복으로 갈아입었다. 실내복 차림으로 거울 앞에 우두커니 서 있다가 욕실로 들어가

세수를 했다. 그다음에는 계란을 넣은 토스트를 만들어 소파에 앉아 우유와 함께 먹었다.

먹는 동안 티브이 뉴스를 보았다. 9시 뉴스는 거의 끝나 가고 있었다. 고속도로에서 7중 추돌 사고가 있었다는 소식을 마지막으로 뉴스가 끝나자 오늘의 주가와 내일의 날씨가 이어졌다. 남기웅은 소파에 팔을 괴고 누운 채 날씨 프로그램까지 알뜰히 다 보았다. 그러고는 리모컨으로 채널을 이리저리 돌리다가 티브이를 꺼버렸다.

집 안은 갑자기 고요해졌다. 남기웅은 그 고요 속에 한동안 멍하니 앉아 있었다. 한참 후, 그는 비로소 오늘 만나고 온 이정미에 대해 생각하기 시작했다.

이정미는 복제 인간이라는 자기 정체성을 내면에 충분히 소화시킨 듯 보였다. 처음에 남기웅은 그 점에 은근히 반발심이 들고 거리감도 느껴졌으나 이야기를 나누는 동안 차츰 그녀의 안정된 태도가 오히려 다행스럽다는 생각이 들었다. 두 사람이 다 막막하게 고통스러운 한탄만 주고받았다면 그 자리는 매우 우울해졌을 것이기 때문이다.

그러나 이정미 역시 고뇌를 완전히 벗어나지는 못했을 것이라는 느낌이 들었다. 그녀의 동작에 실린 묘한 작위성이 무엇을 뜻하는가를 이제는 알고 있는 것이다. 남기웅의 생각에 그것은 일종의 결벽성이었다. 혹은 순진성이 만들어 낸 조심스러움이었다. 매 순간 자기 행동에 엄격하면서 그만큼 타인의 시선에도 민감한 데에서 나오는 반사적인 조심스러움. 그리고 그녀의 그 조심스러운 동작 안쪽에는 오랜 훈련에서 나온 절제된 단정함이 배어 있었다.

'그래, 그 여자도 아직 위태로운 거야, 그럴 거야……'

남기웅의 생각에 그녀의 몸동작에 밴 조심스러움과 절제는 그녀가 요지부동의 주관을 갖고 있기보다는 고도의 절제로 평형을 유지하고 있는 상태를 의미하는 것이었다. 요컨대 그녀의 내면에는 여전히 해소되지 않은 위태로움이 잠복해 있을 것만 같았다.

남기웅은 일어나 창가로 갔다. 창문을 열자 시원한 밤바람이 훅 밀려들었다. 하늘이 흐려 별은 보이지 않았다. 별들은 모두 지상에 내려와 있었다. 휘황찬란한 네온 불빛들이 도심 곳곳에 요염하게 번쩍거렸다. 그는 눈을 감았다. 그러자 감은 눈 앞으로 저 멀리 네온사인 불빛들이 어두운 숲의 반딧불이처럼 희미하게 깜박거렸다. 눈을 감은 채 남기웅은 손바닥으로 천천히 뺨을 쓰다듬었다. 까슬까슬한 기억들이 머릿속에서 수초처럼 엷게 흔들렸다. 지난 2주간 벌어진 일들이 최면 상태에서 탐사한 전생의 기억처럼 흐릿하면서 생생하게 머릿속을 지나갔다.

남기웅은 갑자기 어머니가 보고 싶어졌다.

14

일요일, 남기웅의 어머니 장영순 씨 집. 서울에서 차로 한 시간 20분 정도 걸리는 경기도 남부의 시골 마을이었다.

장영순 씨는 주방에서 점심 식사를 준비하고 있었다. 모처럼 아들이 찾아와 마음이 들떠 있지만 준비하는 반찬은 콩나물국 하나뿐이었다. 참기름과 파와 통깨가 적당히 들어간 양념장이 하나 더 있었다. 방금 '취사'에서 '보온'으로 넘어간 밥이 반찬이 따로 필요 없는 김치밥이기 때문이다. 잘 익은 김치를 씻어 물기를 적당히 뺀 다음 쌀과 함께 안쳤다가 양념장에 비벼 먹는 일종의 김치비빔밥. 어머니가 해주는 김치밥이 먹고 싶어 왔다는 아들을 위해 장영순 씨도 몇 해 만에 해보는 밥이었다.

남기웅은 마루에 누워 텔레비전의 야구 경기를 보고 있었다. 그러나 별로 열심히 보고 있는 것 같지는 않았다. 1점 차 점수에 번트를 댄다거나 주자 만루의 상황에 승부구가 뿌려지는 긴장된 장면에서도 그의 눈길은 마당이나 대문 밖 멀리 나가 있었다. 그러다가 가끔 별 중요하지도 않은 장면을 몰입해 바라보기도 했다. 그럴 때는 또 경기를 구경한다기보다 관찰하고 탐색하는 눈빛이 되어 선수의 몸동작 하나하나를 뚫어지게 바라보았다.

집 밖의 풍경은 한가롭고 평화로웠다. 멀리 밀짚모자를 쓴 농부들이 몇 명 보이고, 초여름의 청명한 햇살이 그 주변 연두색 이파리들 위에서 사금파리처럼 반짝거렸다. 뒷산 전나무 숲에서는 잊을 만하면 한 번씩 뻐꾸기 울음소리가 들렸다.

「오늘 같은 날은 여자를 만나야지, 여긴 왜 와.」

장영순 씨가 밥상을 들고 와 아들 앞에 내려놓았다.

「엄마도 여자잖아요.」

「이놈이…….」

웃으며 눈을 흘기고 난 장영순 씨가 밥통째 들고 와 큰 주발에 밥을 퍼 담기 시작했다. 남기웅은 텔레비전에서 눈을 떼고 밥상을 향해 일어나 앉았다.

「봐라.」

「네?」

「테레비 그냥 보라구.」

「재미없어요.」

「넌 원래 딴 일 하는 게 있어야 밥 먹잖아. 신문을 보든, 테레비를 보든…….」

「엄마 얼굴 보면 되지.」

「이놈이 오늘 왜 이런댜. 엄마 젖도 주랴?」

「저 와서 좋지요?」

「안 좋아. 식기 전에 어여 먹어.」

남기웅은 양념장 한 스푼을 밥그릇에 넣고 비비기 시작했다.

「그렇게 한꺼번에 비비면 맛없어. 간장 한 번에 몇 숟갈씩만 비벼 먹어.」

「네.」

허기진 사람처럼 부지런히 먹어 대는 아들을 장영순 씨는 물끄러미 바라보았다.

「갑자기 웬일이냐?」

「자주 오지 못해서 죄송해요.」

「뜬금없이 웬 김치밥 타령이냐구.」

「갑자기 먹고 싶었어요. 어릴 땐 참 자주 먹었는데, 요즘엔 왜 사람들이 김치밥을 안 하지요?」

「그때도 내가 먹고 싶어서 한 거지 딴 집들은 안 해 먹었어.」

「그랬던가요? 이 맛있는 걸 다른 집들은 왜 안 해 먹었을까.」

「엄마가 어렸던 옛날에야 반찬거리가 마땅찮으니까 그랬지, 요즘 뭣하러 이런 밥을 해.」

「반찬 죽 늘어놓는다고 어디 다 맛있나요.」

「며칠만 이런 밥 먹어 봐라. 입에서 신김치 냄새가 나기 시작하면 쳐다보기도 싫을걸. 언제더라, 너 어릴 때 두 끼를 계속 이거만 줬더니 맨밥에 다른 반찬 좀 먹자고 칭얼거렸던 거 기억 안 나냐?」

「제가 그랬어요?」

「그러엄, 단식 투쟁인가 한다고 굶기도 했잖냐.」

「엄마도 빨리 드세요.」

「나도 네 덕에 하긴 오랜만에 먹어 본다.」

한동안 두 사람은 말없이 밥만 먹는다. 극적인 상황이 계속되는지 텔레비전에서 여러 차례 큰 함성과 박수가 터져 나왔지만 두 사람 모두 고개 한 번 돌리지 않았다.

「맛있냐?」

모처럼 장영순 씨가 한마디 던졌다.

「네.」

남기웅은 약간 건성이다 싶은 건조한 목소리로 대답했다.

뻐꾸기 시계가 두 번 울렸을 때 식사가 끝났다. 장영순 씨가 설거지하는 동안 남기웅은 텔레비전을 끄고 마당으로 내려갔다. 마당의 왼쪽에는 작은 화단과 수도와 광이 있고, 오른쪽에는 20여 평의 텃밭이 있었다. 남기웅은 텃밭 쪽으로 걸어가 한창 잎이 올라오고 있는 감자 고랑에 쪼그려 앉았다.

얼마 후에 남기웅은 감자 줄기 하나를 쑥 뽑았다. 땅이 말라 있어 줄기가 중간에서 끊어졌다. 남기웅은 손으로 흙을 헤집고 땅에 묻힌 뿌리를 찾아냈다. 그리고 조심스럽게 잡아당겼다. 어린아이 주먹만 한 제법 실하게 영근 감자알 예닐곱 개가 딸려 올라왔다. 남기웅은 그것을 가만히 들여다보았다. 뻐꾸기 소리가 또 들리고, 뒤이어 어머니가 부르는 소리도 들렸다.

「참외 먹자!」

남기웅이 마루로 올라가자 장영순 씨가 포크로 참외 한 조각을 찔러 건네주었다.

「감자 캘 때 돼 가지요?」

「하지가 한 열흘 남았나…… 하지 지나면 캐야지.」

「옛날엔 감자도 참 많이 먹었어요.」

「시골에서 자라서 그래. 집도 가난했고…….」

「엄마가 저한테 늘 소금을 찍어 먹으라고 했던 게 기억나요. 그래야 더 맛있다는데, 저는 싫다고, 설탕을 달라고 그랬지요.」

「어이구, 그런 것도 기억나냐?」

「그럼요, 그것만 기억하나요. 한번은 제가 감자를 축구공처럼 발로 차고 다니다가 엄마한테 먹을 거 가지고 장난친다고 되게 혼났잖아요. 엄마도 그거 기억나세요?」

「그건 모르겠다. 그런데 너 오늘 옛날 얘기 많이 한다. 엄마가 곧 죽을 거 같아서 그러냐?」

「무슨 이상한 말씀을 하세요.」

「근데, 연금은 정말 한꺼번에 받을 수 없다니?」

「그렇대요, 그거 한꺼번에 받으면 뭐 해요. 용돈 부족하세요?」

「나도 죽기 전에 세계 여행 해볼라 그런다. 늙게 오래오래만 살면 뭐 하냐, 못 해본 것 좀 해봐야지.」

「죄송해요, 여유 생기면 세계 여행 꼭 보내 드릴게요.」

「그냥 하는 말이야. 내가 어디 돌아다니는 거 좋아하디. 참외 시원하지?」

「네, 시원하네요.」

남기웅은 등을 대고 누웠다. 장영순 씨는 그가 내려놓은 포크로 참외 한 조각을 더 찍어 그의 손에 쥐여 주었다. 남기웅은 말없이 받아 참외에서 포크를 빼내고는 한 입에 쑥 집어넣었다.

「잘 넘겨라. 누워서 먹으면 체해.」

「과일도 체해요?」

「물도 체하는데 과일이라고 안 체하니. 목구멍 넘어가는 건 뭐든 체해.」

「알았어요. 엄마, 나 와서 좋지요?」

「그려, 디지게 좋다. 자식이 안 하던 어리광은…….」

모자가 한가로이 참외를 먹고 있는데 울타리 옆으로 마을 농부 한 사람이 지나갔다. 늙은 장영순 씨의 웃음소리에 힐끗 돌아다본 농부는 그녀의 장성한 아들이 와 있는 것을 보았다. 농부는 어깨에 멘 살충제 분사기를 고쳐 메며 아랫길로 내려갔다. 논둑에 앉아 있던 몇 사람이 막걸리 한잔하고 가라며 그 농부를 불렀다. 농부는 그쪽으로 가 분사기를 내려놓고는 막걸리 한잔을 얻어 마셨다. 그러면서 말했다.

「장씨네 집에 큰아들 온 모양이데.」

다른 농부가 물었다.

「기웅이?」

「응, 아들 왔다고 장씨 입이 함지박이야.」

「차가 보이기에 누가 왔나 했더니 갸가 왔구먼. 걔 아직 장가 안

「갔나?」

「갔으면 우리가 몰라?」

「몇 살이지?」

「병식이네 둘째하고 동갑이지 아마.」

「병식이네 둘째가 몇 살인데?」

「몰라.」

「이런 사람하군. 한 서른 됐나?」

「그쯤 될걸.」

「꽉 찼네. 사귀는 여자는 있대?」

「그걸 내가 어떻게 알아. 참, 지난여름에 여자 하나 델고 왔던 거 같은데?」

「맞아, 은행 다닌다든가…… 우리 집에 와서 수박도 한 쪽 먹고 갔어. 그런데 너무 수수깡이더라구.」

「아, 석진이네 향숙이는 안 그래. 요즘 젊은 여자애들 다 그렇지. 재작년에 나온 그 나이슨가 뭔가 하는 약 없어서 못 판다잖아. 그거 몇 알이면 부작용 하나 없이 대번에 십 키로는 빠진다고 안 해.」

「좋은 세상이야. 십 년 전에만 해도 젊은애들 살 뺀다고 오만 지랄다 떨었는데, 이젠 알사탕 같은 약 몇 알로 끝나니 원.」

「인공으로 눈알도 만들어 박는데 그게 별거야.」

「그 인공 눈인가 뭔가도 눈깔 돌아간대?」

「아, 눈깔 안 돌아가면 그게 눈이야. 돌아가니까 갖다 박겠지.」

「암튼 좋은 세상이야. 죽기 아까운 세상이라구.」

「기둘려, 안 죽는 약도 나올지 몰라.」

농부들이 이런 이야기를 하고 있을 때, 남기웅은 마당으로 내려섰다. 툭툭, 장영순 씨는 다소 아쉬운 눈빛으로 아들 옷에 묻은 먼지를 털어 주었다.

「저녁 먹고 가지?」

「다음엔 그럴게요.」

두 사람은 대문 밖 차 있는 곳까지 함께 걸어갔다. 죽은 듯 잠들어 있던 이웃집 누렁이가 발딱 고개를 쳐들고 두 사람을 바라보았다. 두 사람이 말없이 지나가자 누렁이는 다시 잠들었다.

차에 오르기 전에 남기웅이 어머니를 돌아다보았다.

「엄마.」

「응.」

「엄만 어디서든 나 알아볼 수 있죠?」

「뭔 소리래?」

「내가 옛날하고 좀 변한 거 있어요?」

「변했지. 안 변하고 크는 사람 있냐.」

「변했어도 남기웅인 거는 맞지요?」

「네가 너지, 그럼 누구냐?」

「엄마, 사랑해요.」

「너 혹시…… 갸한테 차였냐?」

「네?」

「오늘따라 왜 안 하던 짓이 많아. 희수가 딴 남자 좋다고 허든?」

134

「그런 거 없어요.」

「그럼 회사에서 무슨 일 있어? 그러고 보니까 너 얼굴이 안 좋다.」

「아무 일 없다니까요. 아침에 일어나는데 그냥 엄마 생각이 많이 나더라구요.」

「그것뿐이야?」

「그럼요. 엄마 보고 싶은 것도 죄예요?」

「아무 일 없으면 됐어. 어여 가.」

「여름휴가 때 올게요.」

「차 조심하고.」

「네, 들어가세요.」

남기웅은 국도에서 고속도로로 빠지기 직전의 삼거리 근처 갓길에 멈추어 섰다. 서울로 돌아가는 차들이 속도를 줄이며 그 옆을 스쳐 지나갔다. 몇몇 운전자는 흘낏 바라보기도 했다. 누가 이런 위험한 곳에 차를 세웠나 하는 눈빛이었다.

남기웅은 핸들에 두 손을 얹은 채 얼굴을 파묻었다. 라디오를 틀어 놓지 않아 차 안은 조용했다. 간간이 옆 차선으로 지나가는 자동차 소리만 촤르르, 깊은 밤의 파도 소리처럼 둔하게 밀려 들어왔다.

햇살은 여전히 평화로울 만큼 따사로웠다. 그러나 실바람 한 점 없이 풀잎들마저 꼿꼿하여 주변은 다소 묵직하게 고요했다. 갓길에서 개울 하나 건너 들녘에는 한창 키 오르는 옥수숫대들이 도열한 병사들처럼 줄지어 서 있었다. 이파리 하나 흔들리지 않고 꼿꼿했다.

얼마 후 남기웅은 고개를 들었다. 잠시 무표정한 얼굴로 먼 곳에 눈을 주다가 이윽고 핸드폰으로 전화를 걸었다.

　　상대가 나오기까지 그의 눈길은 삼거리를 지나 저만큼 앞의 커다란 전광판에 꽂혀 있었다. '지금 행복하십니까?' 전광판이 묻고 있었다. 사진이나 그림 한 장만 들고 오면 그것과 완벽하게 똑같은 얼굴로 만들어 준다는 최신 성형술을 광고하는 안내판이었다.

「기웅 씨구나?」

희수가 전화를 받았다.

「식 끝났어?」

「아니, 이제 시작하려고 해.」

「분위기 좋아?」

「분위기? 결혼식이니까 당연히 분위기 좋지. 기웅 씨도 하고 싶어?」

「뭘?」

「결혼식. 우리도 다음 달에 해버릴까?」

「그럴까.」

「그럴까?」

「하고 싶어?」

「아니.」

「식 언제쯤 끝나?」

「어머니한테 가 있다면서. 올라오게?」

「내일 출근하려면 어차피 올라가야지.」

「그럼 바로 와. 식이야 뭐 삼십 분이면 끝날 테니까 피로연 장소로 오면 돼. 피로연 어디서 하냐면…….」

「아니야, 됐어. 오랜만에 왔으니까 어머니하고 좀 더 있다 갈게.」

「그래 그럼. 우리 다음 주엔 꽃구경 가는 거지?」

「희수가 펑크 냈지, 내가 안 갔나.」

「암튼 가는 거지?」

「그래, 꼭 가자.」

「알았어, 효도 많이 하고 와.」

「응.」

통화가 끝나고, 남기웅은 물끄러미 다시 전광판을 바라보았다. '지금 행복하십니까?'

남기웅은 담배를 찾았다. 그런데 주머니에 없었다. 어머니 집 마루에 두고 온 것이었다. 남기웅은 차 안의 재떨이를 뒤져 겨우 입에 물 만한 꽁초 하나를 찾아냈다. 불을 붙이자 쓰고 텁텁한 연기가 그의 목구멍을 따갑게 했다. 남기웅은 폐 깊숙이 연기를 빨았다가 천천히 내뿜었다. 창문을 열었다. 쉬익, 자동차 한 대가 빠르게 옆을 스쳐 갔다.

세 모금 피우고 났을 때, 남기웅의 눈에서 눈물이 흘렀다. 양 볼을 타고 눈물이 천천히 흘러내렸다. 그는 꼼짝 않고 앉아 있었다. 지나가던 트럭이 경적을 크게 울리면서 뭐라고 욕 비슷한 말을 던졌지만 그는 고개도 돌리지 않았다. 눈물 한 방울이 그의 입으로 스며들었다.

15

정석학원 교무실은 점심시간이라 한산했다. 식사하러 나가 아직 돌아오지 않은 사람이 많았고, 일찍 들어온 사람들도 제자리보다는 복도나 휴게실 같은 곳에 두어 명씩 모여 한담을 나누고 있었다. 주로 재수생인 수강생들도 도시락을 싸오는 학생은 거의 없어 대부분 밖에 나가 있었다.

막 식사를 하고 돌아온 이정미는 교무실 한쪽에 있는 무료 자판기에서 커피 한 잔을 뽑아 들고 창가로 갔다. 창밖을 내다보는 그녀의 표정은 담담하고 조용했다. 평소 표정 그대로였다.

대학교 졸업할 때까지만 해도 그녀의 표정은 그 또래 누구 못지않게 밝고 화사했다. 교사로서 처음이자 마지막으로 근무했던 사립학교 생활 2년 동안에도 그만하면 적극적이고 발랄한 기운이 몸에 넘쳤었다. 이정미의 얼굴이 살짝 그늘에 덮인 담담한 표정으로 바뀌기 시작한 건 어느 학부모의 항의로 교장실에 불려가 심한 질책을 받고는 순간적인 충동으로 학교를 그만두고 나서부터였다. 정석학원에 취직하기 전 집에서 6개월 정도 쉬는 동안 그녀는 부쩍 성숙해졌다. 그것이 이정미의 특성이었다. 쉽게 기죽거나 회의에 빠지는 소극적인 면이 있는 한편, 일단 밑으로 내려가 체념을 한번 거치고 나면 금방 마음 정리를 해 생활을 추스르는 야무진 절제력이 있었다.

자신이 복제 인간이라는 것을 처음 알고 난 후 그 무서운 진실과 싸울 때 이정미의 그런 면은 유감 없이 발휘되었다. 처음에야 당연히 격심한 절망감에 사로잡혀 어떤 생각도 차분히 추스를 수가 없었다. 학원에 근무한 지 몇 년 만에 처음으로 무단결근도 하고 며칠 동안 밥 한 끼 먹지 않으며 자기 몸을 시체처럼 방치해 두기도 했다. 하지만 변할 수 없는 사실을 직시하고 난 후, 그녀는 맹렬하게 자신을 일으켜 세웠다. 죽을 게 아니라면 살아야 하는 것이었다.

'변한 건 아무것도 없다. 나는 내가 아는 나이다!'

그런 논리를 내면화시키기는 의외로 어렵지 않았다. 감정의 극복이 어렵지 논리는 어떤 식으로든 만들어지게 마련이었다. 그녀는 스스로 질문하고 대답하면서 하나하나 정체성의 논리망을 머릿속에 구축시켰다. 그렇게 논리의 얼개가 세워진 후, 그녀는 더 이상 어떤 생각도 하지 않았다. 그녀의 표정은 예전보다 더 무심해졌지만, 그건 또 하나의 성숙일 뿐 쓸쓸한 일은 아니었다. 적어도 아직까지 그녀 자신의 그런 믿음은 흔들리지 않고 있었다.

띠리리리, 그녀의 등 뒤에서 전화벨이 울렸다. 잠시 후에 전화를 받은 신 선생이 그녀를 불렀지만 창밖 미루나무 우듬지에 시선을 고정시키고 있던 그녀는 그 소리를 듣지 못했다. 그러자 신 선생이 다가와 그녀의 팔을 가볍게 툭 쳤다.

「무슨 생각을 그렇게 해? 전화 왔어.」

「아, 네······.」

이정미는 식은 커피를 후루룩 들이켜고는 전화기 앞으로 갔다.

「네, 전화 바꿨습니다.」

「접니다.」

「네?」

「남기웅입니다.」

이정미는 손에 들고 있던 종이컵을 쓰레기통에 던져 넣었다. 그러고는 열흘 전에 처음 만났던 남기웅의 그늘진 얼굴을 떠올리며 수화기를 고쳐 잡았다. 만난 지 이틀 후에 술 취한 목소리로 전화를 걸어와 10여 분간 자신의 혼란스러움에 대해 고백하던 일도 떠올랐다. 「어머니를 만났어요, 어머니를 봤는데······.」 흐느끼던 그 목소리도 떠올랐다.

「아······ 잘 계시지요?」

「아직은요.」

「시간 지나면 다 괜찮아질 거예요.」

「늘 윗사람처럼 말하는군요.」

「어쨌거나 제가 선배잖아요, 그쪽으로는.」

「만나고 싶은데요.」

「언제요?」

「지금.」

「지금? 어디 계시는데요?」

「학원 앞입니다.」

「곧 수업 들어가야 돼요. 세 타임 더 남았기 때문에……」

「바로 나오세요.」

「수업 들어가야 한다니까요.」

「내가 올라갈까요?」

「……」

「집에 급한 일 생겼다고 하세요.」

「이보세요, 남기웅 씨……」

「내가 올라갑니다.」

「그럼 한 시간 후에……」

「여기 길 건너 커피숍입니다. 십 분 안에 안 내려오시면 수업하는 강의실로 찾아갈게요.」

「여보세요! 여보세요!」

커피숍에 들어선 이정미는 남기웅을 발견하자 문 앞에 우뚝 선 채로 그를 잠깐 노려보았다. 남기웅의 일방적인 전화에 이정미는 몹시 화가 나 있었다. 얼굴에 선히 드러나 있는 그런 표정을 보면서도 남기웅은 고개만 한 번 조용히 끄덕이는 것으로 천연덕스레 이정미를 맞았다. 입술을 반쯤 깨물며 이정미는 빠른 걸음으로 그에게 다가갔다.

「실례가 심하네요. 수업 들어간다는데 이렇게 억지 부리면 어떡해요?」

이정미는 자리에 앉자마자 남기웅을 정면으로 쏘아보았다.

「나도 회사 안 나가고 왔어요.」

쏘아보는 눈빛까진 아니지만 남기웅도 그녀의 눈을 정면으로 바라보았다.

「기웅 씨가 회사를 나가든 안 나가든 남의 일은 존중해 줘야지요.」

「수업이 그렇게 중요합니까?」

「내 일이 우습게 보여요?」

「직장 다닌다는 거 무의미하지 않아요? 출근하고, 퇴근하고, 월급 받고, 그런 게 그냥 돼요?」

「논쟁하러 오셨어요?」

「아니요…….」

이죽거리는 듯하던 표정을 바꾸며 남기웅이 느릿하니 대답했다. 이정미는 짧게 한숨을 쉬고 나서 표정을 조금 누그러뜨렸다.

「남기웅 씨!」

이정미가 조용하면서도 단호한 목소리로 그를 불렀다.

「나는 돼요, 출근하고 퇴근하고 그러는 거 잘돼요. 아니, 그 어느 때보다도 잘하고 있어요. 나는 직업을 갖고 자기 일을 하기 원하는 스물여덟 살의 미혼 여성이에요. 직장에 충분히 만족하지는 않지만 직업이 있다는 게 다행스럽고, 기회가 되면 더 좋은 직장을 얻을 거예요. 대답이 됐나요?」

「그러시군요.」

「네, 그래요. 내가 방에 틀어박혀 머리카락이나 쥐어뜯으며 살길 바라나요? 난 그렇게 안 살아요. 부질없는 고민에 내 청춘을 바치진 않아요.」

「네…… 다행입니다.」

이죽거리는 목소리는 아니었다. 남기웅이 쓸쓸한 기색으로 고개를 끄덕이자 이정미도 더 이상 길게 말하지 않았다. 둘 사이에 잠깐 침묵이 흘렀다. 물끄러미 서로 바라보다가 얼마 후 먼저 입을 연 것은 이정미였다.

「회사는 왜 안 나갔어요?」

「나갔었어요. 점심 먹고 회사로 돌아가다가 사무실 앞에서 돌아섰어요. 어김없이 직장에 출근해 일하고 있는 내 모습이 갑자기 코미디 같더군요. 엄청난 게 변했는데, 여전히 월급 따위에 매달려 관성적으로 회사를 다닌다는 게 지독히 우스웠어요. 꼭두각시 같다는 기분이 들더군요.」

「방금 '여전히'라고 했지요?」

「……?」

「그거예요. 옛날부터 기웅 씨가 다니던 회사고, 여전히 다니고 있을 뿐이에요. 변한 건 없어요.」

남기웅은 빙그레 웃기만 했다. 잠시 후 그가 불쑥 말했다.

「같이 여행 가려고 왔어요.」

「여행을요?」

「퇴직 기념 여행이에요. 같이 가요.」

「사표 냈어요?」

「돌아가면 내야지요. 뭐 돌아가면 잘려 있겠지만요, 아무 말 없이 나왔으니까.」

이정미는 길게 한숨을 내쉬었다. 그 한숨 끝에 묻어 있는 질책을 무시하며 남기웅이 물었다.

「같이 갈 거지요?」

당연한 것을 확인하는 듯한 말투였다. 이정미는 단호하게 고개를 저었다.

「아니요, 난 사표 낼 마음도 없고, 이렇게 갑자기 휴가를 얻을 수도 없어요.」

「같이 갑시다.」

「다녀오세요.」

「안 돌아올지도 모르는데요?」

「나하곤 상관없는 일이에요.」

남기웅이 다시 빙그레 웃었다. 그럴 줄 알았다는 표정이었지만, 표정 한쪽에는 실망하는 기색 또한 어쩔 수 없이 깔려 있었다. 창밖으로 잠깐 눈길을 주고 나서 남기웅이 이정미를 똑바로 바라보았다.

「왜 상관없어요, 우린 지구상에서 가장 가까운 운명 공동체 아니던가요?」

시시껄렁한 농담이라도 하듯 느물느물 말하고 있는 남기웅에게 이정미는 이번에도 단호하게 받아쳤다.

「공동체는 아니지요, 비밀이나 상처를 공유한다고 다 똑같이 사는 건 아니니까요. 기웅 씨는 기웅 씨 삶을 살고, 나는 내 삶을 살아요.」

「그렇군요…… 하긴 나도 그러길 바랍니다. 운명 공동체니 그런 신파 같은 이야기를 하면서 정미 씨가 나한테 뭔가 기대한다면 내가 먼저 달아날지도 몰라요. 사실 처음엔 혼자 떠날 생각이었어요. 그런데 혼자 여행 다니다 보면 생각에 치여 죽을 것 같고, 누구하고 동행하기로 한다면, 지금 내가 함께 움직일 수 있는 사람은 좋으나 싫으나 딱 한 사람뿐이거든요.」

다시 한동안 침묵이 흘렀다. 얼마 후에 이정미가 시계를 보면서 몸을 일으켰다.

「들어가 봐야 돼요.」

「들어가세요.」

자리에서 일어난 이정미는 무언가 할 말이 남은 듯 남기웅을 지그시 내려다보다가 그냥 돌아섰다. 남기웅은 가만히 앉아 있었다. 출입문 앞에서 잠깐 돌아본 이정미와 남기웅의 눈이 다시 마주쳤지만, 이정미는 이번에도 입술만 약간 달싹이다가 말없이 문을 열고 나갔다.

혼자 남은 남기웅은 10여 분 우두커니 앉아 있다가 일어났다. 그는 커피숍에서 나오자마자 집으로 향했다. 그는 아직 실망하지 않았다. 이정미가 연락해 올 것이라고 기대하고 있었던 것이다. 확신하는 것은 아니었으나 기대해 볼 만하기는 했다. 이정미의 마지막 눈빛에 그런 게 실려 있었다고 남기웅은 믿고 있었다. 그러나 남기웅은 일정을 늦추면서까지 기다릴 생각은 없었다. 이정미와 동행하는 일보다 여행 자체가 그에게는 더 마음 급했다. 커피숍에서 바로 일어나 집으로 돌아온 것은 그래서였다.

남기웅은 지방 출장 때 사용하던 큰 가방에 옷가지 등 필요한 물건을 채웠다가 이내 가방을 다시 열었다. 여행 기간이 어떻게 될지 몰라 온갖 것을 다 챙겼던 것인데 막상 가방이 다 차고 나자 부담스러웠다. 차가 있으니 가방이 크다고 문제 될 건 없으나 온갖 것 다 들어 있는 가방 자체가 공연히 마음을 무겁게 했다. 필요한 것 생기면 그때그때 사자는 마음으로 그는 가방을 작은 것으로 바꿨다. 그러자 마음도 조금 홀가분해지는 것 같았다.

이정미가 남기웅의 핸드폰에 전화를 걸어온 것은 그가 여행 가방을 다 꾸리고 오피스텔 문을 막 나서려 할 때였다.

「어디세요?」

「집에서 나가는 중입니다.」

「정말 여행 가는 거예요?」

「네.」

「……」

「무슨 일로 거셨어요?」

「같이 가요.」

「근무해야 된다면서요?」

「며칠 예정하고 있지요?」

「목적 없는 여행이니까 뭐…… 일주일, 열흘, 모르겠어요. 정말 같

146

이 가실래요?」

「전 사흘밖에 시간이 안 돼요.」

「지금 어디세요?」

「아직 학원에 있어요.」

「그럼 아까 그 커피숍에서 만나지요. 삼십 분 안에 도착할 겁니
다.」

16

「심각한 이야기는 안 하기예요?」

함께 승용차에 오르면서 이정미가 남기웅에게 한 말이었다. 남기웅은 말없이 고개를 끄덕였다. 이정미가 덧붙였다.

「여행하는 거 나도 오랜만이에요. 특히 이렇게 느닷없이 떠나는 건, 가끔 생각은 했어도 정말 처음이에요. 그러니까 우리 아주 유쾌하게 보내요.」

여행 이야기가 처음 나왔을 때 시들했던 것과는 달리 이정미는 매우 들떠 있었다. 어쩌면 일부러 더 즐거운 척하는 것 같아 보이기도 했다. 어쨌거나 남기웅은 환한 웃음으로 그녀의 말에 흔연히 동의해 주었다.

누구 승용차를 가지고 갈 것인가 하는 건 잠깐 논의 끝에 이정미의 차로 결정되었다. 자신은 먼저 돌아오니까 남아서 계속 여행할 남기웅의 차로 가자고, 배려의 마음으로 먼저 제안한 것은 이정미였

148

고, 급한 일 없으므로 혼자 남은 여행은 대중교통을 이용하면서 천천히 돌아다니겠다고 사양한 건 남기웅이었다.

「오랜만에 기차도 타보고 싶고, 웬만한 길은 좀 걸어도 보고, 그러고 싶네요.」

「그래요, 그럼.」

이정미의 승용차는 빨간색 지프였다.

「지프 좋아하세요?」

「네.」

「색은 빨간색을……?」

「네.」

서울을 빠져나갈 때까지 두 사람이 나눈 대화는 그게 전부였다. 지난 두 번의 만남에서 심각한 이야기만 나누다가 '유쾌한 여행'이라는 제어 장치를 걸어 놓고 나자 오히려 할 말이 없었다.

가볍고 무난한 대화로는 서로의 일상에 대한 이야기가 제격일 터이지만 두 사람 사이에는 언제부턴가, 그래 봐야 이제 고작 세 번째 만나고 있을 뿐이지만, 그런 쪽으로는 묻지 않는 게 묵시적인 금기가 돼 있었다. 아마도 그것은 처음 만났을 때 무심코 건넨 한두 마디 질문으로부터 시작되었을 것이다.

결혼을 했는지, 가족은 어떻게 되는지, 이런 사소하고 의례적인 물음이 나왔을 때, 두 사람은 돌연히 가슴에 바람이 지나가는 경험을 했었다. 그것은 모종의 껄끄러움이었다. 묻는 쪽이나 질문을 받는 쪽이나, 신상에 대한 그런 의례적인 대화가 왠지 불편했다는 것은 혼자 수없이 자문하면서 심적 고통을 치른 정체성의 문제와 분명 관계 있을 것이었다. 그리하여 어느 순간부터 그런 질문을 하지 않게 되었던 것이다.

그렇듯 일상적인 화제도 진지한 대화도 차단되어 버리자 두 사람은 딱히 할 말이 없었다. 그러나 사람 사이의 대화가 그 두 가지뿐이겠는가. 하지 못할 대화보다는 할 수 있는 말들이 더 많을 것이지만 금기의 경계를 의식하느라, 또 이정미가 던진 '유쾌한'이라는 전제가 은근히 부담되어 아직은 자연스러운 말문이 터지지 않고 있었다.

「어디로 갈 거예요?」

도심을 지나 첫 번째 지방 국도에 들어섰을 때 이정미가 물었다.

「일단 남쪽 바다까지 가보려는데, 길 걸리는 대로 갈 생각이에요.」

「그럼 바꾸고 싶은 길 나오면 얘기해요, 별말 없으면 큰 도로 따라 직진할 테니까요.」

「정미 씨도 길 바꾸고 싶으면 아무 데서나 꺾어도 돼요.」

「알았어요.」

길 바꾸지 않고 계속 직진하면 춘천이 나올 것이었다. 길 양쪽으로 시원한 강줄기가 나타났다 사라졌다 하면서 경치 수려한 길이 한참 계속되었다. 강줄기와 동행하며 완만히 휘어져 돌아가는 국도를 달리는 빨간색 지프는 공중에서 내려다보아도 분명 멋있는 그림일 것이었다.

「곧 장마가 온다지요?」

「네, 이번 여행 중에 쏟아질지도 모르지요.」

그렇게 띄엄띄엄 밋밋한 대화를 나누다가 어느 삼거리에 이르렀을 때였다. 이정미가 직진 대신 좌회전을 했다. 옆을 돌아보는 남기웅을 향해 그녀가 한쪽 눈을 찡긋했다.

「번지 점프 해본 적 있어요?」

「아니요.」

「그럼 한번 해봐요. 이리로 조금만 가면 강변 유원지가 있는데 거기에 번지 점프대가 있어요.」

「정미 씨는 해봤어요?」

「해볼까 했는데, 막상 올라서니까 안 되겠더라구요.」

「나도 그런 건 잘…….」

「해봐요!」

「자신 없는데.」

「내가 밑에서 박수 쳐줄게요.」

오랜 연인이 애교 부리듯 이정미의 목소리에는 조금 전부터 경쾌한 비음이 섞이고 있었다. 허허 웃으며 남기웅은 어쩔 수 없이 고개를 끄덕여 주었다.

차가 강변 유원지에 들어서자 수직으로 솟은 번지 점프대가 가장 먼저 보였다. 조금 아래쪽에는 수상 스키를 타는 곳도 있었다. 두 사람은 차들이 어수선하게 주차돼 있는 한쪽 공터에 차를 세워 놓고 번지 점프대 앞으로 갔다. 50미터 정도 돼 보이는 사각의 철 구조물 위로 위병 초소 모양의 삼각 지붕이 피에로의 작은 모자처럼 얹혀 있었다.

「할 수 있지요?」

이정미가 남기웅의 팔을 살짝 잡았다.

「가학 취미 있어요?」

「어쩌면요.」

「허!」

남기웅은 아득히 높아 뵈는 피에로의 모자를 지그시 올려다보았다. 여전히 자신은 없었다. 재미있을 것 같지도 않았다. 그러나 옆에서 가학 취미를 핑계 삼아 데이트 분위기를 조성하고 있는 이정미를 생각하면 어찌 됐든 해야 할 일이었다. 남기웅은 번지 점프대 입구의 줄 뒤로 가서 붙었다. 의외로 10여 명이나 되는 사람들이 차례를 기다리며 늘어서 있었다

한 사람이 뛰어내릴 때마다 함성과 박수 소리가 들렸다. 일행인 듯싶은 사람들이 밑에서 올려다보며 내지르는 소리였다. 몇 사람은 사진을 찍기도 했다.

「기웅 씨도 저 사람처럼 이쪽을 바라보면서 손을 흔들어요. 내가 멋있게 찍어 줄게요.」

이정미의 손에는 언제 가져왔는지 작은 사진기가 들려 있었다.

드디어 남기웅의 차례가 되었다. 남기웅은 다른 일행 세 명에 섞여 승강기에 올랐다. 승강기는 크룽크룽 조금 위태로워 보이는 쇳소리를 내며 매우 느린 속도로 올라갔다. 꼭대기에 올라가자 두 명의 청년이 군대 조교처럼 짐짓 엄숙한 목소리로 몇 가지 주의 사항을 일러 주었다. 뛰어내리는 순서는 같이 올라온 여자 세 명이 먼저 하

는 것으로 정해졌다.

첫 번째 여자가 몸에 줄을 감는 동안 남기웅은 아래를 내려다보았다. 눈길이 마주치자 기다렸다는 듯 이정미가 두 손을 마구 흔들어 댔다. 남기웅도 손을 흔들어 주었다. 어쩐지 정말 연인이라도 된 것 같다고 남기웅은 잠깐 생각했다. '운명 공동체'까지야 조금 감상적인 표현이겠으나, 두 사람이 서로에 대해 잘 알지도 못하면서 함께 이런 여행을 떠나고, 마음먹기에 따라 금방 데이트 분위기도 만들어 내는 것은 역시 세상에서 둘만이 같은 처지에 있다는 유대감이 둘의 마음 밑바닥에 있기 때문일 터였다. 열심히 손을 흔드는 이정미를 바라보는 남기웅의 마음이 한순간 짠해졌다.

드디어 남기웅 차례가 되었다. 허리에 줄을 매고 진행 요원 앞으로 한 발짝 나서자 푸른 강물이 저 아래 한눈에 내려다보였다. 본능적인 공포심으로 한순간 그의 몸이 움찔했다.

「손을 먼저 놓으세요. 몸부터 나가면 다칠 수 있어요.」

겁먹고 있다고 생각했는지 진행 요원이 조금 전에 했던 주의 사항을 다시 들려주었다. 남기웅은 겁을 먹고 있지는 않았다. 오히려 강물을 내려다보는 순간 그는 밧줄도 없이 이대로 뛰어 물속 깊이 가라앉고 싶은 충동을 느꼈다. 죽고 싶다는 게 아니라, 깊고 어두운 곳으로 몸이 한없이 빨려 들어가는 경험을 해보고 싶다는 욕망이었다.

그랬다, 남기웅은 50미터가 아니라 10킬로미터 정도 높이에서 떨어져 보고 싶었다. 그것은 추락이면서 비상일 것이다. 황홀한 질주일 것이다. 온몸이 대기에 휩싸이고, 무서운 속도감마저 이내 사라지면서 몸은 허공과 하나가 된다. 정지돼 있다는 느낌과 까마득히 추락하고 있다는 느낌이 순간순간 교차되리라. 아무튼 공간의 위대함을 보게 될 것이다. 공간은 우주이고, 생명이고, 모든 것의 고향이다. 그리고 몸뚱이가 유일하게 공간에 합일되는 순간은 떨어져 내릴 때뿐이다. 몸의 존재성은 중력에 있다. 그러니 떨어진다는 건 얼마나 생생한 몸의 비상일 것인가.

남기웅은 그런 생각을 하고 있었다. 느닷없이 솟구친 강렬한 열망으로 황홀한 육체성의 실감을 기대하고 있었다. 우주 속에서 자기 몸을 실감하는 일, 그럴 때 정신은 몸 자체가 될 거라는, 한순간에 모든 게 통일될 거라는, 그런 열망이고 그런 기대였다.

남기웅은 크게 심호흡을 했다. 이정미가 손을 흔들어 대는 게 잠깐 보인 듯했다. 남기웅의 몸은 이미 허공에 있었다. 줄이 끊어졌으면, 하고 열망하면서 남기웅은 푸른 강물을 향해 질주해 들어갔다.

「멋있었어요. 다이빙 선수 같던데요.」

보트에서 올라온 남기웅에게 이정미가 오른손 엄지를 들어 보였다.

「정미 씨도 한번 해봐요.」

「전 비행 열차 같은 건 잘 타는데 저건 안 되겠더라구요. 안 무서웠어요?」

「더 높은 데서 떨어지고 싶던데요.」

「하긴……」

「네?」

「아니에요.」

154

잠깐 무슨 생각에 빠지는 듯하던 이정미는 곧 다시 밝은 표정으로 돌아왔다.

두 사람은 유원지에서 한 시간 정도 더 머물렀다. 남들이 수상 스키 타는 걸 구경하고, 모터보트를 함께 타고, 아이스크림을 먹고, 모래밭에 10분 정도 나란히 앉아 강물을 바라보다가 툭툭 옷을 털며 일어났다. 오후 5시가 넘어가고 있는데도 해는 아직 뜨거운 볕을 뿌리며 중천에서 그리 멀지 않은 아래쪽에 머물러 있었다.

「조금 가다가 적당한 곳에서 밥 먹어요.」

「그럽시다.」

그러나 이들은 밥을 먹지 못했다. 차창에 부서지는 따갑고 나른한 햇발이 졸음을 몰고 와 두 사람 모두 몸이 기분 좋게 이완되는 달콤한 낮잠에 빠져 들었다. 자동으로 맞춰 놓은 자동차는 저 혼자 국도를 달리다가 춘천 시가지 초입에 들어섰을 때에야 경보음으로 운전자를 깨웠다.

「정미 씨도 잠들었었군요?」

「고단하진 않은데 잠이 너무 맛있게 왔어요.」

「나도 그랬어요.」

거리는 아직도 훤했다. 여름이 가장 길다는 하지 지난 게 겨우 며칠 전이었으니 아직도 두 시간은 더 지나야 해가 떨어질 것이었다. 천천히 움직이는 자동차 안에서 두 사람은 시가지를 거니는 행인과 낯선 건물들을 물끄러미 바라보았다. 행인이 붐비는 시내 중심가인데도 사람들이 모두 슬로 모션으로 움직이고 있는 양 거리가 왠지

고요히 찰랑거리고 있다는 느낌이었다. 둘 다 몽롱한 잠기운이 채 가시지 않아서였다.

「배고프세요?」

기지개를 켜며 남기웅이 물었다.

「아깐 좀 출출했는데, 자다 깨서 그런가 잘 모르겠어요.」

이정미도 입을 막으며 짧게 하품을 했다.

「그럼 우리 다른 데로 더 가보지요.」

「어디로요?」

「어디든. 지금은 너무 환하잖아요. 나도 아직은 배고픈 것 모르겠고.」

「환한 거 싫어요?」

「그냥…… 이왕이면 지방 도시는 해 질 녘에 들어서는 게 좋지요.」

「왜요?」

「사실은 그런 시간에 낯선 도시에 들어서는 걸 내가 좋아해요. 여기가 어디쯤인지, 근처에 뭐가 있는지 모르는데, 거리엔 저녁 인파가 늘어나기 시작하고 상가 불빛이 하나 둘 켜지고, 그러면 조바심이랄까 설렘이랄까 가슴속에 야릇한 긴장감이 피어오르면서 자신이 낯선 곳에 와 있다는 게 온몸으로 실감되지요. 굳이 말하면 그건 쓸쓸한 감정에 가까울 텐데, 나는 그런 감정이 왠지 좋더군요. 따지고 보면 그런 것도 여행의 맛 아닌가요?」

「생각보다 낭만적이네요.」

이정미가 피식 웃었다.

「나보고 좀 복고적인 정서를 가졌다고 말하기는 해요.」

「그래서 생각이 많군요?」

「네?」

「생각 많은 것도 복고적인 거잖아요.」

「그런가요?」

「요즘 사람들, 생각이란 거 별로 안 하잖아요. 느낌, 본능, 주로 그런 것으로 움직이지요.」

「그런 것 같네요.」

「그럼 어디로 갈까요?」

물으면서 이정미는 차를 보도 가까이 정차시켰다. 그때 저 앞에 중앙고속도로를 가리키는 이정표가 보였다. 오른쪽으로 꺾어진 화살표와 함께 고속도로 입구까지 5백 미터라고 표시되어 있는 이정표에는 고속도로의 종착지로 대구가 적혀 있었다. 두 사람은 동시에 마주보았다.

「일단 저거 탈까요?」

남기웅이 눈으로 이정표를 가리켰다.

「그래요, 가다가 해 떨어질 때쯤 가장 가까운 나들목으로 나가면 되겠네요.」

중앙고속도로는 한적했다. 어느 땐 1, 2분 동안 앞뒤 시야에 차량이 한 대도 들어오지 않을 때도 있었다. 그럴 때면 남기웅은 이 길이 지구 끝까지, 아니 지구를 벗어나 다른 별까지 계속 이어지면 좋겠다는 생각을 했다. 남기웅의 기분이 그렇게 어느 깊은 곳으론가 가라

앉아 있다 싶으면 이정미는 콧노래를 흥얼거렸다. 주로 경쾌한 리듬인데도 그럴 때 이정미의 콧소리는 먼 별에서 들려오는 소리 같았다. 적어도 남기웅의 느낌은 그랬다.

차가 원주를 지나갈 즈음부터 조금씩 저녁 기운이 번지기 시작했다. 이정미가 옆을 돌아보았다. 남기웅은 고개를 끄덕였다. 얼마 후 제천 나들목을 가리키는 이정표가 보이자, 이정미는 오른쪽 깜빡이를 켜며 차선을 바꾸었다.

제천 시내에 들어섰을 때는 해가 완전히 기울어 있었다. 그러나 아직 어둡지는 않았다. 거리에 저녁 인파가 늘어나기 시작하고 상가 불빛이 하나 둘 켜지는, 남기웅이 말했던 딱 그런 풍경이었다. 이정미는 좌우를 힐끔거리며 천천히 차를 몰다가 거리 주차장 표시가 돼 있는 어느 도로에 차를 세웠다. 주변이 몹시 번잡했다. 방앗간, 그릇 가게, 생선 가게 등 작은 가게들이 오밀조밀 이어져 있는 재래시장의 입구였다.

시장을 벗어나 위쪽으로 올라가자 '차 없는 거리'라는 팻말이 있는 깨끗한 거리가 나왔다. 두 사람은 예쁜 보도블록이 정갈하게 깔려 있는 그 거리를 산책하듯 천천히 걸어다니다가 골목 안쪽의 어느 한 식집으로 들어갔다.

「맛이 있으면 좋겠네요.」

갈치조림 정식을 주문하고 나서 남기웅이 말했다.

「여행 중엔 잠자리보다 식사를 잘 챙겨 먹어야 한다는 게 내 지론

이거든요.」

「저하곤 반대 지론이네요. 잠자리만 편하면 딴건 참을 수 있다는 게 내 생각이에요.」

「여자이기 때문이겠지요. 대개 여자들은 객지에 나가면 잠자리를 가장 중요하게 생각하더군요.」

「여자라서 그럴 수도 있고, 또 제가 보기보다 먹성이 좋아서 음식을 별로 안 가리는 편이에요.」

「그건 큰 장점입니다. 저는 음식에 좀 까탈스러워요. 입이 짧다고 말하지요? 그거 아주 큰 불편이에요, 남한테도 좋은 인상 안 주고 말입니다.」

얼마 후 음식이 나왔고, 두 사람은 한동안 말없이 식사만 했다. 반찬이 입에 맞는지 남기웅도 아무 불평하지 않았다. 그런데 밥이 두어 숟가락 정도 남았을 때 갑자기 무언가 떠오른 듯 남기웅이 이정미에게 물었다.

「음식 맛을 느끼는 건 몸일까요, 기억일까요?」

「네?」

「내 식성이 하나도 안 변했다는 게 문득 생각나서요.」

이정미는 젓가락으로 반찬 하나를 집다 말고 잠시 남기웅의 얼굴을 빤히 들여다보았다. 그리고 나서 곧 대답했다.

「변할 리가 없지요. 몸이든 기억이든 기웅 씨는 예전과 똑같으니까요.」

「내 말은 그냥…… 음…… 내가 지금 갈치를 맛있게 먹고 있는데, 이 맛있다는 걸 몸이 느끼는 건지 머리가 느끼는 건지, 그런 얘기예요.」

「글쎄요, 그런 건 다 뇌가 관장하는 거 아니에요? 우리가 몸 어디에 상처 나서 아파할 때, 그 아프다는 느낌은 뇌가 보낸 신호라잖아요. 상처 난 건 몸이지만 그걸 느끼는 건 머리인 거죠.」

「그런가요?」

「그렇지 않아요?」

「정미 씨 말은 맞는데, 내 얘기는…….」

남기웅은 무언가 생각이 정리되지 않는다는 표정으로 고개를 흔들었다.

「또 엉뚱한 상념에 빠지고 있는 거예요?」

「아니요, 아닙니다. 식사하세요.」

이정미는 다시 밥을 먹기 시작했으나 남기웅은 숟가락을 놓은 채 골똘히 생각에 잠겨 있었다. 이윽고 이정미가 식사를 마치자, 남기웅은 부리나케 계산을 끝내더니 황급히 그녀를 식당 밖으로 이끌었다. 남기웅의 얼굴에서 초조한 기색을 본 이정미는 다소 의아한 채로 말없이 그를 따랐다.

「어디든 묵어야 될 테니까 일단 방을 잡지요.」

남기웅의 말에 이정미는 어처구니없어하며 우뚝 걸음을 세웠다.

「그게 그렇게 급했어요?」

「보여 줄 게 있어서 그래요. 어쨌든 방을 잡아야 되잖아요.」

차에서 잘 게 아니라면, 하기야 숙소는 구해야 할 것이었다. 이정미는 남기웅이 가는 대로 따라갔다. 가까운 곳에 숙박업소가 보이지 않아 두 사람은 다시 차를 몰고 돌아다니다가 역전 근처에서 모텔 간판을 발견했다.

모텔 주차장에 차를 세우고 현관 앞에 이르렀을 때 남기웅이 이정미를 돌아보았다.

「두 개 얻어야지요?」

이정미는 잠깐 생각하다가 고개를 끄덕였다. 그러면서 말했다.

「돈은 각자 내기로 해요.」

「내가 부탁한 여행이잖아요.」

방값은 남기웅이 치렀다. 엘리베이터를 타고 5층으로 올라간 두 사람은 일단 방 하나에 함께 들어갔다. 이정미가 문 앞에 다소 어정 쩡하게 서 있을 때 남기웅이 품에서 무언가를 꺼내며 돌아섰다. 뜻 밖에도 그것은 식당에서 가져온 듯한 젓가락이었다.

「그걸 왜 가져왔어요?」

「기다려 봐요.」

남기웅은 방을 한번 휘 둘러보고는 두루마리 휴지를 동전 크기로 찢어서는 나무로 된 창틀 한 곳에 침으로 붙였다. 그러고는 이정미 가 서 있는 현관 앞으로 몇 걸음 물러섰다.

「보세요.」

말이 끝남과 동시에 남기웅이 젓가락을 날렸다. 아니, 이정미가 처 음에 본 것은 그저 '이 사람 뭐 하나?' 싶게 한 손을 머리 위로 휙 들 어 올린 동작뿐이었다. 나무 창틀의 휴지 한가운데에 젓가락이 꽂혀 있는 것을 본 것은 그다음이었다. 이정미는 황당한 표정으로 고개를 설레설레 저었다.

「겨우 이거 보여 주려고 그렇게 서두른 거예요?」

「겨우라니요, 이런 거 아무나 못해요.」

「놀랍긴 하네요. 영화 같은 데서나 보는 거잖아요. 그렇지만 겨우…….」

남기웅이 이정미의 말을 막으며 창문 아래쪽의 소파로 이끌어 앉혔다.

「들어 보세요. 저건 몇 년 전에 내가 거의 일 년 가까이 연습해서 익힌 솜씨예요. 본 적 있는지 모르겠는데, 그 당시 어떤 인기 가수가 티브이에 나와서 개인기 자랑한다면서 젓가락을 저렇게 표창처럼 던져 보인 적이 있어요. 그걸 보고 멋있어서 나도 한번 연습해 봤지요. 내가 그런 쪽으로는 조금 집요한 데가 있거든요. 처음에야 당연히 안 되는데, 시간 날 때마다 몇 시간씩 수없이 던졌더니 차츰 요령이 생기데요. 젓가락이 손에 달라붙는 거예요. 내 몸하고 하나가 되는 거지요. 젓가락을 손에 쥐고 목표를 응시하면 저절로, 그러니까 머리로 계산할 것도 없이 필요한 힘과 속도, 자세가 나와요. 던지면 그냥 꽂히는 거지요. 무슨 말인지 알겠어요?」

「네.」

「정말 알아요?」

남기웅은 약간 흥분해 있었다.

「자전거 배우는 거하고 똑같네요. 자전거 타는 노력하고야 물론 비교가 안 되게 어렵겠지만, 자전거 타기도 처음엔 안 되다가 일단 몸에 붙고 나면 저절로 가잖아요.」

「그래, 그거예요! 그렇게 몸에 붙는 거, 몸이 기억하고, 몸이 알아서 움직이는 그런 거 말이에요.」

「얘기하고 싶은 게 뭔데요?」

남기웅이 무슨 말을 하고 싶어 하는지 대강 짐작하면서 이정미는 그렇게 물었다. 남기웅이 담배를 꺼내며 그녀 앞으로 와 앉았다.

「아까 식당에서 갈치 얘기 했잖아요. 그때 뭔가 의문이 생겼는데 정리가 잘 안 됐어요. 그러다가 퍼뜩 이게 생각났어요. 젓가락 날리는 이거 말이에요.」

하고 싶은 말을 정리하는지 남기웅은 잠시 천장을 바라보며 입을 닫았다. 이정미는 가만히 앉아서 기다렸다. 결국 또 정체성에 대한 이야기인 것이다. 그런데? 좋다는 건가, 나쁘다는 건가? 남기웅의 입에서 나올 말이 긍정적일지 부정적일지를 생각하며 이정미는 가만히 기다렸다. 이윽고 남기웅이 다시 말하기 시작했다.

「우선 나는, 내가 여전히 젓가락을 날릴 수 있는지 그게 궁금했어요. 그래서 빨리 여기 오자고 한 거예요. 그런데 방금 봤다시피 정확히 젓가락을 꽂았어요. 옛날 솜씨가 그대로 나왔단 말이지요. 물론 이건 정미 씨가 아까 말한 것처럼 내 몸이나 기억이 옛날하고 똑같기 때문이겠지요. 하지만, 하지만 이건 아까 갈치 맛 얘기하곤 좀 달라요. 그러니까 뭐냐면…… 갈치가 좋다, 맛있다 하는 건 뇌의 기억만으로도 되는데, 이건 직접 몸을 쓰는 일이라는 거지요. 다시 말해 이건 순수하게 몸의 기억이라는 건데, 어떻게 설명하면 좋을까…….」

남기웅의 말이 다시 막혔다. 정리가 안 된 건지, 설명만 안 되는 건지, 아무튼 남기웅은 인상을 찌푸리며 스스로 몹시 답답해하고 있었다. 긍정적, 부정적, 아직 그런 것은 보이지 않았다. 갑자기 남기웅이 주먹을 꽉 쥐었다.

「그렇지요! 이런 예가 쉬울 것 같은데, 내가 발레나 태권도 이런 거를 해서 발을 머리 꼭대기까지 올릴 수 있다 치고 말이에요, 그런데 사고가 나서 다리를 다쳤어요. 그러다가 회복됐어요. 아니 아예 새 다리를 이식했다고 해도 좋아요. 자 그러면, 그 이식된 새 다리를 옛날처럼 머리 꼭대기까지 들어 올릴 수 있을까? 안 되지요. 왜? 그건 뇌의 기억만 갖고 되는 일이 아니거든요. 그 경우, 기억이란 한낱 안타까운 추억일 뿐이에요. 옛날엔 이렇게 쑥쑥 올라갔는데, 머리 꼭대기까지 팍팍 들어 올렸었는데…… 그러나 지금의 다리는 그런 훈련이 안 돼 있지요. 다리 자체에 기억돼 있던, 아니 여기에선 기억이라기보다 뭐랄까, 오랜 훈련을 통해 유연하게 발달돼 있는 근육과 운동 신경 그런 걸 텐데, 그렇게 발달돼 있는 그 다리가 아니라는 겁니다. 그러니 아무리 뇌가 옛날의 기억을 갖고 있다 해도 이 새로운 다리는 높이 들리지가 않는 거지요? 무슨 말인지 알지요?」

「알아요.」

「정말 알아듣고 있는 거지요?」

「안다니까요.」

어려운 말 아니었으므로 이정미는 당연히 알아들었다. 예도 적절하고 논리도 틀리지 않았다. 그런데 이 사람은 대체 지금 무슨 말을 하고 싶은 걸까? 이정미가 모르겠는 것은 바로 그 점이었다.

「말하고 싶은 걸 얘기해 보세요.」

「말하고 싶은 건…….」

「네, 뭔데요?」

반쯤 입을 벌린 채 남기웅은 더 이상 말을 잇지 않았다. 무언가 다시 복잡해진 표정이었다. 이정미가 가만히 앉아 기다렸지만 좀처럼 그의 입은 다시 열리지 않았다.

「잊어버렸어요?」

「모르겠네요, 모르겠어요…….」

남기웅이 한숨을 쉬며 고개를 세게 흔들었다. 이정미는 조금 더 기다려 준 다음, 남기웅이 허탈하게 담배를 비벼 끄는 것을 보고는 조용히 말했다.

「저 그만 가서 샤워 좀 해도 되지요?」

「그러세요.」

남기웅은 고개도 들지 않은 채 힘없이 대답했다. 이정미는 잠시 서서 그런 남기웅을 바라보다가 조용히 돌아섰다.

이정미가 나간 후에도 남기웅은 한참 동안 생각에 잠긴 채 탁자만 뚫어지게 내려다보았다. 식당에서 자기 머리에 떠올랐던 것, 한순간

'이거다!' 하고 떠올랐다가 이내 안개처럼 부옇게 흩어진 그 상념의 갈피를 그는 좇고 있었다. 무언가 뇌리를 스친 게 있었다. 존재성에 대한 실마리 하나가 거기에 있었다. 그러나 그 실마리는 꿈인 듯 홀연히 사라지고 지금은 아무것도 기억나지 않는 것이었다.

남기웅은 젓가락으로 갈치 한 점을 건드리던 때로 돌아가 당시 자기가 어떤 기분을 느꼈나 하는 것부터 차근차근 되짚어 보았다. 그건 꿈을 해석하는 방식이었다. 꿈을 해석할 때 가장 중요한 것은 꿈 자체의 내용보다도 꿈꾸던 당시의 감정이 어떠했는가에 있다. 길을 걸어가다가 코끼리 한 마리가 버스와 부딪치는 것을 보았다. 그때 슬펐는가, 무서웠는가, 유쾌했는가. 그 감정 안에 수수께끼의 답이 있다. 비현실적인 은유로 가득 찬 꿈속에서 유일하게 은유 아닌 것이 바로 감정인 것이다. 감정은 심장이니까. 심장은 영혼이니까.

'몸의 기억', 그 말을 떠올렸을 때 그의 기분은 어떠했던가? 슬펐던가, 기뻤던가, 불길했던가, 황홀했던가?

그렇게 차분히 기억을 더듬어 보았으나 남기웅은 그것마저 정확히 되살릴 수가 없었다. 기뻤다, 그러나 불길했다. 슬펐다, 그러나 황홀했다. 그렇듯 하나로 합쳐지지 않은 상반된 감정이 마구 뒤섞여 있었던 것이다.

젓가락을 던지기 위하여 방을 찾아다닐 때 그는 예전의 실력이 여전하기를 기대했던가? 아니면 사라졌기를 기대했던가?

그것도 분명하지 않았다. 생생한 몸의 기억을 확인하고 싶기도 했다. 또한 머리와 따로 노는 낯선 몸을 서글프게, 잔인하게, 호탕하게 비웃어 주고 싶었던 것 같기도 했다. 그렇듯 모든 게 뒤섞여 있었다. 무언가 정리될 듯해 한순간 조바심으로 헐떡거리기까지 했던, 섬광처럼 떠올랐던 존재성의 실마리는 지금 어느 곳에도 남아 있지 않았다.

남기웅은 허탈감에 빠져 가만히 앉아 있었다. 그러다가 무심히 고개를 돌리자 저만큼 앞에 자기와 똑같은 남자가 보였다. 침대 머리 맞은편 벽에 붙어 있는 대형 벽거울 속의 자기 얼굴이었다. 그 얼굴을 우두커니 바라보다가 그는 슬그머니 왼손을 들어 눈앞에 갖다 댔다. 그리고 한참 동안 꼼꼼히 들여다보았다. 얼굴만큼 낯익지는 않으나 그것은 분명 자기 손이었다. 손가락 관절의 번데기 같은 서너 줄의 주름, 손톱의 빛깔과 크기와 모양새, 평소에 자세히 들여다보는 것들이 아니어서 그게 원래의 자기 손과 똑같다는 것을 스스로 백 프로 확인할 수는 없지만 그래도 자기 손이라는 것은 직감적으로 느낄 수가 있었다. 그래서 만약 자기 손과 비슷할 뿐인 다른 손이 붙어 있는 거라면 금세 알아차리게 될 것 같기도 했다. 그런 면에서 그가 바라보고 있는 손은 분명 자기 손이었다.

나의 손…… 나의 손…….

그는 왜 손을 들여다보고 있는가. 애틋한 정을 느끼고 싶어서였다. 자신의 성격이나 얼굴에 대해서는 마음에 들어 하기도 하고 못마땅해하기도 하고, 그래서 이런 성격이면 좋겠다 이런 얼굴이면 좋겠다 생각해 본 적이 더러 있지만 손이나 발에 대해서는 한 번도 그런 생각을 해본 적이 없었다. 이래서 내 손이 마음에 든다, 이래서 내 손이 싫다, 그래 본 적이 없었다. 한낱 손이니까, 자기의 표상인 얼굴과는 달리 정상적인 기능만 수행할 수 있으면 문제 삼을 것 없는 그저 육체의 한 부분일 뿐이니까.

그러나 지금 남기웅은 육체의 그 한 부분을 사랑해 보고 싶었다. 애틋한 정을 느끼고 싶었다. '나의 손'이니까, '내 영혼의 그릇'이니까. 그런데 그처럼 정을 느끼고 싶자 오히려 손은 낯선 이물질이 되어 멀어져 가는 것이었다.

'모든 근육 조직과 혈류 상태, 세포 하나까지 다 똑같다. 실제의 내 몸과 동일한 유전자를 지니고 있지 않은가. 그러니 완전히 똑같은 손이다. 나의 손이다. 그렇지 않은가?'

마음속으로 그렇게 중얼거려 보지만 결코 넘을 수 없는 벽 하나가 생각의 끄트머리에서 비죽이 솟아올랐다. 실제의 내 손은 연구소 저 지하에 있다! 이건 그 손이 아니다!

그랬다, 근육이 어떻고 세포가 어떻든 실제의 자기 손은 따로 있는 것이고, 눈앞의 이 손은 아무튼 고무장갑을 만들듯 만들어져 여기 붙어 있는 거라는 생각을 그는 떨쳐 버릴 수가 없었다. 유전자? 유전자 따위가 무엇이란 말인가. 유전자 배열이 백 프로 똑같다 한들 그건 한낱 과학적으로 동일한 체계에 속한다는 것뿐, 유전자 배열 따위가 한 육체의 같음과 다름을 증명할 수 있는 것은 아니다. 명백히 실제의 손이 따로 있는 한, 유전자가 같다는 그것은 언뜻 보아서 실제의 꽃과 비슷하게 보이는 조화의 그 '유사성'과 근본에서는 하등 차이가 없는 것이다.

이 손은 나의 손과 유사하다.

결국 그게 정답이었다. 그러니 남기웅, 그는 온통 유사한 덩어리들을 자기 몸이랍시고 끌고 다니는 형국이었다. 정은 무슨 놈의 정, 그로테스크한 기분을 갖지 않기 위해서만도 숨 막히게 노력해야 할 판이었다.

남기웅은 손을 내렸다. 눈을 감고 고개를 떨구자 물속에 잠긴 듯 몸이 서서히 이완되기 시작했다. 허탈감보다는 여행의 시작부터 내내 무언가를 절제해 온 데에서 오는 생리적 고단함이었다. 남기웅은 그 피로감에 몸을 맡긴 채 소파에 온몸을 축 늘어뜨렸다. 더 이상 아무 생각도 하지 않았다.

17

창밖이 완전히 어두워지고도 한참이나 지났을 때 남기웅은 문득 정신을 차려 고개를 들었다. 시계를 보니 어느새 9시가 넘어가 있었다.

남기웅은 일어나 방에서 나왔다. 미로처럼 얽힌 기분도 그렇고, 여행길의 낯선 지방 도시에서 술 한잔 없이 밋밋하게 잠든다는 건 있을 수 없는 일이었다. 남기웅은 복도로 나와 옆방 문을 노크했다. 대답이 없었다. 그는 잠시 기다렸다가 슬쩍 문고리를 당겨 보았다. 문이 열렸다. 문 앞에서 두어 번 헛기침을 해도 반응이 없어 들어가 보니 이정미는 침대에 잠들어 있었다. 이불 위에 옷을 다 입은 채 누워 있는 것으로 보아 잠시만 누워 있으려다 깜박 잠이 든 듯했다. 남기웅은 그녀를 깨울까 말까 망설이다가 문만 잠가 주고 그냥 돌아섰다.

모텔에서 나온 남기웅은 술집 간판들을 힐끔거리기만 하면서 한동안 생각 없이 걸었다. 어느 건물 모퉁이를 돌아서자 아까 차를 세웠던 재래시장 앞길이 나타났는데, 거기에 해 지기 전에는 보이지 않던 포장마차 몇 개가 죽 늘어서 있었다. 남기웅은 그쪽으로 걸어가 그중 한 곳의 포장을 밀치고 들어갔다. 열 평 정도의 포장마차 실내에는 조리대를 빙 둘러 디근 자로 놓인 나무 의자들 말고도 띄엄띄엄 다섯 개의 원형 탁자가 따로 마련돼 있었다. 남기웅은 그중 하나에 자리를 잡고 앉았다.

「소주하고…… 저 사람들 먹는 거, 저거 주세요.」

조리대 위에는 소형 텔레비전이 설치되어 있었다. 바로 남기웅이 앉은 자리의 정면이어서 술을 마시다 고개를 들면 저절로 화면이 눈에 들어왔다. 들어올 때는 저녁 뉴스 뒷부분이 방송되더니 그가 소주를 반병쯤 비우고 났을 때는 드라마로 바뀌어 있었다.

달리는 자동차 안에서 젊은 남녀가 대화를 나누고, 갑자기 여자가 화를 내며 차를 세우라고 하고, 백미러에 비친 여자의 뒷모습을 바라보면서 남자가 잠깐 며칠 전의 대화를 회상하고, 그러다가 무언가 결심한 듯 어디론가 전화를 걸어서는 어제 말했던 일 당분간 보류하라고 지시한다. 이윽고 장면이 바뀌어 어느 초라한 동네 골목길에 입술을 깨물며 걸어가는 여자. 곧 눈물을 흘릴 것만 같다. 1초, 2초, 또각또각 또각또각, 3초, 4초, 슬픈 음악이 깔린다. 결국 눈물이 흐른다.

한 번도 보지 않은 드라마지만 그는 앞뒤 내용을 다 짐작할 수 있었다. 자존심과 진실과 욕망과 숨은 과거 같은 것들이 두루 섞여 사소한 것에서 자꾸 부딪치고 있지만, 당장이라도 결별할 것 같지만, 남녀는 결국 사랑이라는 이름 하나로 모든 걸 넘어서게 되리라. 갈등은 추억이 되고, 불행 끝 행복 시작만이 저들의 미래이다. 그건 남기웅만이 아니라 저 드라마를 보고 있는 모든 사람이 알고 있는 것이었다. 드라마는 그래서 드라마다. 거기엔 예측할 수 없는 것이라곤 아무것도 없다.

「여기 한 병 더 주세요.」

남기웅은 희수를 떠올렸다. 못해도 일주일에 두 번은 만났는데, 그녀를 못 본 지 벌써 한 달이 다 돼 가고 있었다. 더 문제는 앞으로도 언제 만날 수 있을지 모르겠다는 것이었다. 남기웅은 희수 앞에서 아무 일도 없는 양 자연스럽게 행동할 자신이 없었다. 혹 자연스러운 행동이 나와 준다고 해도 그건 아아, 얼마나 슬픈 짓인가. 남기웅은 그런 입장, 그런 감정에 처하고 싶지 않았다.

이때 핸드폰이 울렸다. 호랑이도 제 말 하면 온다고 했던가. 뜻밖에도 희수였다. 발신자를 확인하면서 남기웅은 자기도 모르게 주위를 두리번거렸다. 가까운 곳에서 자기를 지켜보다가 전화를 한 것만 같은 느낌이 들었던 것이다. 물론 포장마차 안에는 희수 비슷한 사람도 보이지 않았다. 받아야 할까 받지 않는 게 좋을까 생각하고 있는데 손은 이미 핸드폰 뚜껑을 열고 있었다. 「여보세요!」 하고 저 아래 손바닥 안에서 희수가 솟아올랐다.

「희수구나.」

「내 목소리 기억하기는 해?」

「미안해.」

「뭐가 미안한데?」

172

「…….」

「도대체 무슨 일이야? 회사에도 안 나가고, 대체 자기 지금 어디에 있는 거야?」

「그럴 일이 좀 있어.」

「나한테도 말 못할 일이야?」

「…….」

「자기 정말 요즘 왜 그래? 우리 벌써 한 달이나 못 만난 거 알아? 일부러 나 피하는 거야, 아님…… 좋아, 말하고 싶지 않으면 말 안 해도 돼. 하지만, 하지만, 이러면 안 되는 거 아니야? 나한테까지 이러면…….」

희수 목소리에 울음이 섞여 들고 있었다. 잠시 후, 감정을 가라앉힌 목소리로 희수가 조용히 물었다.

「언제 돌아올 건데?」

「아직…….」

「기약 없다는 거야?」

「그건 아니고, 한 일주일…….」

「좋아, 그것도 안 물을게. 이거 하나만 대답해 줘. 지금…… 여자하고 같이 있어?」

「아니.」

「알았어 그럼. 돌아오면 연락할 거지?」

「그래.」

「건강이나 잘 챙겨. 밥 제때 먹고…….」

탈칵. 전화는 말 도중에 갑자기 끊겼다. 남기웅은 핸드폰을 가만히 내려다보았다. 전화가 다시 올 거라고는 생각하지 않았다. 울음이 나오려고 해 끊었다는 것을 그는 알고 있었다.

　텔레비전에서는 아직도 드라마가 계속되고 있었다. 남기웅은 물끄러미 화면을 올려다보았다. 집중되지는 않았으나 다른 생각에 빠지지 않을 수 있어 좋았다. 남기웅은 드라마가 끝날 때까지 화면을 올려다보며 술을 마셨다.

「여기 하나 더요.」

　드라마와 함께 술병도 비었다. 남기웅은 주인을 향해 술병을 들어보이고는 포장 밖으로 나왔다. 오줌 눌 곳을 찾기 위해서 그는 불빛이 비치지 않는 으슥한 곳으로 걸어갔다. 문 닫은 어느 철물점 앞에 대형 트럭이 주차돼 있는데 그 뒤로 돌아가자 가로등 불빛도 비치지 않고 어둑했다. 그는 트럭에 기대어 바지 지퍼를 내렸다.

「점잖은 아저씨가 이게 무슨 짓입니까아?」

　남기웅이 오줌을 누기 시작했을 때 앞에서 걸쭉하게 술 취한 목소리가 들렸다. 고개를 들자 몇 미터 떨어진 인도에서 20대 초반의 젊은 사내 두 명이 걸어오고 있는 게 보였다.

「뭔 상관이야 이놈들아…….」

　남기웅이 혼잣말로 중얼거렸다.

「뭐요? 아저씨, 뭐라 그랬어요?」

　청년들이 다가왔다. 남기웅은 휙 허리를 젖혀 청년들을 향해 오줌을 갈겼다. 청년들이 주춤했다. 2, 3미터 떨어져 있어 오줌이 그들

몸에까지 닿지는 않았으나 청년들은 어처구니없다는 표정으로 남기웅을 빤히 바라보았다.

「이보쇼 아저씨, 지금 우리한테 오줌 먹으란 거야?」

남기웅은 대답 없이 계속 그들이 있는 쪽으로 오줌을 누었다.

「햐아, 이거 되게 재밌는 아저씨네…….」

청년들이 실실 웃으며 다가왔다. 남기웅이 막 지퍼를 올리려는 순간 그들 중의 하나가 주먹을 휘둘렀다. 두 손이 다 내려가 있던 남기웅은 피할 새도 없이 턱에 정통으로 한 대 맞으며 옆으로 나가떨어졌다. 얼른 일어서려고 했으나 남기웅은 이미 취해 있었다. 「이 자식들이……」 하면서 힘겹게 반쯤 몸을 일으켰을 때 운동화 신은 발 하나가 그의 가슴팍에 꽂혔다. 그는 다시 벌러덩 뒤로 넘어지고 말았다.

「죽고 싶어?」

쓰러져 있는 남기웅의 목덜미로 물기 젖은 운동화 발이 얹혔다. 세게 누르는 건 아닌데도 대번에 숨이 막혔다. 남기웅은 캑캑거리며 발을 밀쳐 보려 했으나 도저히 힘을 쓸 수가 없었다.

「술 똑바로 처먹어, 새끼야!」

발을 얹은 청년이 남기웅의 얼굴에 침을 뱉었다. 다른 청년은 히죽 웃으며 쪼그려 앉더니 두 손바닥으로 연달아 그의 뺨을 네다섯 차례나 때렸다. 곧이어 운동화를 신은 청년이 마지막이라도 장식하듯 발을 떼면서 그의 옆구리를 세게 걷어찼다. 남기웅은 윽, 신음 소리를 내면서 배를 싸쥐고 옆으로 뒹굴었다.

남기웅이 겨우 호흡을 추슬러 몸을 일으켰을 때 청년들은 이미 사라지고 없었다. 남기웅은 땅바닥에 주저앉은 채로 손수건을 꺼내 얼굴을 닦았다. 그리고 담배를 꺼내 물었다. 목 언저리가 뻐근하고 뒤통수에서도 통증이 느껴졌다. 만져 보니 피는 흐르지 않았으나 뒤통수 한쪽이 조금 부어 있었다. 남기웅은 히죽히죽 웃으며 담배를 피웠다. 자꾸 웃음이 나왔다.

남기웅이 포장마차로 돌아오자 주인 남자가 조금 놀란 표정으로 빤히 바라보았다. 그의 목덜미와 양볼이 빨갛게 부어올라 있었던 것이다. 남기웅은 주인 남자의 시선을 무시한 채 술만 마셨다. 주인 남자도 곧 다른 곳으로 눈을 돌렸다.

그 얼마 후였다. 남기웅은 누군가 옆에 와 서는 인기척을 느끼며 고개를 들었다. 이정미였다. 자리에 앉자마자 그녀의 표정이 굳어졌다.

「무슨 일이에요? 얼굴이 왜 그래요?」

「그냥…… 시비가 좀 있었어요.」

「많이 맞았어요?」

「별거 아니에요.」

남기웅은 잔을 하나 더 달라고 해서 이정미에게 술을 따랐다. 술잔을 받으며 이정미는 엷게 한숨을 쉬었다.

「여기에서 그랬어요?」

「그만 물어요. 별일 아니라니까.」

「여기 젓가락 널렸네요. 그 좋은 실력은 왜 못 써먹고 맞기만 했어요?」

이정미가 한심스럽다는 듯 말했다. 남기웅은 허청하게 클클거렸다.

「그렇군요, 진작 가르쳐 주시지.」

「참 나⋯⋯.」

남기웅은 쯧쯧 혀를 차는 이정미의 술잔에 자기 술잔을 부딪혔다.

「안 마셔요?」

「술 못해요.」

그럴 것 같았다는 표정으로 남기웅은 고개를 끄덕끄덕했다.

「여긴 어떻게 찾았어요? 많이 헤맸겠네요?」

「안 헤맸어요. 복고 취향이라면서요? 술 마시러 나간 것 같아서 포장마차만 몇 군데 들르면서 찾아왔어요.」

「그랬군요.」

남기웅이 또 고개를 끄덕끄덕했다. 뭘 알았다기보다 그저 술이 취해 나오는 습관적인 끄덕거림이었다. 이정미도 그것을 알았다. 자신이 술을 못 마시기도 하지만 남기웅도 더 마셔 봐야 좋을 것 없겠다는 생각에 그녀는 남기웅을 잡아 일으켰다.

「그만 들어가요.」

「그럴까요.」

의외로 남기웅은 선선히 그녀를 따라 일어났다. 그러나 모텔 앞에 이르렀을 때 남기웅은 길 건너편 슈퍼마켓으로 달려가더니 맥주를 몇 병 사 들고 왔다.

「딱 요거만 마실 겁니다. 그리고⋯⋯.」

남기웅이 비닐봉지에 담긴 맥주병 사이에서 샴페인 병 하나를 꺼내 들었다.

「이건 술이 아니고 음료거든요. 정미 씨는 이거 마시는 겁니다. 그
래도 여행이고 첫날밤인데 축배는 들어야지요.」

「첫날밤이라니요?」

「아, 여행의 첫날밤 아닙니까.」

남기웅이 비닐봉지를 높이 쳐들며 앞장섰다. 이정미는 잠깐 서 있
다가 짧게 한숨을 쉬고는 그의 뒤를 따라갔다.

「그 손톱이 아니잖아요.」

남기웅이 그렇게 말했다.

모텔 입구의 화단에 예쁘게 피어 있던 봉숭아꽃 이야기를 하고 있
었다. 어릴 때 시골 외가에 놀러 갔더니 할머니가 봉숭아꽃으로 손
톱에 물을 들여 주었다, 매니큐어처럼 색상이 선명하진 않았지만 신
기했다, 할머니가 그해 여름에 돌아가셔서 그 추억이 더 애틋하게 기
억난다, 지금도 봉숭아꽃을 보면 꼭 할머니를 보는 것만 같다, 그리
고 봉숭아꽃을 물들이고 싶어진다……. 아련한 눈빛으로 이정미가
한참 그런 이야기를 하고 있었다. 그러면서 자기 손톱을 내려다보고
있던 참이었다.

「방금 뭐라 그랬어요?」

이정미는 고개를 쳐들어 남기웅을 쏘아보았다. 이정미가 날카로
운 반응을 보이는데도 남기웅의 얼굴은 여전히 시들했다.

「그 손톱이 아니라구요. 봉숭아물을 들였던 손톱은 그 손톱이 아

니잖아요. 그 손톱은 저기 어느 지하실에 있지요.」

맥주 세 병을 더 마셨지만 남기웅은 포장마차에 있을 때보다 더 취하지는 않았다. 말이 많아졌다거나 목소리가 커지지도 않았다. 그러나 몸은 분명 풀려 있었다. 상체를 잔뜩 움츠리고 시선은 거의 바닥에 고정시킨 채 남기웅은 혼잣말하듯 느릿느릿 말을 이었다.

「제 얼굴 보세요.」

명령하듯이 이정미가 말했다.

「네, 말씀하세요.」

「고개 들고 내 얼굴 좀 보시라구요!」

남기웅이 천천히 고개를 들었다.

「얼굴 안 봐도 다 들리는데……요.」

「방금 야유하신 거예요?」

입술을 꽉 붙이고 있던 이정미가 또박또박 단호하게 물었다.

「야유라니요……?」

남기웅의 눈은 게슴츠레했다.

「그래요! 이거 그때 손톱 아니에요. 근데 그게 무슨 상관이에요. 그때의 손톱 아니면 손톱 얘기 못해요? 그럼 의족이나 의수를 한 사람은 다리나 팔에 대한 추억을 얘기하면 안 되나요?」

이정미의 목소리는 노여움으로 가늘게 떨렸다. 심한 모욕감이라도 느낀 듯 그녀의 얼굴빛도 발갛게 달아올랐다.

「왜 그렇게…… 화를 내요? 내 말은 단지…….」

「모르겠어요? 내가 지금 거짓말이라도 한 건가요? 그때의 손톱 아니라고 내 추억도 가짜고 거짓말인 거예요?」

「거짓말 아니지요.」

「그런데요?」

「네?」

「그런데 왜 내 추억을 모욕하세요. 왜 남의 추억에 재를 뿌려요?」

어느새 이정미는 눈물마저 글썽였다. 남기웅은 그제야 당황했다. 그는 갑자기 난처한 입장이 되어 아무 말도 할 수가 없었다. 이정미의 눈에서 기어코 눈물이 흘러내렸다. 이윽고 그녀가 고개를 푹 숙였다.

「미안해요.」

남기웅은 조심스레 사과를 했다. 그러나 사실 남기웅은 뭐가 미안한 건지 스스로도 알 수 없었다. 지금 남기웅이 정작 난처해하는 건 그 점이었다. 이정미의 느닷없는 노여움이 그에겐 잘 납득되지 않았다.

'이건 우리 몸이 아니다.' 이런 말 정도야 여러 번 해오지 않았던가. 그걸 어떻게 받아들일 것이냐 하는 점에 생각이 달라 서로 논쟁이야 할 수 있겠지만 둘 다 똑같은 입장인 터에 새삼 감정에 상처받을 일은 아니지 않은가. 그게 남기웅의 솔직한 심정이었다. 그러나 어찌 됐든 그녀의 눈물은 남기웅을 미안하게 했다. 눈물은 눈물인 것이다. 복제 인간도 눈물을 흘리는 것이다. 그리고 그런 눈물은 흘리면 안 되는 것이다. 남기웅은 그래서 미안했다. 거기에다 손톱에 대한 이야기는 분명 야유이기는 했던 것이다. 설령 그 야유의 대상이 그녀가 아닌 남기웅 자신이었다 할지라도.

「미안해요.」

남기웅은 다시 한 번 사과를 하면서 슬며시 이정미의 손을 잡았다. 이정미가 고개를 들었다. 그녀는 어느새 담담하게 절제된 평상시의 표정으로 돌아가 있었다.

어두운 창밖을 잠깐 바라보고 나서, 이정미가 조용히 물었다.

「남기웅 씨, 예전에는 몸이니 기억이니 그런 생각 안 했지요?」

「그랬지요.」

「그렇지요? 정체성 그런 거 따지지 않고도 잘 살아왔지요? 그런데 왜 새삼 철학자가 되어 스스로 고통받으려고 해요? 어차피 제대로 알 수 없는 형이상학적인 걸 왜 자꾸 따지냐구요?」

「그땐 따지지 않아도 인간이었으니까요. 그런 거 생각하지 않아도 나는 나였으니까요.」

「내 생각에는요, 기웅 씨가 바뀐 건 자꾸 따지려 드는 그거 하나뿐이에요. 아무 생각 안 하면 옛날하고 똑같아요. 우린 하나도 달라진 게 없잖아요. 그러니 제발 그놈의 복잡한 생각 좀 하지 말아요.」

「똑같은가요?」

「똑같아요! 하나도 다른 거 없이 똑같아요.」

답답해 못 견디겠다는 듯 이정미의 목소리가 높아졌다. 남기웅은 건성으로 고개를 끄덕거리기만 했다.

「그래요, 똑같겠지요. 그런데 이정미 씨!」

「말하세요.」

「영혼의 개수가 몇 갤까요?」

「네?」

「아마도 육체의 수만큼 있을 거예요. 신이 인간을 만들 때, 육체하고 영혼을 한 세트로 만들었을 테니까 말입니다.」

「그래서요?」

「우린 잉여분이라는 거지요. 신의 세계에 속하지 않는 존재, 영혼이 할당되지 않은 존재들이에요.」

남기웅은 히죽히죽 웃었다. 침통하고 허탈한 웃음이었다.

잉여분이라는 단어가 나왔을 때 이정미는 잠시 충격을 받은 듯했다. 얼굴이 대번에 핼쑥해졌고, 입술은 마치 간질 환자의 전조 증상처럼 표가 나도록 파르르 떨렸다. 그러나 잠시였다. 그 반대 스위치라도 누른 듯, 입술을 한 번 꽉 다물자 그녀의 핼쑥하게 긴장되었던 표정은 순식간에 사라졌다. 그것은 흡사 가면 바꿔 쓰기 달인의 그것과도 같은 놀랍도록 신속한 표변이었다.

곧이어 그녀가 말했다. 학원에서 학생의 질문에 대답하는 듯한 강의조였다.

「기억이 영혼이에요. 육체가 죽어 영혼이 분리된다 해도 영혼은 자기 생을 기억하고 자기가 담겨 있던 몸을 기억해요. 기억이 없으면 영혼도 없어요. 기억이 영혼이에요.」

「아니요, 아니요, 영혼은 그런 게 아니지요.」

남기웅이 세차게 고개를 저었다.

「기억은 이생에 속하지만, 영혼은 이생 밖에 있어요. 우리가 아는 이생 너머에 있는 무엇이라구요.」

「신이나 내세 그런 거 안 믿는다면서요?」

「종교적인 내세가 아니라구요. 신이 없어도 영혼은 있지요. 신보다 앞선…… 아니…… 그러니까 신하고 상관없는, 한 존재의 절대적인…….」

「말이 모순되잖아요. 신이 절대 개념인데, 그래서 지금 신에게서 나온 영혼의 개수가 몇 개니 하는 이야기도 하고 있는데, 신을 빼고 무슨 절대적인 영혼을 또 얘기해요?」

「종교적인 문제가 아니라니까요.」

「그만 하세요! 왜 자꾸 스스로 풀지도 못할 문제만 만들어 내요. 영혼이나 신 따위가 대체 뭐예요? 지금 이렇게 생생히 말하고 느끼고 있는 우리 자신만 생각해요. 이거 가짜예요? 우리 몸짓, 우리 고통, 이거 존재하지 않는 거예요? 이렇게 생생히 존재하고 있잖아요.」

남기웅은 반론하지 않았다. 이정미가 지금 자기 말뜻을 이해하지 못한다는 게 그의 생각이었지만, 정작 남기웅 자신도 자기가 무슨 말을 하고 있는지 정확히 알지 못했다. 그래서 더 이상 반론할 말이 없었다.

이정미가 일어섰다.

「우리 심각한 이야기는 하지 않기로 했지요? 기웅 씨 계속 이러면 난 그만 돌아갈래요. 이건 누구한테도 도움 안 되는 여행이에요.

내일 나 먼저 올라가겠어요.」

이정미가 단호하게 몸을 돌렸다. 바람이 일듯 휙 돌아섰던 이정미는 그러나 방문 앞에서 우뚝 멈춰 잠시 무언가를 생각하는 듯하더니 남기웅을 향해 다시 돌아섰다. 아랫입술을 가볍게 깨물고 나서 이정미가 말했다.

「철학 좋아하시니까 나도 한마디 할게요.」

「하세요.」

「세계는 일어나는 일들의 총체이다, 혹시 이런 말 들어 봤어요?」

「비트겐슈타인 같군요.」

「맞아요. 그게 무슨 뜻이라고 생각하세요?」

「깊이 생각해 본 적 없어요. 하지만 그 명제가 이정미 씨를 어떻게 도와주는지는 궁금하네요.」

두 사람의 눈길이 공중에서 부딪쳤다. 슬며시 먼저 눈길을 피한 건 이정미였지만, 그녀의 목소리에는 여전히 단호한 힘이 실려 있었다.

「이 세계에서 일어나는 어떤 일도 다 이 세계의 것이라는 거지요. 일어나는 일들의 총합이 세계니까요.」

「그렇군요. 그런데 그건 하나마나한 말 같네요. 이 세계에서 일어나는 일이 이 세계에 속한다는 건 너무 당연한 얘기지요.」

이정미는 남기웅의 심드렁한 응대에 개의치 않고 바로 말을 이었다.

「이 세계 너머에 있는 절대적인 어떤 것, 기웅 씨 조금 전에 그런 얘기 했었지요?」

「네.」

「그런 게 있다고 쳐요. 우주의 질서라거나 신의 의지라거나, 이 세계를 있게 만든 뭐 그런 절대적인 원리 같은 게 있을 수 있겠지요. 그런데요, 일단 이 세계에 속한 일이라면 그 절대적인 원리에도 속하는 거 아니에요? 이 세계에 속한 돌멩이 하나, 흔들리는 그림자 하나도 다 이 세계 너머의 절대적인 원리와 연결돼 있을 거예요. 시작이 거기고 근본이 거기니까요. 여기까지 동의하나요?」

「대강은요…….」

「그럼 얘기 끝나는 거 아니에요. 이 세계 안에서는 우연히 생겨난 것처럼 보여도 그 절대적인 원리의 세계에서 보면 필연이에요. 거기에 있어서 여기에도 있는 거니까요. 알겠어요? 우리는 우연한 존재가 아니라구요. 영혼이라 하든 뭐라 부르든, 기웅 씨가 말하고 찾고 싶은 게 우리 존재성의 절대적 근거라면 그건 당신이 좋아하는 이 세계 너머의 그곳에 차곡차곡 쌓여 있을 거라구요. 그렇지 않나요, 철학자님?」

'그렇지 않나요, 철학자님?' 마지막 그 말투는 약간 냉소적이었다. 그러면서도 이정미의 얼굴에는 역시 조심스러운 긴장이 흠씬 묻어 있었다. 자기 논리에 확신이 없어서인지, 마지막 비장의 무기를 다 써먹은 피로감 때문인지는 분명하지 않았다.

남기웅은 진지하게 잠시 무언가를 생각하는 듯하다가 이윽고 빙그레 웃었다.

「나만 생각 많이 한다고 뭐라 할 건 아니네요. 정미 씨도 생각 참 많이 해봤군요.」

「또 야유인가요?」

「절대 야유는 아닙니다.」

「아무튼 난 할 말 다 했어요. 내 말에 공감하든 안 하든, 기웅 씨 말은 이제 더 듣고 싶지 않아요. 내일 올라갈게요.」

이정미는 아까처럼 휙 돌아섰다. 이번에도 문을 나서기 전에 잠깐 뒤돌아보기는 했으나 그건 잔뜩 어지럽혀 있는 방 안이 마음에 걸려서일 뿐 남기웅의 말을 기다리는 태도는 아니었다.

이정미가 나가고 난 후 남기웅은 뜻 없이 한참 고개를 주억거렸다. 생각에 깊이 잠긴 표정은 아니었으나, 아무 생각 없이 하고 있는 짓도 아니었다. 쏩쓸한 미소가 몇 차례 희미하게 떠올랐다가 곧 지워졌다. 얼마 후 남기웅은 발 앞에 있던 맥주잔을 들었다. 그러나 마시지는 않고 이내 다시 내려놓았다. 그러고는 휘청거리며 침대로 올라갔고, 곧 잠들었다.

이튿날, 남기웅이 정오 가까운 늦은 아침에 눈을 떴을 때 방 안은 말끔히 치워져 있었다. 남기웅은 이정미가 떠났다는 것을 직감했다. 그래서 눈만 뜬 채 그대로 누워 있다가 한참 후에 방 비워 달라는 카운터의 전화를 받고 나서야 부스스 몸을 일으켰다.

화장실에 들어가니 칫솔, 대야, 수건 한 장까지 가지런히 정돈되어 있었다. 청소부가 있으니 이런 것까지 정돈해 놓을 필요는 없는데 이정미는 눈에 띄는 모든 것을 깨끗이 처리해 놓고 간 것이었다. 남기웅은 세수할 생각도 잊고 잠시 멀뚱하니 서 있었다. 깨끗하다는 건 참 무섭다는 것을 그는 문득 깨달았다. 깨끗하다는 건 흔적이 없다는 것이다. 모든 게 제자리에 원위치돼 있는 대신 '사건'은 지워져 있다. 깨끗하다는 건 그런 것이었다.

세수를 한 후에 남기웅은 혹시나 하는 마음으로 옆방에 가보았다. 물론 이정미는 없었다. 그는 자기 방으로 돌아와 탁자 위 등을 살펴보았다. 메모 쪽지 한 장 없었다. 서운하지는 않았다. 그러나 허탈하기는 했다. 그는 거울 속의 자신을 향해 씩 한 번 웃어 보이고는 방에서 나왔다.

늦은 아침 식사를 하고 난 후 제천역 대합실로 가 자동판매기에서 커피를 뽑아 들고 열차 시간표를 올려다볼 때였다. 그는 갑자기 그만 돌아가고 싶었다. 하룻밤이 지났을 뿐인데 갑자기 여행이란 게 시들해졌다. 꼭 이정미가 없어서는 아니었으나, 생각해 보면 그래서인 것 같기도 하고, 다시 생각해 보니 역시 그녀 때문은 아닌 듯했고, 그러나 이유야 어찌 되었든 여행이 시들해진 것만은 사실이었다. 모두 부질없다는 생각이 들었다.

그는 서울행 표를 끊었다. 표를 끊고 나니 이상하게 안도감이 들었다. 그러나 20여 분 후, 개찰구를 지나 철로가 보이는 승강장으로 나가자 다시 막막해지기 시작했다. 서울로 돌아가고 싶지 않았다. 여행을 계속할까? 그럼 어디로 갈까? 그렇게 갈등하고 있는 사이에 저만치 철로 끝에서 열차가 들어오기 시작했다. 카운트다운에 몰린 기분으로 「빨리 결정해!」 하고 자신에게 소리치는 순간 남기웅은 갑자기 가고 싶은 곳이 한 군데 생각났다.

18

열차는 석양이 빌딩 사이로 내려앉기 시작하는 저녁 초입에 서울 청량리역에 도착했다. 제천역에서 가락국수 하나로 아침 겸 점심을 간단히 때웠던 남기웅은 개찰구를 빠져나오자마자 우선 식당을 찾아 저녁 식사를 했다. 식당에서 나온 후에는 피시방에서 한 시간여 동안 전투 게임을 했고, 그다음에는 역사 근처의 포장마차에 들어가 소주 한 병을 마셨다. 날이 완전히 어두워지기를 그는 기다렸다.

포장마차에서 나온 건 9시를 조금 넘겼을 때였다. 그는 광장 끝의 택시 승강장으로 가 택시에 올랐다. 30분 후에 세일제약 연구소 정문이 보이는 삼거리에 도착했다. 남기웅은 무심한 행인처럼 느릿느릿 연구소 담장을 걸어 정문 앞을 지나쳤다. 그의 예상과 달리 연구소는 정문 수위실과 본관 로비에만 불이 켜져 있을 뿐 적막한 어둠에 싸여 있었다. 수위는 의자에 앉은 채 까닥까닥 졸고 있었고, 그밖에 다른 경비원이 있는지는 잠깐의 관찰로는 알아낼 수가 없었다.

남기웅은 개천과 맞붙은 서쪽, 본관 왼쪽 담장까지 걸어가 발길을 멈추고는 담장 안쪽의 기척을 살폈다. 10분 정도 서 있었지만 별다른 인기척은 없었다. 아무 소리도 들리지 않았고, 별다른 감시 시스템이 있는 것 같지도 않았다. 비밀 연구를 하는 곳답지 않게 지나치게 경비가 허술하여 그는 약간 의아했지만, 가만 생각해 보니 그게 오히려 당연한 것 같았다. 외부에서 보기에 이곳은 평범한 제약 회사일 뿐이고, 내부적으로도 복제 인간 연구에 관련된 이들은 극히 제한된 일부일 것이므로 경비가 삼엄하면 오히려 이상할 것이었다.

남기웅은 담장 아래에 가방을 내려놓고 망치 하나만 꺼내 품에 넣었다. 저녁을 먹은 후 청량리역 앞 시장에서 사둔 것이었다. 다시 한번 담장 안쪽의 기척을 살핀 다음 그는 두 손을 뻗으며 훌쩍 몸을 날려 담장 위로 올라섰다. 그리고 상체가 담장 위에 걸치는 순간 담을 싸안은 채 몸을 회전시켜 바로 안쪽 마당에 내려섰다. 그 자세로 잠시 가만히 서서 수위실 쪽의 움직임을 살폈다. 50여 미터 떨어져 있어 확실하게 보이지는 않았지만 수위는 여전히 의자에서 졸고 있는 것 같았다. 조금 더 대범해도 좋을 것 같았다. 그는 불빛이 미치지 않는 어두운 길로 해서 곧장 본관 뒤쪽으로 돌아갔다.

본관 후문은 당연히 잠겨 있었다. 한 가지 다행스러운 건 혹시 방탄유리가 아닐까 짐작했던 유리문이 평범한 유리라는 점이었다. 남기웅은 영화에서 본 대로 웃옷을 벗어 유리창에 대고는 주먹으로 유리창을 깨 손을 안쪽으로 넣어 잠금쇠를 풀었다. 일이 너무 쉽게 풀려 오히려 일말의 긴장감을 느끼며 그는 빠르게 로비 안쪽으로 들어섰다. 그러나 바로 그 순간, 어디선가 삐삐삐 요란한 경보음이 울려 대기 시작했다. 힐끗 저 밖의 수위실을 바라본 다음 그는 다른 생각 할 겨를 없이 로비를 질러 엘리베이터가 있는 쪽으로 달렸다.

엘리베이터는 이상 없이 작동되었다. 그는 얼른 뛰어들어 지하 2층 버튼을 눌렀다. 지하 2층에 도착하자 그는 갑자기 어디로 가야 할지 알 수가 없었다. 긴장한 채로 강 박사의 뒤만 따라다녔던 터라 원체가 있는 방이 어디인지 금방 파악되지 않았다. 지난 기억을 빠르게 떠올리며 그는 어두운 복도를 조심조심 걸었다. 라이터 불에 어슴푸레 비치는 방의 모습은 모두가 비슷해 보였다.

여기다 싶은 방 앞에 이르렀을 때 남기웅은 사이렌 소리를 들었다. 그는 얼른 망치를 꺼내 문손잡이를 세게 내리쳤다. 몇 번 만에 손잡이는 금방 부숴 버릴 수 있었으나 문은 열리지 않았다. 어떻게 해야 되는지 알 수가 없었다. 발로 문짝을 몇 번 걷어차는 사이에 엘리베이터 내려오는 소리가 들렸다. 그는 황급히 돌아서서 아까 지나쳐 온 화장실로 향했다. 그가 화장실의 첫 번째 칸에 몸을 막 숨기고 났을 때 밖에서 우르르 발소리가 들리더니 곧이어 무전기인지 핸드폰인지 외부와 통화하는 남자 목소리가 들렸다.

「화장실로 들어갔다고요? 알았습니다.」

털컥, 화장실 문 열리는 소리와 함께 그가 숨은 칸 바닥으로 랜턴 불빛이 깔렸다.

「남기웅 씨, 나오세요.」

정복 순경이 유치장 문을 따면서 그를 불렀다. 무릎에 고개를 숙인 채 깜박 잠들어 있던 남기웅은 천천히 몸을 일으켜 유치장을 나섰다. 순경을 따라 어느 사무실로 들어가자 사복 경찰과 이야기를 나누고 있는 강 박사가 보였다. 강 박사는 그가 들어서는 것을 보고 사복 경찰과 몇 마디 더 나눈 후에 곧 악수를 하고 돌아섰다.

「뭐 좀 먹을까요?」

현관 출입문을 나설 때 강 박사가 물었다.

「아니요.」

남기웅이 짧게 대답하자 강 박사는 더 권하지 않고 주차장으로 걸었다. 남기웅은 뒤따라가면서 시간을 확인했다. 새벽 1시였다. 경찰서에 들어온 지 두 시간이 채 안 되었으니 강 박사는 집에 있다가 직원의 연락을 받고 바로 달려온 게 분명했다.

「회사를 그만두었더군요?」

시동을 걸면서 강 박사가 말했다. 강 박사의 얼굴은 딱딱하게 굳어 있지는 않았으나 그를 대할 때마다 늘 온화하게 미소 짓던 그 표정은 아니었다. 알고 묻는 말이었으므로 남기웅은 대답하지 않았다.

「직장 생활 오래 하다 보면 쉬고 싶을 때가 있지요.」

남기웅이 아무 말 않자 강 박사가 스스로 별일 아니라는 듯 중얼거렸다.

심야의 거리는 한적했다. 남기웅이 물끄러미 어두운 창밖을 내다보고 있자 강 박사가 차 유리창을 내려 주면서 말했다.

「담배 피우세요.」

남기웅은 흘낏 강 박사의 옆모습을 바라보고 나서 담배를 꺼내 물었다. 담배에 불을 붙이고 나서 그는 다시 강 박사를 흘낏 바라보았다. 어쩐지 강 박사를 아주 오래전부터 알고 있었던 것 같은 느낌이 들었다. 친근한 감정은 아니었으나 딱히 크게 불편하지도 않은, 상대에게 자신이 어떻게 보여도 신경 쓰이지 않는, 말하자면 모종의 근친감이었다. 이정미의 경우와는 많이 달랐지만 어쨌거나 강 박사에 대한 그 감정 역시 이제는 스스로 지울 수도 떼어 버릴 수도 없다고 하는 운명적 친연성의 일종일 것이었다.

　그렇듯 묘하게 서걱거리는 감정 속에서 남기웅은 다소 위악적으로 담배 연기를 강 박사의 얼굴 쪽으로 길게 뿜었다. 그러고 나서 물었다.

「어디로 가는 겁니까?」

「당신이 가려고 했던 곳으로요.」

「네?」

「원체를 보려고 했던 것 아닙니까?」

「지금 거기로 간다구요?」

　강 박사는 거기에서 입을 닫았다. 남기웅도 더 물을 수가 없어 가만히 앞만 바라보았다. 차는 어느새 연구소가 저만치 보이는 삼거리에 이르고 있었다.

　연구소에 들어선 강 박사는 곧장 지하층으로 내려갔다. 중견 학자의 서재처럼 단아한 기품이 있던 그 방으로 갔고, 리모컨을 찾아 푸른 버튼을 눌렀고, 책장이 갈라지면서 하얀 방이 나타났다. 그러는 동안 강 박사는 아무 말이 없었다. 무거운 표정도 아니었고 서둘러 급히 걷지도 않았으나 남기웅은 강 박사의 묵묵한 동작에서 무언의 시위를 느꼈다. '당신이 원하면 이렇게 간단히 올 수 있는데 망치까지 들고 무슨 그런 촌스러운 짓을 했소?' 그런 질책을 느꼈다.

아무려나 원체가 있는 하얀 방에 들어서자 남기웅은 예전처럼 긴장되었다. 아니, 훨씬 긴장되었다. 그때는 막연하게 불길한 예감뿐이었으나 지금은 원체를 내려다볼 때의 그 생생하고 오싹한 슬픔을 선히 기억하고 있는 것이다.

강 박사가 다시 리모컨 버튼을 눌렀다. 스르르, 원체가 담긴 반원형의 유리관이 방 중앙으로 미끄러져 나왔다. 처음 그때처럼, 남기웅은 온몸에 한기를 느꼈다. 강 박사가 먼저 한 발짝 앞으로 나섰다. 차에서 내릴 때부터 뒤 한 번 돌아보지 않던 강 박사가 그제야 남기웅을 향해 고개를 돌렸다.

「가까이 와요.」

남기웅은 강 박사 옆으로 가 섰다. 미라처럼 단정히 누워 있는 원체를 남기웅은 지나치듯 슬쩍 바라보고는 곧 시선을 돌렸다. 오히려 강 박사가 애틋한 눈빛으로 원체의 전신을 찬찬히 훑어 내리고 있었다. 잠시 후, 강 박사가 그를 향해 고개를 돌렸다. 그러고는 유리관 아래쪽에 붙어 있는 녹색 손잡이를 가리켰다.

「이 스위치를 올리면 원체의 기능이 되살아납니다. 오랫동안 코마 상태에 있었기 때문에 신체 기능이 완전히 정상으로 회복되는 데에는 시간이 좀 걸리겠지만 의식을 되찾는 건 몇 분이면 가능해요. 길어야 오 분이면, 잠자다 깨어나듯이 부스스 눈을 뜨게 될 겁니다. 당신이 결정해요. 지금 이 자리에서 당신 손으로 직접 스위치를 올릴 수 있어요.」

강 박사는 잠깐 말을 끊었다가 다시 이었다.

「이 원체만이 진짜 남기웅이라고 생각한다면, 그래서 다 잊고 예전의 남기웅 그대로 돌아가고 싶다면 지금 스위치를 올려요. 우리는 당신의 선택을 존중할 겁니다. 깨어난 원체는 지난 몇 달의 기억이 공백으로 남는 것 말고는 아무런 문제 없이 전과 똑같이 살아가게 될 겁니다. 자, 당신이 결정해요.」

전혀 예상하지 못했던 일이었다. 남기웅은 얼떨떨한 기분으로 강박사를 바라보았다. 강 박사가 다시 말했다.

「남기웅 씨의 의사를 묻지 않고 복제를 시도한 건 어쨌거나 우리의 잘못입니다. 그래서 선택의 기회를 주는 거예요. 스위치를 올리면 당신은 모든 걸 잊고 예전처럼 살아가게 돼요.」

강 박사의 말은 거짓이 아닌 듯했다. 평소와 다른 신중한 눈빛과 무겁게 가라앉은 목소리가 그것을 말해 주고 있었다. 남기웅은 심장이 쿵쿵 뛰는 것을 느꼈다. 가슴을 진정시키면서 남기웅은 조심스레 원체를 내려다보았다. 그리고 강 박사를 보았다. 다시 원체를 보고, 다시 고개를 들었다. 이윽고 떠듬거리며 그가 물었다.

「그러면…… 원체가 깨어나면…… 나는 어떻게 되는 거지요?」

머뭇거림 없이 곧바로 강 박사가 대답했다.

「당신 스스로 과거를 선택한 거니까 현재의 당신은 사라져야지요.

두 명의 남기웅이 있을 순 없잖아요? 스위치를 올리고 나면 이 약을 드세요. 조용히 잠들 겁니다. 그다음엔 우리가 알아서 처리할 거예요.」

언제 꺼냈는지 강 박사의 손에 푸른색 알약 한 알이 들려 있었다. 남기웅은 멍청한 표정으로 그 알약을 바라보았다. 얼굴이 굳어지는 것을 그는 느꼈다. 팔도, 다리도, 이미 굳어 버린 듯 꼼짝할 수가 없었다. 심장만 여전히 쿵쿵 뛰었다. 수많은 생각이 그의 머릿속에서 뒤엉키기 시작했다.

복제품에 불과한 자신이 제거되면 모든 것이 원래대로 돌아간다. 유일한 남기웅이 다시 살아날 것이다. 그는 이 모든 것을 잊고 예전의 남기웅으로 돌아가게 될 것이다. 그러나 그것은 정말 돌아가는 것인가? 그는 갑자기 혼란스러워졌다.

'나는 지금의 나를 잊을 것이다. 잊는 게 아니고 나는 처음부터 없었던 존재가 되어 버린다. 지난 몇 달간의 내 정신, 내 행동 들은 한순간에 무가 되어 버린다. 깨어난 원체는 지금의 나를 알지 못한다. 나는 흔적 없이 사라진 어느 한 날의 꿈일 뿐이다.'

그러자 전혀 예상하지 못했던 새로운 두려움이 그의 몸을 휘감았다. 제거, 소멸, 사라진다는 그것. 그는 갑자기 눈앞의 원체를 타인으로 느꼈다. 여기 이렇게 앉아 세상을 느끼고 있는 자신이 남기웅이다. 또 다른 남기웅을 연상할 수가 없고, 그리하여 눈앞에 있는 이것, 자기 자신이었다고 하는 이 육체는 어쨌거나 자기와는 다른 물건으로 느껴지는 것이었다. 둘 중에 하나가 살아야 한다면, 그것은 여기 이렇게 서서 생생히 자신을 자각하고 있는 자기, 자기여야 했다. 그는 사라지고 싶지 않았다. 삶에 대한 그런 본능적인 열망이 맹렬하게 솟구쳐 올랐다.

물론 다시 생각해 보면 사라지는 건 아니었다. 그는 원래의 자기로 돌아가는 것이다. 이 슬픈 시간들을 다 잊고 원래의 자기 자신으로 돌아가는 것이다. 그런데, 그럼에도, 무어라 설명하기 힘든 두려움이 그의 전신을 옥죄어 오는 것이었다. 절망감으로 가득 찼던 지난 몇 달에 애착을 가질 이유가 전혀 없음에도, 깨끗이 다 잊고 예전의 자기로 돌아간다면 정녕 그보다 기쁜 일은 없을 것임에도, 그러나 어쩐지 몇 분 후에 깨어날 저 원체가 자기 자신이라는 생각은 들지 않는 것이었다. 아무것도 모르는 백치 하나가 깨어나고, 모든 것을 다 아는 남기웅은 정작 사라져 버린다는, 논리적으로는 설명되지 않는 실존에의 애착이 그의 안에서 파들파들 용트림을 해댔다.

「처음이자 마지막 기회입니다. 빨리 결정하세요.」

강 박사가 재촉했다. 강 박사의 손에 들려 있는 푸른 알약이 섬뜩한 광채를 띠면서 그의 눈으로 쏟아져 들어왔다. 한순간 다리가 후들거린 듯했다. 마치 자살을 강요당하는 기분이었다.

얼마 후, 남기웅은 힘겹게 몸을 돌렸다. 쓰러질 듯 비척거리면서 그는 하얀 방의 출입구를 향해 걸었다. 그의 얼굴은 핏기 하나 없이 새하얗게 질려 있었다.

그랬다, 강 박사와 이정미의 집요한 설득을 받으면서도 끝내 인정하지 않았던 '기억이 곧 존재'라는 명제를 그는 이 순간 영혼의 떨림으로 받아들이고 있었다. 그는 육체의 소멸이 두려운 게 아니라 자기 기억에 담긴 자기만의 날들이 사라지는 것이 두려웠다. 모든 생의 순간이 어차피 한낱 먼지라 한들, 스스로 생을 지우면서 자기 존재를 어수선한 꿈으로 남게 하는 일은…… 결코, 결코 제 손으로 할 수가 없었다. 그는 꿈을 꾸는 자이고 싶지 누군가의 꿈이 되고 싶지 않았다.

마음은 한없이 침통했다. 비열한 배신을 하고 있는 것만 같은 말할 수 없는 수치심이 그의 온몸을 휘감았다. 하지만 그는 더 이상 아무것도 생각하고 싶지 않았다. 한시라도 빨리 이곳을 벗어나고 싶다는 욕구만이 강렬하게 그의 등을 떠밀었다.

다 안다는 듯, 다 이해한다는 듯, 그의 등 뒤에서 강 박사가 조용히 말했다.

「비겁한 일이 아닙니다. 당신이야말로 현재의 유일한 남기웅이에요. 올바른 선택을 한 겁니다.」

남기웅의 귀에는 아무 소리도 들어오지 않았다. 그는 방을 빠져나와 몽유병자처럼 느릿느릿, 지상으로 올라가는 엘리베이터를 향해 걸었다.

이튿날 아침, 남기웅은 침대에서 눈을 뜨고 멍하니 실내를 둘러보면서 문영길을 떠올렸다. 처음 그를 찾아왔을 때 초조해하면서 간절해하던 표정, 자기를 믿어 달라고 말할 때의 절실함에 가득 찬 눈빛이 떠오르자 남기웅은 가슴이 뭉클해졌다. 돌아보면 같은 처지인 이정미 말고는 문영길만이 유일하게 그의 편이었다는 생각이 들었다.

사실 남기웅은 문영길이 원망스러웠다. 차라리 아무것도 모르게 놓아두었더라면 좋았을 것이다. 고백을 통해 문영길 자신은 조금이나마 양심의 가책을 덜 수 있었을지 모르지만 진실을 아는 대가로 남기웅이 넘겨받은 건 지옥의 시간들이었다. 스스로 아무것도 어찌해 볼 수 없는 무지막지한 진실 하나만 던져 놓고 훌쩍 사라진 사람. 하지만 문영길이 미처 말하지 못한 다른 진실은 없을까?

그랬다, 남기웅이 이 아침에 갑자기 문영길을 떠올린 것은 무언가 더 있으리라는 순간적인 직감 때문이었다. 남기웅이 그를 믿지 않았기에, 차갑게 쫓아냈기에 미처 말하지 못한 무언가가 더 있을지 모른다는 것. 하기야 무엇이 더 있다 한들 그건 좋은 쪽보다는 나쁜 쪽일 가능성이 컸다. 복제 인간이라는 사실이 바뀌지 않는 한 좋아질 일은 아무것도 없었다. 그러나 지금보다 더 나빠질 일도 없을 것이었다. 존재성의 바닥을 맛본 남기웅은 이제 어떤 진실도 수용할 수 있었다. 그렇지 않아도 연구소의 의도가 늘 마음에 걸렸었다. 정체성에 대한 고통이 앞서 그 문제를 깊이 생각해 보지 않았을 뿐, 연구소가 인간 복제를 하는 목적이 무엇인지, 과연 자신의 삶에는 어떤 간섭도 없을 것인지 하는 의문이 늘 그의 마음 한구석에 자리 잡고 있었다. 이제는 그 점을 분명히 알아야만 할 것 같았다.

남기웅은 즉시 침대에서 일어나 문영길의 핸드폰 번호로 전화를 걸었다. 결번이라는 안내 목소리가 나왔다. 잠시 생각하다가 이번엔 장례식장에 전화를 걸었다. 그는 잠깐의 통화로 어렵지 않게 문영길

가족의 연락처를 알아낼 수 있었다. 여자 이름인 것으로 보아 전에 보았던 딸일 것이라는 짐작이 들었다. 남기웅은 머뭇거림 없이 바로 전화 버튼을 눌렀다.

「없는데요.」
아파트 문을 열어 준 문영길의 딸은 전화 통화할 때처럼 의혹이 가시지 않은 목소리였다.
「정말 하나도 없나요?」
「대체 왜 그러시죠? 뭘 찾고 싶으신 건데요?」
남기웅은 최대한 공손한 목소리로 자기 사정을 설명했다. 물론 복제 인간이니 하는 단어는 꺼낼 생각도 하지 않았다. 당신 아버지에게 검토해 달라고 맡긴 중요한 자료가 있다. 원본이 없어져서 그걸 꼭 찾아야만 한다. 아버지도 그 자료의 가치를 알고 있으므로 분명히 잘 보관해 두셨을 것이다. 정말 아무것도 없는가?
「글쎄요, 모자나 안경 그런 것까지 일체 다 태웠거든요.」
다행히 딸의 표정은 풀렸으나 말은 달라지지 않았다. 전화 통화할 때 이미 들은 말이었음에도 남기웅은 새삼 맥이 풀렸다. 더 물어볼 말이 없는데도 바로 돌아서지지 않아 남기웅은 어정쩡하게 딸의 얼굴만 바라보았다. 인사를 대신해 딸이 몇 마디 더 덧붙였다.
「죄송하게 됐네요, 망자의 유품은 원래 다 없애잖아요. 남아 있는 거라곤 가족이 함께 찍은 사진 몇 장하고, 아끼시던 그림 몇 점…… 참, 컴퓨터가 있네요.」

「컴퓨터요?」

「네, 멀쩡한 걸 일부러 버리기도 뭐해서 그냥 제가 쓰고 있거든요.」

「그럼 디스크에 있던 파일들은요? 그것도 그대로 있나요?」

「딱히 지운 적 없으니까 대개는 그대로 있을 거예요.」

「고맙습니다. 제가 좀 봐도 되지요?」

「그러세요.」

남기웅은 딸과 함께 집 안으로 들어가 바로 컴퓨터를 작동시켰다. 컴퓨터 전문가였으므로 디스크 안의 파일을 검색해 자신에게 도움이 될 만한 자료를 찾아내는 건 어렵지 않았다. 하지만 남의 집에서 오래 머무를 수는 없는 일이어서 남기웅은 습관적으로 늘 갖고 다니는 소형 USB메모리에 컴퓨터 안의 파일을 모두 담았다.

아파트를 나설 때 남기웅은 자기도 모르게 긴장하고 있었다. 어떤 특별한 기대감 따위는 여전히 없었다. 자기가 모르는 진실 한 가지에 더 접근할 수 있을지도 모른다는 것, 그 점이 그를 은근히 흥분시켰다.

더 이상 나빠질 일은 없으리라고 생각했었다. 더 이상 힘들 건 아무것도 없다고 생각했었다. 그런데…… 남기웅은 자기 몸이 모래처럼 흘러내리는 듯한 아득한 기분 속에서 숨도 제대로 쉬지 못했다. 머릿속은 이미 하얗게 비워져 있었다.

모니터 화면에는 그가 수많은 파일들 속에서 찾아낸 문영길의 비밀 기록이 떠 있었다. 암호가 걸린 열 몇 개의 문서 파일 중 다섯 번째로 읽은 파일이었다. 누구에게 보낼 것을 염두에 두고 기록한 듯, 이 문서에는 인간 복제 연구에 관한 핵심적 사항들이 개인적 감정을 최대한 절제한 보고문 형태로 꼼꼼히 기록돼 있었다. 그럼에도 불구하고 문서에는 또한 문영길의 격심한 혼란도 고스란히 담겨 있었다. 누군들 놀라지 않을 것인가. 문서의 내용이 사실이라면 연구소에서 추진한 인간 복제의 궁극적인 목적은 '영생불사'의 판매라고 할 수 있었다.

문서의 내용을 요약하면 다음과 같았다.

연구소에서는 고객의 유전자를 받아 그와 완전히 똑같은 육체를 만들어 놓는다. 이후, 고객이 늙거나 병들게 되면 고객의 뇌를 스캔하여 그 육체로 옮긴다. 정신과 기억은 고스란히 유지하면서 육체만 새것으로 갱신되는 것이다. 연구소는 이때 고객의 젊은 육체를 다시 복제해 놓는다. 그리고 고객이 또다시 늙게 되면 역시 뇌를 스캔하여 새로운 육체로 옮긴다. 이 과정이 반복되는 한 고객은 영원히 늙지 않고 살아갈 수 있는 것이다.

그런데 연구 팀은 복제 연구 중 신비로운 사실을 알게 된다. 한 사람의 정신과 육체를 완벽하게 복제하는 것은 성공했으나, 복제된 그 사람은 다시 복제되지 않는다는 점이었다. 원체와 모든 점에서 똑같은 사람이고 복제하는 기술상의 과정이 동일함에도 불구하고 복제된 인간은 재복제되지 않았다. 마치 컴퓨터 회사에서 프로그램을 판매할 때에 무단 복제를 방지하기 위하여 원본 외에는 복제가 안 되도록 걸어 두는 것과 같은 상황이라 할 수 있었는데, 인위적인 프로그램이 아닌 인간에게도 그런 차이가 있다는 점이 연구원들을 흥분시켰다. 유전자는 물론이고 정신과 감정까지 완벽히 복제했음에도 그 복제 인간에게는 없고 원체에게만 존재하는 어떤 무엇, 그것이 무엇이겠는가? 숙연하고도 서늘한 분위기 속에 아무도 감히 입을 열지 못했지만 마침내 한 사람이 그 단어를 말했다. 영혼. 어떤 기술로도 복제되지 않는, 한 개인에 오직 하나만 허락돼 있는 것이라면 영혼이라는 말 이외에 어떤 말을 붙일 수 있을 것인가.

'우리는 바벨탑을 쌓고 있다.' 문서에는 이렇게 적혀 있었다.

문영길의 두렵고 혼란스러운 심경을 말해 주는 문장이었다. 문영길의 갈등이 그 지점에서 시작되었을 것이다. 과학의 손길이 마침내 신의 세계와 커튼 하나만 남겨 둔 지점까지 도달했을 때, 다른 연구원들은 그 커튼을 열어젖힐 방법을 찾느라 새로운 도전 욕구를 불사르고 있었지만 문영길은 주춤주춤 뒤로 물러났다. 그리고 결국 타살되었다. 카인의 후예들에게.

남기웅은 책상에서 일어나 욕실로 갔다. 거울에 비친 자기 얼굴을 물끄러미 바라보았다. 영혼이 없는 남자의 얼굴이 보였다. 다른 사람의 영생을 위해 임시로 만들어진 존재, 신의 명부에는 들어 있지 않은 존재. 남기웅은 주먹으로 거울을 쳤다. 손에서 피가 흘러내렸다. 영혼이 없는 피였다.

19

　남기웅은 오피스텔 안에 칩거하며 일절 밖에 나가지 않고 지냈다. 회사에도 나가지 않았고, 희수에게도 연락하지 않았고, 그 밖에 일상적인 모든 일에 신경을 끊었다. 컴퓨터도 켜지 않았고, 우편함도 열어 보지 않았고, 전화도 받지 않았다.

　밥 먹고 배설하는 일 말고는 일부러 찾아 하는 일이 하나도 없었으므로 남기웅의 하루는 웅덩이 물처럼 누렇게 괴어 있었다. 그러나 느낌은 살아 있었다. 그는 자기 자신을 방치한다기보다 시간을 방치하고 있었으므로, 흘려보내는 시간도 기다리는 시간도 없었으므로, 시시각각 변하는 햇살의 농도 같은 것 하나가 차라리 변화무쌍하게 느껴졌다. 웅덩이 물이 죽은 듯 괴어 있다 한들 그것 말고 다른 삼라만상은 끊임없이 자기 모습을 바꾸고 있는 것이다.

　그렇게 지독한 게으름과 하얗게 빈 시간 속에서 그의 내면에 무엇이 자라고 있는지는 아무도 모를 일이었다 어느 날, 그러니까 서울로 돌아온 지 여드레쯤 되던 날이던가, 남기웅은 냉장고를 향해 걸어가다가 무엇인가에 걸려 휘청 중심을 잃고 고꾸라졌다. 아침에 배달시켜 먹은 음식 그릇들이었다. 먹다 남은 들큰한 국물이 바짓가랑이에 쏟아졌고, 나물과 김치 같은 것이 목덜미에까지 날아와 다족류 벌레처럼 찰싹 달라붙었다. 발목도 약간 접질린 듯해 남기웅은 한참이나 그대로 누워 있다가 엉거주춤 상체를 일으켰다. 그러고는 방금 깊은 잠에서 깨어난 사람처럼 사방을 찬찬히 둘러보았다. 그러니까, 여드레 만에 처음으로 집 안을 제대로 바라본 것이라 할 수 있었다.

　점입가경이었다. 여드레 동안 배달시켜 먹은 갖가지 음식 중에 아직 회수해 가지 않은 그릇들과, 회수해 가지 않는 스티로폼류 포장재들과, 찢어진 비닐봉지, 휴지 나부랭이, 아무렇게나 던져 놓은 옷가지들, 커피 잔, 맥주 캔, 재떨이, 수건과 걸레, 시디 케이스, 그리고 왜 저것이 여기 나와 있는지 모를 축구공, 옛날 앨범, 크리스마스트리까지, 일부러 배열해 놓기도 힘들 만큼 구석구석 곳곳에 난잡하게 어질러져 있었다. 그리고 그것들 위로 여름날 하오의 부신 햇발이 날카롭게 쏟아지고 있었다.

　레디 액션!

　남기웅은 그런 소리를 들은 듯했다. 집 안의 물건들은 아무렇게나 던져진 것이 아니라 어쩐지 정교하게 배치된 소품들 같았다. 그것은 하나의 '장면'이었다. 그리고 자신은…….

　남기웅은 목덜미에 붙어 있는 김치와 나물 쪼가리를 떼어 냈다.

그리고 천천히 일어났다. 아니, 반쯤 몸을 일으키다가 무릎을 굽힌 채 쪼그려 앉았다. 마침내 무언가 완성되는 것 같았다. 고개를 숙이고 있었지만, 거울을 보는 것처럼 그는 자기 자신의 모습을 훤히 볼 수 있었다. 그것은 주변과 너무도 잘 어울리는 마지막 소품이었다.

유리창에 물방울이 흘러내리듯 처음에는 천천히, 이윽고 조금씩 빠르게, 마침내 격렬하게, 남기웅은 흐느끼기 시작했다. 어디에서 나오는 소리인지는 알 수 없었다. 숭숭 구멍이 뚫린 고무호스처럼, 그 울음소리는 온몸 곳곳에서 솟구쳐 오르는 것 같았다. 달팽이처럼 쪼그려 앉은 채, 남기웅은 오래오래 울음을 쏟아 냈다.

격정이 얼마간 가라앉았을 때, 남기웅은 욕실로 가서 세수를 했다. 눈물을 씻어 낸 것뿐이었다. 청소를 하겠다는 생각 같은 것은 하지 않았다. 단순히 지저분하다는 것 때문에 마음이 동요되었던 게 아니었으므로 새삼 청소를 할 이유는 없었다. 격정을 불러일으킨 것은 한순간의 어떤 구도였을 뿐이다. 이제 그 구도는 사라졌다. 남은 건 다시 눈에 익은 공간과 사물들이었다.

말하자면 눈물은 거짓말 같았고, 순식간에 일종의 추억이 되어 버렸다.

남기웅은 그런 기분으로 잠시 가만히 서 있었다. 이윽고, 자신을 한순간 비통하게 만들었던 잡쓰레기는 거들떠보지도 않은 채 그는 원룸 가장 안쪽에 있는 옷장 앞으로 걸어갔다. 거기에서 옷걸이에 죽 걸린 옷들을 보았을 때 그는 미묘한 감정을 느끼기 시작했다. 주인이 사라진 빈집에 들어와 함부로 여기저기 열어 보고 있는 듯한,

그런데 아무도 제지하지 않는다는, 이런 모든 행동이 간단하게 용인되고 있다는, 이 얼마나 신나는 행운인가, 그런 식의 위악적인 쾌감이 그를 간질이고 있었다.

그는 양복 한 벌을 꺼냈다. 흑갈색의 중후한 색깔을 지닌 고급 양복이었다. 양복을 입을 때면 늘 그러하듯 그는 먼저 속옷부터 깨끗한 것으로 갈아입었고, 다림질이 잘된 새하얀 와이셔츠 위로 넥타이를 맸다. 그 위에 양복을 걸치니 완벽한 정장이었다.

그는 거울 속의 남자를 바라보았다. 맵시 있게 양복을 차려입은 그 남자는 낯익었다. 동시에 매우 낯설었다. 그 남자에 대해서 그는 아주 자세히 알고 있었다. 그러나 한편 거의 모르는 것 같기도 했다. 그 남자가 어떤 욕망을 갖고 있었는지, 어떤 생을 꿈꾸었는지 그는 짐작되지 않았다. 그러나 필요한 정보는 모두 갖고 있었다. 저 남자가 일주일에 한 번은 이렇게 멋진 정장을 했었다는 것, 그 밖에도 수없이 많은 세세한 정보를 그는 갖고 있었다.

그는 지금 분명하게 느끼고 있는 것이었다. 남기웅은 사라졌다. 나는 새로운 사람이다. 가엾은 자식. 그러나 편안히 잠드시라, 내가 그대 대신 살아 주리라. 그것은 실로 느닷없이 생겨난 미묘한 감정의 변화였다. 연구실 지하에서 본 남기웅의 육체가 타인으로 인식되면서 새로운 자아 하나가 분리돼 나오고 있었다.

그 새로운 자아가 가장 먼저 한 일은 이전의 남기웅을 정리하는 일이었다. 그는 이전의 남기웅으로부터, 그것이 속한 관계로부터 구속당하고 싶지 않았다. 흑갈색의 중후한 양복을 입은 열흘 만의 첫

외출에서 그가 가장 먼저 찾아간 곳은 옛날에 다니던 회사였다.

「이래도 되는 거야? 어떻게 이렇게 무책임할 수가 있어?」

남기웅이 회사에 나타나자 직속 상관인 개발부장은 처음에는 아무 말도 하지 않았다. 오히려 가벼운 웃음기마저 보여 주었다. 화가 났다가, 걱정이 됐다가, 이윽고 모든 걸 용서하고 일단 이해해 주기로 마음을 먹은 상태, 남기웅이 돌아온 게 그 시점이었던 것이다. 그러나 남기웅이 그간의 일에 대해 아무런 설명도 없이 불쑥 사직서부터 내밀자 개발부장은 마침내 폭발하고 말았다.

「사정이 그렇게 됐습니다. 다른 건 묻지 말아 주세요.」

「안 물어, 누가 물어본대! 자네 사정은 하나도 궁금하지 않아. 하지만 이렇게 갑자기 그만둬도 되는 거야? 지금 어떤 시기인지 알잖아?」

「선교 프로그램 건은 걱정하지 않아도 됩니다. 시스템 플로는 이미 끝났고, 나머진 누구나 다 할 수 있는 일뿐이에요. 조 대리가 알아서 할 겁니다.」

「어디서 스카우트 제의 들어왔어?」

「그런 거 아니에요.」

「그런 것도 아니면 뭐야? 정말 다른 회사 가는 거 아니야?」

「아니에요. 앞으로 회사 같은 거 안 다닐 겁니다.」

「무슨 뜻이야? 창업해?」

「아닙니다. 아무튼 죄송하게 됐습니다. 조 대리가 일 다 아니까 업무 인수인계는 따로 필요 없을 거구요…… 이만 갈게요.」

개발부장은 남기웅이 돌아 나갈 때까지 멀뚱하니 바라보기만 했다. 조용하고 침착한 그의 모습에서 어떤 말도 먹히지 않으리라는 단호함을 읽었기 때문이다.

8년간 다닌 회사는 그렇듯 간단히 정리되었다. 다음에는 7년 된 애인을 정리할 차례였다. 집에서 나올 때 미리 전화를 해두었으므로 희수는 회사 건너편 한 카페에서 기다리고 있을 것이었다. 사직서를 내미는 일보다 훨씬 더 힘든 일이 될 것이었다. 그나마 근래 남기웅의 처신이 이전과 확연히 달라 희수로서도 이미 이상한 조짐을 느끼고 있을 것이지만, 혼자 어떤 예감을 가지고 있었든 헤어지자는 말은 충격일 것이 틀림없었다.

무슨 말부터 할 것인지에 대해서는 생각해 보지 않았다. 사실을 말할 수는 없고, 그렇다고 없는 말을 꾸며 내기도 싫었다. 남기웅에 대해 속속들이 알고 있는 희수였으므로 급조해 낸 거짓말은 믿지도 않을 것이었다. 그러고 나자 미리 준비할 말은 아무것도 없었다.

저만치 카페 간판이 보이는 곳에 이르자 지난 7년간 있었던 일들이 차르르 빠른 화면처럼 머리를 스쳐 갔다. 남기웅은 잠시 길 한복판에 우뚝 섰다. 다행히 가슴이 아프지는 않았다. 그랬다, 통증은 없었다. 그 7년은 자기 것이 아니니까. 남의 기억이니까. 그러나 심하게 체한 듯 가슴 전체가 뻐근하게 답답해지는 것은 어쩔 수 없었다. 그는 서너 차례나 길게 심호흡을 하고 나서야 카페 계단을 올라갔다.

희수는 확실히 모종의 예감을 한 모양이었다. 남기웅이 들어서는 것을 보면서도 표정의 변화가 전혀 없었다. 그가 앞에 앉으며 「많이 안 기다렸지?」 하고 짐짓 다정하게 물어볼 때에도 그녀는 굳은 얼굴로 아무 말 하지 않았다. 오늘은 자기가 말하는 날이 아니라는 것, 남기웅의 말을 듣기 위하여 '불려 온' 것이라는 태도를 그녀는 온몸으로 보여 주고 있었다. 맞선 보러 나온 듯 지나치게 단정한 자태에 눈빛만 아슬아슬하게 긴장돼 있었다.

차라리 다행이라고 남기웅은 생각했다.

「사직서 내고 오는 길이야.」

그런 첫마디로 남기웅은 희수의 예감을 증폭시켰다. 그의 예상대로 눈치 빠른 희수는 전혀 놀라는 기색이 없었다. '그리고?' 하는 표정으로 남기웅의 눈을 마주볼 뿐이었다.

「문제가 좀 생겼어. 우리…….」

「여자 문제야?」

희수가 말을 가로채며 날카롭게 물었다.

「아니.」

「우리도 헤어지는 거지?」

이런 게 여자의 직감인 모양이었다. 언제까지 아무 말 안 할 것 같던 희수가 정곡을 찌르며 말해 오자 남기웅은 새삼 가슴이 아프면서도 마음이 홀가분해졌다.

「그래야 될 것 같아…….」

그래, 하고 단정적으로 말할 생각이었으나 말꼬리가 어색하게 늘어졌다.

「알았어.」

뜻밖에도 희수는 아무것도 묻지 않았다. 핸드백을 챙겨 일어나면서 그녀는 한마디만 했다.

「다시는 연락 안 할게. 너도 하지 마. 무슨 일로든 다시 만나게 되면, 그땐 너 죽일 거야.」

남기웅은 눈을 감았다. 등 뒤로, 그녀의 멀어지는 발소리와, 문을 여는 소리, 닫히는 소리, 계단 아래로 또각또각 내려가는 소리까지 들으며 그는 내내 눈을 감고 있었다.

한참 후에야 눈을 떴다. 희수가 앉았던 자리에는 아무것도 없었다. 그러고 보니 두 사람은 아직 차 주문도 하지 않은 상태였다. 대화 시간으로만 따지면 회사에서 사직서를 내던 때보다 훨씬 빨리 끝난 셈이었다. 남기웅은 희수가 앉았던 빈 의자를 한참 동안 바라보았다. 어쩐지 의자에게도 생명이 있는 것 같은 이상한 감흥이 느껴졌다. 의자가 어떤 표정을 짓고 있었다. 의자가 어떤 말을 하고 있었다. 물론 그 말을 알아들을 수는 없었다. 그는 시선을 거두어 창밖을 바라보았다.

평생 함께 갈 것 같던 관계들이 이처럼 간단히 정리된다는 사실이 그는 허탈하다기보다는 차라리 통쾌했다. 자기 삶을 이루고 있는 가장 중요한 뿌리 두 가지가 속절없이 단절되었다. 생각이 달라지고 의미가 바뀌자 관계의 질량 또한 이렇듯 간단하게 바뀐다. 영원할 것만 같던 것들의 그 속절없음, 무상함, 그것이 묘하게도 쾌감을 불러오는 것이었다. 스스로 자기 뿌리를 뽑아 버리는 데에서 오는 일면 위악적인 쾌감이었을 것이지만, 얽혀 있던 모든 관계가 청산되어 이제 아무것도 거리낄 것이 없다고 하는 데에서 오는 있는 그대로의 해방감이 느껴지는 것도 사실이었다.

이제 마지막 남은 뿌리가 있다면 어머니였다. 그것이야말로 사실 가장 뿌리치기 어려운 관계였다. 집에서 나오면서도 그는 그 문제에 대해서는 유보해 두었다. 아니, 어쩌지 못하고 말리라 하는 쪽으로 기울어 있었다. 그러면 지금은? 지금도 그것은 여전했다. 어머니와의 관계를 단절하는 일은 희수와 헤어지는 일과는 차원이 다른 문제였다.

잠깐 생각하다가 남기웅은 그 문제는 덮어 두자고 마음먹었다. 어차피 어머니와의 관계는 크게 부담스러운 건 아니었다. 희수는 수시로 만나야 하고, 달콤한 말도 주고받아야 하고, 결혼도 해야 한다. 그처럼 새롭게 가꾸어 가야 하는 일들이 끊임없이 이어질 것이므로 아무 일 없는 듯 관계를 유지하기가 힘들지만, 어머니의 경우는 그냥 이대로 놓아두어도 되는 것이다. 「나는 당신의 아들이 아니오」라고, 누구에게도 도움이 되지 않을 충격적인 도발을 할 필요는 없는 일이었다.

그러고 보면 역시 가장 질긴 끈은 혈연이라는 생각이 들었다. 그리고 남기웅이라는 이름이었다. 그가 무슨 말을 하든 어떤 행동을 하든, 옆에 끝까지 남아 있을 사람은 어머니뿐이고, 그가 죽으면 남기웅이라는 이름이 묘비에 적힐 것이다. 그가 어떤 새로운 존재이건 남기웅이라는 이름 석 자를 벗어날 수는 없었다.

생각이 그런 쪽으로 넘어가자 그의 뒤통수에서 기분 나쁜 전류가 흘렀다. 남기웅은 얼른 생각을 차단했다. 그것은 이제 익숙한 일이었다. 생각이 의도하지 않은 곳으로 뻗어 불길한 기운이 몰려오려고 하면 그는 가차없이, 신속하게 그 생각의 밑동을 잘라 버릴 수 있었다.

생각은 곧 차단되었다. 아니, 핸드폰 소리에 저절로 물러가 버렸다. 뜻밖에도 이정미였다.

「어디예요? 시체 치우러 왔더니 없네요.」

이정미는 처음부터 이상한 말을 했다.

「시체를 치우다니요, 무슨 소리예요?」

「기억 안 나요?」

「무슨 기억 말인가요?」

「하긴 술을 그 정도 마시면 기억이 안 나기도 하겠지요. 나한테 몇 번이나 전화했잖아요.」

「그랬던가요?」

「서울에 올라온 첫날 했고, 어젯밤에도 했잖아요. 어제는 당장 죽을 것같이 말하더니…… 뭐 죽을 거라곤 생각 안 했지만, 아무튼 멀쩡히 전화 받으니 다행이네요.」

「그랬군요. 미안해요, 지금 그럼 어디예요?」

「집이라니까요.」

「아, 집 앞이라구요?」

「집 앞이 아니고 집 안이에요. 문이 열려 있기에 들어와 있어요.」

「집 안 엉망일 텐데…….」

「치우느라 죽는 줄 알았어요. 이거 치우게 하려고 날 오게 만들고 문까지 열어 놓고 나간 거 아니에요?」

「그렇게까지 치사한 사람은 아닙니다.」

「뭐 그렇다고 해도 치사할 것까진 없지만, 어쨌든 대신 술이나 사요.」

「술도 못하는 사람이 웬 술이에요?」

「오늘은 나도 좀 마셔야겠네요.」

「정미 씨가 마신다면 술이야 얼마든지 사지요. 바로 나오세요. 어디로 오시냐면……,」

「완전 파김치예요. 손끝 하나 움직일 힘도 없으니까 그냥 집으로 오세요.」

통화를 끝낸 남기웅은 바로 카페를 나와 집으로 차를 몰았다. 가면서 곰곰 기억을 더듬자 이정미에게 전화를 했던 것 같기도 했다. 전화 통화했다는 기억만 어렴풋했지 무슨 말을 했는지는 전혀 기억나지 않았다. '시체 치우러 와요.' 술주정 객기에 무슨 말을 못할까만 그 말은 약간 쑥스러웠다.

20

　오피스텔은 말끔하게 치워져 있었다. 혼자 청소하기엔 대단한 노동이었을 것이므로 소파에 축 늘어져 있는 이정미가 이해되었다. 소파에 비스듬히 기대앉은 채로 멀뚱히 자기를 올려다보는 이정미를 보고 있자니 남기웅은 문득 그녀를 매우 오래 만나 온 듯한 느낌이 들었다. 다소 계면쩍은 표정으로 남기웅은 히죽 웃었다. 이정미도 엷은 미소를 지었다. 용서해 주겠다는 듯, 뭐 한두 번이냐는 듯, 마치 말 없이 외박하고는 알량하게 싸구려 선물 하나 사 들고 온 남편 바라보듯 이정미의 표정에는 친숙함과 어처구니없음이 반씩 섞여 있었다.

　남기웅은 어리광이라도 부리듯 양손에 들고 있는 술병과 안줏감들을 번쩍 들어 올렸다. 오피스텔 입구의 슈퍼마켓에서 사 들고 온 것들이었다.

「파티 합시다.」

「시체 안 치우게 됐으니 파티는 해야지요.」

희미하게 웃는 이정미의 얼굴에서 어딘지 매우 수척해졌다는 느낌
이 들었다. 남기웅은 그래서 조금 더 쾌활한 목소리로 말했다.

「그것 말고도 파티 할 만한 일들이 또 있어요.」

「뭔데요?」

「밤 깊은데 천천히 얘기하지요.」

「사온 양을 보니 정말 밤새 마실 작정인가 보네요?」

「그럼요. 정미 씨가 술을 마신다는데 시간 재면서 마시면 되겠어
요. 끝까지 한번 가봐야지요.」

「그러지요 뭐.」

이정미가 뜻밖에도 선선히 고개를 끄덕였다.

남기웅은 일어서려는 이정미를 소파에 주저앉히고는 혼자서 술상
을 준비했다. 다 밖에서 사온 안주들이었으므로 크게 준비할 것은 없
었지만, 그래도 몇 가지 굽고 데우고 접시에 담아 낼 것들이 있었다.

해가 빌딩 사이로 가라앉기 시작하면서 원룸 바닥에 샛노란 빛살
이 강물처럼 일렁였다. 서글프면서 황홀한 빛깔이었다. 두 사람은
식탁에 마주앉아 맥주로 첫잔을 건배했다.

「정미 씨가 이렇게 대작하니까 분위기가 나잖아요. 술은 혼자 마
시면 재미없어요.」

「안 마시면서 남 취하는 것만 보는 건 더 재미없어요.」

「그러니까 마셔요. 오늘 정미 씨 술 마시는 거 말릴 사람 아무도
없습니다. 어떤 술주정도 이 몸이 다 감수하지요.」

남기웅의 너스레에 이정미가 피식 웃었다.

「속은 괜찮아요? 술을 그렇게 계속 마시면…….」

「계속 마시진 않았어요. 그렇게 철없는 탓아는 아닙니다. 술 마신
건 정미 씨한테 전화했다는 그날뿐이에요. 그리고 시체니 뭐니 한
건 그저 어리광이었구요.」

「어리광이었다구요?」

「네, 어쩌다 보니 정미 씨 앞에서는 늘 심각한 모습만 보였지만, 나
도 그렇게 재미없는 인간은 아니에요. 어리광도 아주 잘 부려요.」

「오늘 보니 좀 그런 모습 보이네요.」

「하하, 그래요?」

이정미가 뜻밖에도 단숨에 술잔을 비워 버리곤 해서 두 사람은 금
세 맥주 세 병을 비웠다.

「나도 술 잘 마시지요?」

「그런 게 바로 초보예요.」

「내가 어땠는데요?」

「건배할 때 말고는 그렇게 잔을 받자마자 단숨에 들이켤 필요 없
어요. 그러면 금방 취해요.」

「취하려고 마시는 건데 빨리 취하면 좋지요.」

「빨리 취하면 파장도 빠르지요.」

「상관없어요. 어차피 난 밤새도록 마시지는 못해요.」

다행히 이정미는 그렇게 금방 취하지는 않았다. 얼굴색도 붉어지
지 않는 것으로 보아 체질적으로 술이 아예 안 받는 타입은 아닌 모
양이었다.

「이제 말해 봐요.」

자기 손으로 직접 새 맥주병 마개를 따며 이정미가 말했다.

「뭘요?」

「파티 해야 되는 이유가 또 있다면서요.」

「아, 있지요. 두 가지나 있지요.」

들어 보자는 자세로 이정미가 두 손을 턱 아래에 괴었다.

「오늘 사직서 냈어요. 회사 완전히 정리했어요.」

어이없다는 듯 이정미가 혀를 찼다.

「참도 파티 할 일이네요.」

「자명종하고 싸우면서 일찍 일어나지 않아도 되고, 싫은 소리 들
으면서 참지 않아도 되고, 훌쩍 아무 데나 가도 되고, 당연히 파티
할 일이지요.」

남기웅이 과장되게 유쾌한 척하는 동안 이정미는 그의 얼굴을 물
끄러미 바라보기만 했다.

잠시 후 그녀가 물었다.

「또 있어요?」

「하나 더요.」

「해보세요.」

「사직서를 낸 다음엔 희수를 만났어요. 칠 년간 사귀어 온 여자 있
다고 했지요? 그 여자예요. 거기에도 사직서 냈어요. 이제 나한텐
애인 같은 거 없어요.」

이정미가 턱을 괴었던 손을 내리고 자세를 똑바로 했다. 사직서

일보다는 약간 더 충격을 받은 듯했다.

「왜 그랬어요?」

목소리마저 떨려 나오는 이정미의 물음에 툭, 그는 머뭇거리지 않고 가볍게 대답했다.

「난 이제 남기웅이 아니니까요.」

「무슨 뜻이에요?」

「말 그대로예요. 남기웅은 연구소 지하실에 누워 있잖아요. 내가 그를 대신해서 회사에 다녀 줄 필요는 없지요. 희수의 경우엔 더 그래요. 남기웅도 아닌 내가 그녀를 계속 만나는 건 그녀에 대한 기만이지요. 그녀를 위해서, 그리고 진짜 남기웅을 위해서. 그래서 다 정리했어요.」

이정미의 표정은 이제 완전히 굳어 있었다. 심한 충격을 받은 듯 이정미는 멍하니 창밖으로 시선을 돌렸다. 밖은 어두워져 있었다. 요란한 네온사인 불빛들이 사각의 창틀을 경계로 밤바다의 고기잡이배들처럼 허공에 둥실 떠 있었다.

얼마 후 그녀가 침통한 목소리로 말했다.

「잔인하시네요.」

「뭐가요?」

이정미는 대답하지 않았다. 이해가 된다는 듯, 혹은 안 된다는 듯, 그녀는 묵묵히 자기 술잔을 비웠다. 남기웅도 더 묻지 않고 술만 마셨다. 이제는 서로 잔을 채워 주지도 않았다. 각자 자기 술병 하나씩을 옆에 놓고 알아서 따라 마셨다. 어색하지는 않으나 묵직하게 가

라앉은 침묵이 그렇게 한동안 계속되었다. 그러다 마침내 이정미가
먼저 입을 열었다.

「당신은 나를 참 힘들게 하네요. 정말 대단한 분이에요.」

「……」

이정미의 목소리는 젖어 있었다. 취기 때문이기도 했고, 그녀 내
면의 갑작스러운 혼란 때문이기도 했다. 「내가 당신을 혼란스럽게
하나요?」 하고 남기웅은 물어보고 싶었다. 그런데 무언가 부적절한
질문이라는 생각이 들었다. 무엇보다 남기웅은 아직 이정미의 내면
으로 들어가기보다는 자기 이야기를 더 하고 싶었다. 그러나 지금은
이정미가 말을 하는 중이었다. 남기웅은 가만히 이정미의 말을 기다
렸다. .

「대단한 나르시시즘이에요. 후훗, 정말 집요해요.」

「나르시시즘?」

「처음 만나던 때부터 줄곧 당신은 자신이 남기웅이라는 걸 확인받
고 싶어 했어요. 하지만 내가 확인시켜 주려고 하면 당신은 그때
마다 냉소했어요. 그 정도로는 확인 안 된다, 그런 정도로는 나를
설득 못 시킨다, 더 더 더……. 투정이지만, 고통스러운 투정이고,
그래서 다 이해할 수 있었지요. 그런데 이젠, 자신이 남기웅이 아
니라고 말하는군요. 이젠 남기웅이 아닌 걸 확인받고 싶어요? 참
대단한 나르시시즘이에요.」

비아냥거리듯 말하고 있었으나 이정미의 목소리는 역시 젖어 있
었다. 한편 남기웅을 바라보는 그녀의 눈에는 짙은 원망의 빛도 서

려 있었다. 그게 무엇인지 정확히 읽을 수는 없었으나 어쨌든 남기
웅은 자기 생각을 말했다.

「난 내가 누구인지 물었을 뿐이에요. 남기웅을 확인받고 싶어 한
적은 없어요. 정미 씨 쪽에서 계속 그걸 확인시켜 주고 싶어 했을
뿐이지요.」

「내가 누구인지를 물었다? 그게 바로 자신이 남기웅이 맞는지를
묻는 거 아니에요? 남기웅을 확인받고 싶어 한 적이 없다고요? 그
런 거짓말이 어디 있어요.」

「하긴 그게 그 말이었는지도 모르지요. 어쨌거나 지금은 아니에
요. 남기웅이라는 걸 확인받고 싶은 마음 지금은 전혀 없습니다.
난 내가 남기웅이 아니라는 것을 분명하게 알고 있으니까요. 그걸
받아들였기 때문에 이제야말로 편해요. 아주 편안해졌어요. 근데
말이에요…….」

남기웅은 잠시 말을 끊었다가 이정미의 눈을 똑바로 바라보면서
물었다.

「정미 씨가 지금 화를 내고 있다는 생각이 드는데, 맞아요?」

「물론 화나요, 아주 화가 나요.」

「왜요? 어떤 식으로든 내가 정체성을 확실하게 정립했다면, 이건
축하해 줘야 되는 일 아니에요?」

「축하는 개자식들이나 하라 그래요.」

이정미의 입에서 별안간 험한 말이 튀어나왔다. 남기웅만 잠깐 놀
랐을 뿐, 당사자인 이정미는 자기 말에 전혀 신경 쓰고 있지 않았다.

220

취기가 주는 대범함이거나, 아니면 정말 무언가에 매우 화나 있기 때문일 것이었다. 남기웅은 소리 내어 웃었다.

「하하, 축하 안 해주셔도 돼요. 그러니 제발 노여움을 푸십시오, 마마.」

남기웅의 익살에도 이정미는 아무 반응이 없었다. 이정미는 몸이 풀린 서툰 동작으로 새 맥주병 마개를 따느라 애를 쓰고 있었다. 남기웅이 손을 뻗어 마개를 따주었다. 이정미는 반쯤 흘리면서 잔을 채우더니 단숨에 죽 들이켰다. 그리고 바로 잔을 채웠다. 맥주병을 탁 내려놓으며 그녀가 말했다.

「알아요? 당신은 나쁜 자식이야.」

「경청하고 있습니다.」

남기웅은 이정미의 게슴츠레한 눈을 역시 게슴츠레하게 바라보았다. 두 사람 모두 조금 전부터 취기가 급격히 올라오고 있었다.

「왜냐면, 왜 나쁜 자식이냐면…….」

이정미가 고개를 푹 숙였다. 얼마 후, 숙인 어깨가 조금씩 흔들리기 시작했다. 울고 있는 것 같았지만 울음소리는 들리지 않았다. 「난 어땠을 것 같아요?」 하면서 그녀가 고개를 들었다.

「나는 처음부터 간단히 적응했을 것 같아요? 처음부터 쉽게 이정미가 됐을 것 같아요? 아니요, 지금도 이정미가 잘 안 돼요. 처음이나 지금이나 나는 내가 누구인 줄 모르겠어요. 알겠어요? 내가 했던 말들은 다 거짓말이에요. 옷 하나 갈아입었다는 거, 기억이 있으면 그게 곧 나라는 거, 다 거짓말이지요. 얼마나 무서웠는지…… 지금도 무섭고, 정말 무서워요. 어떻게 안 미쳤는지, 어떻게 버텼는지 몰라요…….」

이정미는 이제 울음을 참지 않았다. 울음소리를 내는 것은 아니었으나, 흐르는 눈물을 닦지도, 말에 섞여 드는 젖은 목멤을 숨기려 들지도 않았다.

「기웅 씨를 만난 건 내 실수예요, 기웅 씨는 어땠는지 모르지만, 정말 얼마나 당신을 만나고 싶었는지 몰라요, 나 말고 누가 또 있다는 사실만 가지고도 지옥 같은 외로움을 반 이상은 덜어 낼 수 있었어요. 그래서 만났던 건데, 아니요, 만나고 싶었던 건 맞지만, 그때쯤엔 이미 어느 정도 적응돼 있었어요, 그건 사실이에요, 그리고…… 혼란스러워하는 기웅 씨를 보니까 정말 더 의연해야겠다는 마음도 들고, 그래서 계속 당신을 설득했는데, 당신 자신을 느끼게 해주려고 정말 노력했는데, 당신은 어쩌면 그리 논리적인지, 철학적인지…… 내가 얼마나 긴장하면서 내 자신을 지키려고 노력했는지 알아요? 당신을 만나고 돌아오면 온몸에 진이 빠져서 아무 일도 할 수가 없었어요. 분명한 게 아무것도 없다는 거, 내가 가짜라는 거, 내가 도대체 누군지, 누구여야 되는지 모르겠다는 걸 당신이 오히려 매번 확인시켜 줬으니까요. 그래 놓고는, 이 나쁜 자식아!」

이정미의 입에서 다시 욕이 튀어나왔다. 그녀의 얼굴은 눈물 범벅이었다.

「나를 그렇게 망쳐 놓고 이제 와서 남기웅이 아니라고? 아주 편안해졌다고? 그럼 당신은 뭔데? 남기웅이 아니면 뭔데?」

이정미의 입술이 파르르 떨렸다. 자신을 노려보는 그녀의 눈을 남기웅은 슬그머니 외면했다. 받아 내기 힘들어서가 아니었다. 눈물 가득한 여자의 얼굴을 정면으로 바라보는 것은 남자의 예의가 아니라고 생각해서였다. 남기웅은 그녀가 손에 꽉 쥐고 있는 빈 술잔에 술을 따라 주었다. 손의 떨림 때문에 술이 식탁보에 흘러내렸다.

남기웅은 잠시 기다렸다가 그녀에게 눈을 맞췄다. 그녀의 눈빛은 여전히 원망과 슬픔에 차 있었다.

「이정미 씨!」

지금은 자신이 단호해져야 할 때라고 남기웅은 생각했다.

「내 생각엔, 가장 중요한 건 우리가 자기 존재를 인정하는 일이에요. 남기웅이나 이정미라는 특정한 인물이 아니라, 있는 그대로의 우리 말이에요. 정미 씨가 나한테 말했지요, 단순해지라고, 왜 자꾸 존재성이니 뭐니 철학적으로 나가냐구요. 나는 지금 그 어느 때보다 단순해요. 내가 남기웅인가 아닌가, 이런 거 생각 안 해요. 나는 그냥 나예요. 내 행위가 나를 만드는 거지, 무슨 정해진 존재성이 있어서 거기에 들어맞아야 내가 되는 게 아니란 거지요. 내가 누구인지 누가 말해 줄 수 있어요? 나 스스로 확인하면 돼요. 나는 이제 남기웅에 미련 없어요. 정미 씨도 이정미의 기억에 매달리지 말고 그냥 지금의 정미 씨만 느끼세요. 우리는 그냥 지금의 우리인 거예요.」

「싫어요! 난 이정미예요. 이정미가 아닌 다른 사람은 되고 싶지 않아요.」

「다른 사람이 되라는 게 아니에요. 그냥 지금의 당신으로 있으면 돼요.」

「지금의 내가 이정미예요. 내 기억과 감정이 다 이정미인데, 그걸 그대로 두고 어떻게 또 다른 존재가 돼요. 그건 가능하지도 않고, 가능하다고 해도 난 싫어요. 난 이정미가 좋아요, 이정미를 사랑해요, 아픈 기억 슬픈 기억까지 다 소중해요. 내 추억이니까, 그게 나니까. 알겠어요?」

「그럼 그렇게 하세요. 자신이 완벽히 이정미라고 느낀다면 이정미로 그냥 살아요. 진짜 가짜 그런 건 꿈에도 생각하지 말구요. 그런데 흔들린다면서요? 무섭다면서요? 그렇게 자꾸 정체성에 혼란이 온다니까 이정미를 차라리 버리란 말입니다. 이정미에 매달리지 말아요. 자기를 새로운 존재로 생각해요.」

「영혼은요? 영혼의 개수가 몇 개냐고 나한테 물었지요? 이정미와 남기웅을 잊어버리면 우리 영혼은 어디에 있지요?」

「난 이제 그런 거 생각 안 해요. 나라는 존재는 기억이나 영혼에 있지 않아요. 그냥 내 안에 내가 있는 거예요. 존재하는 나를 내가 느끼는데 더 이상 뭐가 필요해요.」

어느새 두 사람의 입장은 이제까지와 정반대가 되었다. 묻고 따지고 도리질 치던 남기웅, 의연하게 설득하던 이정미, 그 역할이 지금은 바뀌어 있었다. 다른 게 있다면, 이정미의 묻는 태도는 이전의 남기웅보다 절박했고, 남기웅의 대답은 이전의 이정미보다 단호하다는 점이었다. 그것이 단순히 여자와 남자의 차이인지, 각자 가지고 있는 불안과 확신의 질량 차이인지는 아무도 모를 일이었다.

이정미가 갑자기 까르르 웃어 댔다. 기묘하게 일그러진 표정 때문에 그 웃음은 일종의 발작처럼 보였다. 춤을 추고 싶다고 남기웅은 그 순간 생각했다. 남기웅 역시 아슬아슬하게 취해 있었던 것이다. 귀신 들린 듯 섬뜩하게 웃어 대는 이정미를 보면서 그는 불안이나 연민보다는 미친 듯 함께 웃어 젖히며 신나는 춤이라도 추고 싶었다. 이런 밤은 어쨌거나 한숨보다는 격정이 어울린다고 생각했던 것이다. '으싸으싸으싸싸…… 그렇지 남기웅? 으싸으싸으싸싸…….'

이정미가 웃음을 그쳤다. 웃기 시작할 때만큼이나 웃음이 그치는 것도 갑작스러웠다. 짠 하면서 이정미가 술잔을 높이 들었다. 그녀의 몸이 한순간 휘청거렸다.

「있잖아요, 좋은 생각이 났어요. 그야말로 제대로 파티 할 만한 게 하나 생각났어요.」

혀가 말려 있고 공허한 목소리인 건 분명했으나 그녀의 표정만큼은 정말 즐거워 못 견디겠다는 듯 활짝 들떠 있었다.

「우리가 결혼을 하는 거예요. 우리만의 기억을 만드는 거지요. 아무도 대신하지 못하는 우리만의 추억, 우리가 만든 삶. 그건 연구소 지하에 있는 저 육체들은 갖지 못하는 거예요. 그렇지요? 우리의 행위가 우리 존재를 만든다, 당신의 그 말 멋져요. 우리의 행위로 새 기억을 만들고, 그 새로운 기억으로 새롭게 간다. 어때요, 기막히죠?」

「좋은 생각입니다.」

남기웅은 아낌없이 박수를 쳐주었다. 굿! 하면서 엄지손가락을 치켜올리기까지 했다.

「그거예요, 정미 씨. 연구소의 남기웅 이정미에 매달리지 않고도, 아니 매달리지 않을수록 우리 삶이 있는 거예요.」

「좋아요! 크크크, 우리가 결혼을 하게 되네요.」

이정미가 두 손으로 탁자를 마구 두드렸다. 남기웅은 황급히 두 손을 저었다.

「잠깐, 내 말뜻을 제대로 알아야 돼요. 우린 각자 충분히 살 수 있는 독립된 존재예요. 그러니 결혼은 다른 사람과 해도 되고, 아예 안 해도 돼요. 적극적으로 자기 삶을 만들어 간다, 그 자체가 중요하다 이 말입니다. 아시겠죠?」

이번에는 남기웅이 조금 전에 했던 것처럼 이정미가 두 손을 황급히 저었다.

「아니요, 아니요! 당신이야말로 내 말뜻을 제대로 알아야 돼요. 내 말의 핵심은 이제부터예요…….」

이정미는 탁자에 두 손을 짚으며 힘겹게 몸을 일으켰다. 그리고 비틀거리면서 몇 발짝 걸었다. 그녀는 네온사인 불빛이 그림엽서처럼 박힌 창문께로 걸어갔다. 춤을 추듯 두 팔을 어깨 높이로 올리고 출렁거리며 걸어가는 그녀를 남기웅은 멀거니 바라보았다.

「여기 몇 층이지요?」

혀 꼬부라진 목소리로 그녀가 물었다.

「십구 층이에요.」

약간 불안해하며 남기웅이 대답했다. 창문 앞에 도착한 이정미가 허공 어느 곳인가를 쳐다보며 느릿느릿 말하기 시작했다.

「몇 번 죽으려고 했어요. 죽으면 다 끝나는 일이잖아요. 그런데…… 안 되더라구요. 두려운 게 아니고, 아니 두려운 만큼…… 너무 억울하잖아요, 너무 아깝잖아요…… 복제 인간도 귀신이 될 수 있을까요? 한을 품고 죽으면 나는 처녀 귀신이 될까요? 크크크, 이거 정말 환상적인 질문이네요, 복제 인간도 귀신이 될까? 어떻게 하면 복제 딱지를 떼고 신의 백성이 될 수 있지요?」

이정미가 돌아섰다. 그녀의 눈은 여전히 먼 곳을 보고 있었다. 몽롱하면서 아득했다. 자태도, 목소리도, 그녀는 마치 '문학의 밤' 무대에 올라 시를 읊는 어린 소녀 같았다. 그리하여 언뜻, 그녀 등 뒤의 휘황한 네온사인조차 허술한 시골 학교의 유치한 색조명처럼 애잔해 보였다.

「왜 결혼을 꼭 우리 둘이 해야 되냐면요…… 그렇게 해서 우리가 아이를 낳는 거예요. 우리 육체는 완벽히 인간적이잖아요. 우리는 생명을 만들 수가 있어요…… 그 아이는 이 세상 모든 아이들과 똑같은 신비스러운 과정을 거쳐 태어나지요. 그 아이는 누구도 부정할 수 없는 인간이에요. 내가 이정미든 아니든, 그 아이는 신의 질서 속에서 탄생된 신의 백성이에요. 부모가 복제 인간이라고 해도 그 아이는 보통의 인간이에요. 그 아이의 기억은 처음부터 완벽히 자기 것이고, 육체도 온전히 자기 육체예요. 복제는 유전되지 않아요. 그 아이를 만든 건 신이에요…… 그러면 이제 어떻게 되나요? 우리는 완벽한 인간인 그 아이를 통해 신의 세계로 들어가는 거지요. 인간의 부모 자격으로 인간 세상에 편입되는 거예요. 아이에게 영혼이 있다면 이제 우리에게도 영혼이 생겨요. 영혼은 위에서 아래로만 주어지는 게 아니거든요. 생명이 생명을 만들고, 영혼이 영혼을 만들어요. 우리 몸에서 악마의 흔적을 지우는 일, 영혼이라는 샘을 퍼 올리는 일, 그것을 우리의 아이가 이루어 줘요. 아이가 우리를 창조하는 거예요. 아이가 우리의 자궁이에요. 아이가 우리의 십자가예요. 아이가…… 그 아이가…….」

소녀의 낭송이 끝났다. 소녀는 자기 감정에 겨워 스르르 무너져서는 소리 없이 흐느끼기 시작했다. 소녀의 어깨에 반쯤 가려져 있던 네온사인은 도도히 되살아나 마음껏 다시 화려해졌다.

그러고 보니 원룸에는 아직 조도 약한 식탁등 하나밖에는 켜져 있지 않았다. 이정미가 주저앉은 실내 중간의 침침한 어스름 속에서 남기웅은 언뜻 이승의 경계를 흘러가는 강물의 따뜻하고도 구슬픈 고요를 보았다. 그렇지, 빗소리 때문이었을 것이다. 얼마 전부터 비가 내리고 있었다. 기상청 예보보다 며칠 늦은 장맛비였다. 아직 거세지는 않았으나 장마의 징후인 무거운 습기를 흩뿌리며 비는 창밖 허공에서 수직으로 떨어지고 있었다. 밤 깊을수록 세찬 비가 될 것이다.

이정미는 밤새 일어나지 않을 것 같았다.

228

21

하늘은 말끔히 개어 있었다. 창을 타 넘어 소파에까지 길게 내려 깔린 아침 햇살에 눈부셔하면서 남기웅은 부스스 눈을 떴다. 몸을 일으킨 다음 4, 5초 동안은 멍하니 앉아 있었고, 이윽고 반사적으로 식탁 쪽을 보았고, 다음엔 침대로 눈을 돌렸다. 식탁은 깨끗했고, 침대는 텅 비어 있었다. 이정미는 보이지 않았다.

그러니까, 식탁에 그대로 앉아 담배 한 개비를 온전히 다 피우고 난 다음이었을 것이다. 남기웅은 그때까지 쪼그려 앉은 채 꼼짝도 안 하고 있는 이정미에게 다가가 그녀를 번쩍 들어 올렸었다. 그것은 특별히 과감하다 할 것도 없는 저절로 나온 행동이었다. 이정미는 가만히 있었다. 이미 잠든 것 같기도 했다. 그러나 침대에 눕혔을 때에는 찡그리며 잠깐 눈을 뜨기도 했었다. 그러곤 또 이내 눈이 감겼다. 남기웅은 그녀의 머리에 베개를 받쳐 주고 식탁으로 돌아왔다. 그리고 남은 술병을 혼자서 다 비웠다. 세 병 혹은 열 병. 소파로

가 누웠을 때는 거리의 차 소리도 안 들릴 만큼 빗줄기가 거세져 있었다. 자궁, 십자가, 완벽한, 완벽히, 완벽하게, 빗소리를 들으며 그런 단어들을 떠올렸고, 언제쯤 잠들었는지는 알 수 없었다.

남기웅은 소파에서 일어났다. 한동안 그는 실내 한복판에 우두커니 서 있었다. 아침 체조를 하는 일도 냉수를 마시는 일도 그에겐 이미 오래전의 습관이었다. 자명종과 싸우는 일도 없이 일어난 이런 늦은 아침에 그가 일사불란하게 움직일 일은 아무것도 없었다.

어쨌거나 그는 창문께로 갔다. 간밤에 닫아 놓지 않아 창문은 이미 열려 있었다. 「몇 층이지요?」 하던 이정미의 말이 불현듯 떠올랐다. 이어서 이제는 아예 버릇이 되어 버린 상념이 그의 머릿속에서 자기들끼리 속삭이며 스쳐 갔다.

지난밤 또한 확실히 둘만의 기억이다. 둘만의 사건이다. 그래서 어쨌단 말인가? 그것은 연구소의 이정미와 남기웅의 머릿속에는 없는 기억이고, 그리하여 만약 기억이 곧 존재라면 그것 하나만으로 두 사람은 이미 고유한 존재이다. 그러니 아이를 낳는 일까지 갈 필요도 없다. 존재는 기억의 다발인가, 행위의 총체인가?

툭! 그는 상념을 털어 버린다. 이런 상념은 이제 무의미하다. 남기웅이 있거나 없거나 지금의 '나'는 나대로 있다는 것을 그는 이제 아는 것이다.

그는 비로소 창밖을 제대로 바라보았다. 거리에는 은행나무 잎들이 한창 푸르렀다. 간밤 자정 무렵부터 새벽까지 내린 비로 시가지 전체가 더할 수 없이 청량했다. 근처 빌딩이나 가로수들, 멀리 고가

도로까지, 모든 풍경들이 방금 크레파스로 그려 넣은 듯 밝고 새뜻한 기운을 띠고 있었다.

그러나 사실 남기웅은 그중 어느 것도 바라보고 있지 않았다. 입체감이 너무 선명해 어딘지 비현실적인 느낌마저 주는 청량한 거리 모습이 남기웅의 눈엔 정말 비현실적으로 보였다. 애니메이션 영화의 한 컷을 바라보고 있는 느낌. 사람이나 자동차나 흔들리는 나뭇잎 같은 것들이 모두 지정된 위치에서 지정된 동작을 하고 있다는 느낌. 그것이 남기웅의 눈에 비친 거리 모습이었다.

그것은 정체성으로 혼란스러워하던 때의 우울한 비현실감이 아니었다. 세계의 형상에 주눅 들지 않는 지금, 세계 속에서 자기를 찾는 것이 아니라 자기 존재를 먼저 세우고, 세계는 다만 자기가 인식하기 나름의 이럴 수도 저럴 수도 있는 텅 빈 도화지로 우월하게 바라보는 데에서 오는 지극히 당당한 비현실감이었다. 그리하여 그의 눈앞에 보이는 저 비현실은 얼마나 찬란한가, 얼마나 사랑스러운가. 이 아침 그는 이렇듯 벅찬 설렘으로 세상을 내려다보았다.

나는 새로운 존재다!

새로운 존재로서의 새로운 첫날, 남기웅은 가장 먼저 남산 꼭대기에 올랐다. 거기에서 그는 점령군 우두머리처럼 서울 시내를 굽어보았다. 개미처럼 분주하게 오가는 사람들과 꼬리에 꼬리를 문 차량 행렬을 바라보며 그는 저 구태의연한 일상에 섞여 있지 않은 자기 자신이 스스로 대견스러웠다.

근방에서 가장 웅장한 어느 고층 건물을 바라보았다. 그 건물은 딱히 6각이니 8각이니 부를 수 없게 기하학적인 아름다움을 최대로 살린 세련된 다면체의 형상이었다. 건물 중앙에 거대한 복숭아씨 모양의 조각 작품을 설치하고는 누구나 들여다보이는 그 공간에 수목이 우거진 실내 공원을 조성한 것도 흥미로웠다. 모처럼 높은 곳에서 내려다보니 시내에는 그 건물 말고도 예술적인 건물들이 꽤 있었다.

하지만 남기웅의 눈에 가장 인상적으로 다가오는 건 어느 건물이나 똑같은 그 수많은 창문들이었다. 예술적인 구조이거나 밋밋한 사각 건물이거나, 한 건물마다 적어도 수백 개의 창문이 벌집 구멍처럼 빽빽이 연이어져 있었다. 그 수십, 수백만 개의 엇비슷한 유리창들.

차르르, 자신의 눈을 줌 렌즈라고 생각하며 남기웅은 그중의 어느 창문 하나를 끌어당겼다. 그가 다니던 사무실이기도 하고, 전혀 모르는 사무실이기도 하다. 그러나 어디든 다 똑같다. 열심히 컴퓨터를 두드리고, 논쟁하고, 차를 마시고, 똥을 눈다. 남기웅은 중얼거렸다.

「참으로 성실한 배우들이다, 성실한 생쥐들이다. 굿바이!」

남기웅은 돌아섰다. 천천히 남산을 걸어 내려가면서 그는 이 순간이 자기만의 것이라는 사실을 새삼스레 강하게 인식했다. 이 순간의 희열은 연구소 지하의 저 차가운 육체와 무관하다는 것, 오로지 지금 여기에 서 있는 자기만의 기억이고 현실이라는 것을.

이러한 인식은 다시 한 번 그에게 강한 자부심을 불러일으켰다. 지금 이 순간뿐만 아니라 복제된 시점 이후의 모든 기억과 행위가 연구소의 육체와 관계없는 자기만의 것이라는 사실을 그는 통쾌하게 확인하고 있었다. 복제 이후의 기억과 행위들은 오직 그에게 종속돼 있다는 것, 연구소의 남기웅이 다시 깨어난다 할지라도 지금의 이 자기 기억들은 돌려받지 못한다는 것. 그러자 남기웅은 자신이 복제 인간을 알게 되면서 고통스러워했던 지난 몇 달간의 지옥 같은 시간들조차 갑자기 사랑스러워졌다. 그 고통들 역시 이 세계에서 유일하게 그에게만 종속된, 아니 지금의 자기 자신에 의해 만들어진 고통이고 기억인 것이다. 그러니 그 기억들이야말로 지금 여기 서 있는 새 남기웅의 존재론적 근거이기도 할 터.

그리하여 남기웅의 생각은 이렇게 다시 발전한다. 앞으로 자신의 모든 행위, 그리고 그 행위들이 만들어 내는 기억들, 그것들은 고스란히 그의 존재 증명으로 쌓여 간다는 것. 행위가 많아지고 기억이 많아질수록 새로운 남기웅의 존재 질량은 늘어나고, 마침내 어느 시기에 이르면 연구소 지하에 있는 남기웅의 기억마저 추월할 수 있으리라는 것. 그랬다, 추월이 이루어지면 그때야말로 새로운 남기웅은 흔연히 존재의 기득권을 주장할 수도 있게 될 것이다. 그러니 앞으로 중요한 건 행위의 질이 아니라 행위의 양이고, 기억의 빛깔이 아니라 기억의 양일 것이다.

'많이 행위하고, 많이 기억하라!'

남산을 걸어 내려가면서 남기웅은 이런 표어를 자신의 존재 명제로 가슴에 새겨 넣었다. 그는 이제야말로 자신이 완벽하게 실존적 인간이 되었다고 자부했다. 실존은 본질에 앞선다고, 그리하여 자신은 지구상에서 가장 실존적인 인간이라고.

남기웅은 차에 오르기 전에 방금 내려온 남산을 지그시 한번 올려다 보았다. 그것은 성소를 올려다보는 눈빛이었다. 그랬으므로 지금 그의 눈빛이 2천 년 전 시나이 산을 올려다보던 모세의 눈빛에 견주어도 그 형형함과 경외의 정도에서는 전혀 뒤떨어지지 않을 정도였다.

남기웅은 차에 올라 천천히 몰았다. 어디로 갈까. 어디든 갈 수 있었다. 단지 회사에 매이지 않아서가 아니라 새로운 존재이기 때문이었다. 어느 것도 그를 구속하지 못했다. 한 공간 안에서 움직이지만 그의 발걸음은 다른 차원을 걷고 있었다. 그는 모든 인터페이스를 넘나들었다. 그리하여 어떤 단순한 행위도 그의 손끝에서 이루어지면 전무후무한 새 역사가 되었다. 그는 역사의 바깥에 있는 새로운 존재니까.

그는 소리 내어 중얼거렸다.

「어디로 갈까…….」

갈 데가 없다는 것에 그는 잠깐 당황했다. 무엇이든 할 수 있는데 당장 해야 할 일은 없었다. 그는 회사에 다니던 시절 나중에 자유로워지면 하고 싶었던 일들을 생각해 보았다. 몇 가지가 떠올랐다. 세계 일주도 있고, 2박3일 뒹굴면서 영화만 보는 일도 있고, 경비행기 클럽에 가입해 하늘을 나는 일도 있었다.

그는 고개를 저었다. 그것은 모두 옛 남기웅의 소망이었던 것이다. 그는 무언가 다른 일들을 해야 했다. 자기 존재성에 걸맞은 다른 일들을 찾아야 하는 것이다. 그러고 나자 그는 다시 막막했다.

'그런데, 왜 꼭 무언가를 해야만 하지? 나는 아무 목적도 없이 가

만히 있을 수도 있다. 가만히 있어도 그것은 나의 행위이고 나의 역사이다.'

그러나 가만히 아무 일도 안 한다는 건 아무래도 심심한 일이다. 그는 '심심하다'라는 단어에서 모욕을 느꼈다. 그 순간 그의 내면에서 철학적 위기라고 할 만한 모종의 불길한 기운이 꿈틀거렸다. 무언가 잘못 시작되고 있다는 느낌이 들었다. 지나치게 설렜는지 모른다고, 일단 차분히 시작하자고 그는 다짐했다.

'흐름에 맡기자!'

그의 몸 안에서 저절로 새로운 욕망, 새로운 가치가 무르익기를 기다리자고 그는 생각했다. 그동안은 흐름에 맡기리라. 몸이 원하고 마음이 원하고 기억…… 그래, 기억도 봐주자! 이것들이 원하는 대로 하자. 그런 생각을 하자 마음의 여유를 되찾을 수 있었다.

몸이 배고프다고 말했다. 그는 식당을 찾아 밥을 먹었다. 마음이 드라이브를 하고 싶다고 했다. 그는 도시 외곽으로 빠져 두어 시간 한적한 길을 달렸다. 드라이브 중에 문득문득 희수와 어머니와 동창들의 얼굴이 떠올랐다. 떠오르는 대로 봐두었다. 몇 번 서글픈 감정이 차올랐다. '지금은 서글픈 감정이구나' 하고 담담히 그 감정을 들여다보고 있노라면 얼마 후 감정은 다른 빛깔로 바뀌었다. 은은한 설렘과 고요한 슬픔이 그렇게 몇 차례 갈마들었다.

몸이 그에게 피곤하다고 말했다. 그는 도시를 향해 차를 돌렸다. 돌아오는 중에 멋지게 장식된 모텔 간판이 보였다. 그러자 몸이, 어쩌면 마음이, 오늘은 저기에서 자자고 그에게 말했다. 그는 모텔 주차장에 차를 세웠다.

「아가씨 불러 드려요?」

모텔 종업원이 물었을 때 몸도 마음도 아무 대답하지 않았다. 조금 머뭇거리며 이건 몸이 대답할 일인가, 마음이 대답할 일인가, 하고 잠깐 생각했다. 잘 알 수 없었다. 그는 묵묵히 자기 방을 찾아 올라갔다.

방에 들어서자 몸이 샤워를 하라고 했고, 마음이 영화 채널 중 첫 번째 걸리는 아무거나 한 편 보라고 했고, 몸이 에어컨 대신 창문을 좀 열어 달라고 했고, 마음이 밤하늘의 별을 한번 쳐다보라고 했다. 그는 그대로 다 따랐다.

별을 보고 나서는 침대로 돌아와 앉았다. 몸도 마음도, 한동안 아무 지시가 없었다. 그는 슬그머니 오른손을 들어 자기 뺨을 만졌다. 그러면서 중얼거렸다.

「나의 손이 나의 뺨을 만진다. 이것은 행위다. 내가 만든 행위다.

이 순간을 기억하면 나는 이날의 내 존재를 기억하게 될 것이다.

나는 여기에 있다.」

이제 자도 되겠느냐고 그는 물었다. 몸과 마음이 동시에 자도 좋다고 했다. 그는 침대로 가 누웠다. 곧 잠이 밀려왔다.

그는 꿈을 꾸었다.

거울 앞에 서서 히죽히죽 웃으며 입술에 빨간 루주를 칠했다. 어릿광대처럼 입술이 온통 빨개졌을 때 그는 거울에 입술을 갖다 댔다. 수십 개의 빨간 입술 자국이 만들어졌다. 옆에는 젓가락이 수북

했다. 그는 적당한 거리를 두고 물러나 거울의 입술 자국에 젓가락을 날렸다. 한 번의 실수도 없었다. 젓가락은 힘차게 날아 수십 개의 입술 가운데에 정확히 꽂혔다. 입술들이 빨간 눈물을 흘렸다.

'살려 주세요. 살려 주세요.'

이튿날 아침 잠자리에서 눈을 떴을 때 남기웅은 꿈 내용을 생생히 기억했다. 눈을 뜨자마자 거울을 보았을 정도다. 꿈속에서 느꼈던 강렬하고도 절실한 공격 욕구를 되새기면서 그는 말갛게 비어 있는 거울을 묵묵히 바라보았다. 경마장에 가야겠다는 느닷없는 생각이 떠오른 것은 그다음이었다.

그는 간밤의 꿈이 돈을 따게 해주는 꿈인지 어떤지는 잘 알지 못했다. 돈을 따게 해주는 꿈이라 한들 그게 꼭 경마장일 이유도 없었다. 남기웅은 단 한 번도 경마장이란 곳에 가본 적이 없었다. 그런데 아무튼 경마장에 가고 싶어졌다. 거울을 보고 있는 동안 까닭 없이 경마장의 말발굽 소리와 환호성이 그의 머릿속으로 스며들었다. 그렇다고 그것을 무슨 계시라고 여기지는 않았다. 그보다는 차라리 전날 드라이브 도중 경마장에 관련된 무엇을 보거나 들었던 것이 잠시 넣 놓고 있던 지금 우연히 떠올랐을 뿐이라고 생각하는 게 평소 그의 사고방식에 가까울 것이었다.

어쨌거나 남기웅은 경마장이 떠오른 이유 따위는 생각하지 않았다. 경마장에 가고 싶어졌다면 가면 그뿐이다. 딱히 할 일도 없는데 가고 싶은 곳이 생겼다는 건 고마운 일이었다. 갈 곳이 생기자 그는 기분이 좋아졌다. 경마장에서는 아무래도 좋은 일이 생길 것만 같았다. 그는 서둘러 세수를 하고 모텔에서 나왔다.

처음 와본 경마장은 모든 게 상상 이상이었다. 경마장은 음습한 사행 장소가 아니었다. 깨끗하고 고급스러운 시설, 쾌적한 공간 배치, 시원스러운 주변 경관, 그리고 웬 생각지도 못한 주말 농장에, 박물관까지 모든 것이 웬만한 가족 휴양지 못지않았다. 남기웅이 가장 놀란 것은 어느 축제보다 열광적인 경마장 관중들의 뜨거운 열기였다. 하기야 그들은 단순한 관중은 아니었다. 그들은 매 순간 승부사였다.

한 시간 정도 여기저기 구경하고 배팅의 분위기를 익힌 다음에 남기웅도 바로 그 승부사 대열에 끼어들었다. 단승식 1만 원 배팅으로 첫 마권을 구입했다. 관람대로 올라가 수많은 사람들 사이에 섞여 앉자 그는 가슴이 뛰었다.

남기웅은 그 누구보다 환호하면서 경주를 즐기기 시작했다. 분위기에 따라 저절로 그렇게 되기도 했지만, 자기 말의 경주 순서를 기다리고, 그 말이 폭탄처럼 게이트를 벗어나 질주를 시작하고, 몸을 들썩이면서 「달려! 달려!」 소리 지르는 매 순간 그는 자기 안에도 이런 게 있었나 싶을 만큼 승부에 대한 욕망으로 온몸의 피가 뜨거워지는 것을 느꼈다. 무엇보다 좋은 것은 상념에 빠질 틈이 없다는 점이었다. 단 하나에만 사고를 집중하고, 그것 하나에 영혼이 걸린 듯 순정하게 몰입할 수 있다는 것이야말로 남기웅이 미처 생각하지 못한 이날의 가장 큰 소득이었다.

네 게임이 끝났을 때 남기웅은 10만 원 가까운 돈을 땄다. 한 번 잡고 세 번 놓친 성적이었다. 배팅을 올릴 생각은 하지 않았다. 돈에 대한 욕심은 없었다. 그는 경주 자체, 그 순정한 몰입의 시간들을 즐겼다. 「달려!」 하고 외치는 순간 그는 말이 되는 것이었다. 그 자신이 달리는 것이었다. 그리고 빽빽한 관중은 모두 그를 응원했다. 「달려, 달려!」 관람대 앞뒤 좌우의 격렬한 함성이 모두 그를 향해 외치는 소리만 같았다.

아홉 게임이 끝났을 때 그가 딴 돈은 2만여 원으로 줄었다. 다섯 게임 모두 놓쳤던 것이다. 중간에 잠시 쉬어 가면서 경마장이 파할 때까지 그는 세 게임을 더 뛰었다. 최종 결과는 3만여 원 소득. 3만 원을 잃었다 해도 아깝지 않을 시간이었으므로 그에게 그 3만 원은 하늘이 던져 준 돈으로 생각되었다.

게임이 끝나자 수만 명의 인파가 한꺼번에 우르르 일어났다. 출입구 가까운 곳에 앉아 있던 남기웅은 한적한 곳으로 먼저 자리를 옮겼다. 비스듬히 누운 햇살을 받아 로비의 대리석 바닥이 은박지처럼 반짝거렸다. 그는 현관 로비 한쪽에 있는 청동 조각상에 몸을 기대고는 시위대처럼 산만하게 몰려가는 사람들을 지켜보았다. 잘 들리지도 않는 소리로 폐장 안내 방송이 계속되는 가운데 사람들은 각양각색의 표정으로 경마장을 빠져나갔다. 뜨거운 함성이 아직도 귀에 쟁쟁한데 사람들은 서서히 일상적인 몸짓으로 돌아가며 자신이 걸었던 무언가로부터 퇴장하고 있었다.

남기웅에게는 그 모든 것이 장렬해 보였다. 흙먼지 일던 경주로와

텅 빈 관람대에는 몇몇 청소 인부만 남아 한가롭게 움직였고, 불 꺼진 대형 전광판은 고대 유적처럼 문득 장중한 고요를 드리웠다. 그리고 바닥 곳곳에 어지러이 뒹구는 경마 예상지들과 찢어진 마권들. 그 공허한 풍경들 위로 여전히 계속되고 있는 스피커의 안내 방송 소리가 그에게는 어쩐지 한 시대의 종언처럼 측은하고, 비장하고, 한편 쓸쓸히 감미로웠다.

남기웅은 사람들이 거의 다 사라진 다음에 천천히 경마장을 빠져나왔다. 하루 종일 대강 허기만 때웠던 남기웅은 경마장 입구에 있는 식당으로 들어가 양껏 배를 채웠다. 밥을 먹고 근처의 공원 벤치에 앉아 있으니 나른하게 졸음이 밀려왔다. 몸을 많이 움직인 건 없지만 열두 게임이나 하면서 목청껏 소리 지른 일이 가벼운 노동만은 아닐 것이었다. 식곤증까지 몰려와 그의 몸은 젖은 이불처럼 무거웠다. 남기웅은 벤치에 길게 누워 눈을 감았다.

눈을 떠보니 주변이 캄캄했다. 생각보다 깊이 잠들었는지 시간도 어느덧 10시가 넘어 있었다. 밤공기는 기분 좋을 만치 선선했다. 그는 담배 한 대를 피우고 공원에서 나왔다. 그러고는 차가 있는 경마장 주차장으로 돌아가다가 거기에 그냥 놔두어도 되겠다는 생각에 곧장 근처의 모텔을 찾아 들어갔다.

모텔에 들어서는데 카운터 안쪽에서 늙은 여자가 물었다.

「아가씨 불러 드릴까요?」

몸도 마음도 대답할 틈이 없었다. 「네」 하고 대답한 것은 몸도 마음도 아닌 남기웅 그냥 그였다. 「네」라고 대답하고 난 남기웅은 스스로도 깜짝 놀랐다. 하지만 곧 그는 친구의 비밀스러운 행동을 모른 체해 주기라도 하듯 덤덤히 돌아서서 엘리베이터로 걸어갔다.

남기웅은 방에 들어서자마자 옷을 벗고 욕실로 갔다. 그래야 할 것 같았다. 보이지 않는 면접관이라도 의식하듯 그는 벌거벗은 몸으로 조심스레 샤워기 아래에 섰다. 가슴이 왠지 쿵쾅거렸다. 방금 전부터 설명하기 힘든 흥분이 약 기운처럼 몸에 퍼지고 있었다. 샤워기의 뜨거운 물줄기 아래에서 남기웅은 오래도록 멍청히 서 있었다. 표정은 멍청했으나 그의 가슴에는 희열이 차오르고 있었다. 그랬다, 그것은 잔인한 장난을 준비하고 있는 악동의 희열 같은 것이었다.

「네」라는 말은 무의식적으로 나온 것이 아니었다. 남기웅은 스스로 그것을 느꼈다. 경마장에서 승부에 몰입할 때, 미친 듯이 소리 지르고 있을 때, 남기웅은 그 쾌감의 근원이 무엇인지 이미 느끼고 있었다. 배팅 만 원을 거는 경마 자체야 별것 아니지만, 중요한 것은 그의 안에서 꿈틀거리기 시작한 거침없는 일탈의 욕구였다. 그것은 옛 남기웅을 거스르는 일이었다. 더불어 옛 남기웅에겐 없고 자기에게만 속한 일이었다. 경마장에서 그가 그처럼 열광할 수 있었던 것은 그 때문이었다. 열광 자체보다, 그 열광의 의미심장함을 자각하고 있는 자기 자신에 그는 기뻤다. 그것이야말로 진정한 반역의 시작이었으므로.

'아가씨'를 기다리며 그는 다시금 그것을 확인하고 있었다. 이 행위에도 또한 한 존재의 의지가 개입돼 있다는 것. 그리하여 자신의 모든 게 정당화되는 것이다. 행위를 정당화시켜 주는 건 의지이고,

의지는 바로 존재성의 증거이므로.

남기웅은 생각했다.

신의 섭리가 존중받는 건, 그가 신이어서가 아니라 그 섭리에 신적인 의지가 들어 있기 때문이다. 신의 의지가 신이다. 여기에 '나의 의지'가 있다. 그리하여 곧 '나'가 있다.

남기웅은 자기 의지를 통해 자기 존재를 창조하고 있는 것이었다. 이제부터 그의 어떤 사소한, 불결한, 불경한 행위도, 거기에 그의 의지가 들어 있는 한 그로써 그의 존재가 확인될 것이다. 바야흐로 시작이었다. 모텔에서 '아가씨'를 기다리는 이 시간, 그는 바라던 대로 과연 남기웅이 아닌 다른 무엇이 되어 가고 있는 듯했다.

22

 남기웅은 다음 날부터 매일 경마장으로 출근했다. 승용차는 이튿
날 아침에 아예 모텔 주차장으로 옮겨 가장 구석진 곳에 박아 놓았
다. 배팅은 첫날만 빼고는 늘 천 원씩이었다. 종목도 단승식 하나에
만 걸었다. 연승식이나 복승식도 한 번씩은 해보았는데 여러 말에
기대를 거는 것은 오히려 재미없었다. 한 마리 말에만 집중하고, 한
마리 말에만 열렬한 응원을 보냈다.
 경주마를 선택하는 것에도 차츰 자기 나름대로 요령이 붙었다. 경
마 예상지는 한 번도 사보지 않았고, 경마장 자체에서 제공하는 전
적표나 당일 출전마의 특징 같은 것도 들여다보지 않았다. 경마장에
들어서면 사람들 모인 어느 곳에서나 오늘의 기대주와 복병마 등에
대한 이야기를 들을 수 있었다. 발매소 줄에 서서 어느 말에 걸까 의
견 교환을 하기도 하고, 두어 명이 서로 입씨름을 하는 경우도 있고,
어떤 사람은 아예 강의를 하듯 주변 사람들을 상대로 당일 출전하는

모든 경주마에 대한 신상 명세표를 외워 대기도 했다.

남기웅은 그런 이야기들을 귀담아 들었다. 그것을 토대로 분석하거나 비교하는 것은 아니었다. 옛날이야기를 듣듯 그냥 귀에 들어오는 대로 다 들어 두었다. 그렇게 듣다 보면 어느 순간 한 마리가 정해졌다. 이 말이 우승하겠다 싶은 게 아니고 그저 그 말을 찍고 싶다 싶으면 그 말에 걸었다. 그렇게 며칠 다니다 보니 저절로 말 이름과 최근 성적들이 외어지면서 처음부터 무조건 기대가 가는 말도 생기고는 했다.

따지고 보면 주먹구구식이었다. 남기웅이 비상한 천재라서 그 모든 정보를 순식간에 조합해 예상 순위를 판단하는 것도 아니고 그냥 개인적인 감에 의존하는 것이었으므로 그의 전체 승률은 그다지 높지 않았다. 그렇다고 아주 바닥도 아니었다. 어차피 큰 배팅이 아니었으므로 그는 돈에는 신경 쓰지 않았다. 그저 자신이 선택한 말의 질주를 바라보며 열렬한 함성으로 응원하는 것만이 그의 관심이고 재미였다.

사흘째 되던 날이다. 여섯 번째 게임을 하기 위해 그가 발매소에서 마권을 사서 막 돌아서는데 한 남자가 따라붙었다.

「저기, 선생님!」

남자는 매우 공손한 태도로 두 손을 맞잡고 있었다. 면바지에 남방을 입은 평범한 옷차림의 30대 남자였다.

「초면에 죄송한데, 제가 오늘 여기 처음 왔거든요…… 요 근처에 친구 만나러 왔다가 시간이 남아서 잠깐 들어와 봤는데 어쩌다 보니 수중에 있던 돈을 다 날렸네요, 헤헤, 뭐 얼마 안 되는 돈이지만 말이에요.」

「그런데요?」

「아, 네…… 아직도 친구 기다리려면 한 시간은 더 있어야 되는데, 심심하기도 하고, 좀 오기도 생기고, 딱 한 게임만 더 했으면 하거든요, 그래서 말인데 이천 원만 어떻게 좀 얻을 수 있을까 해서요, 헤헤, 죄송합니다.」

남자는 비굴한 웃음을 흘리며 연방 허리를 굽실거렸다.

「이천 원이요?」

「네네, 천 원은 차비하고, 뭐 천 원짜리 한번 걸어 보려구요.」

남기웅은 발매소에서 방금 받아 아직 지갑에도 넣지 않은 거스름돈 중에서 2천 원을 꺼내 주었다.

「아이고, 고맙습니다.」

남자는 허리를 깊숙이 숙여 인사하고는 곧장 발매소로 달려갔다.

다음 날 남기웅은 이 남자를 또 만났다. 직접 대면한 것은 아니고 어제 그에게 했던 것처럼 어떤 사람에게 수작을 붙이고 있는 장면을 우연히 보게 되었다. 남기웅은 놀라지 않았다. 상습적으로 돈을 구걸하는 사람일지 모른다고 처음부터 짐작하고 있었던 것이다. 남기웅이 보는 앞에서 그 남자는 어제처럼 간단하게 2천 원을 얻어 내더니 잽싸게 발매소로 달려갔다.

그 후로는 하루에도 몇 번씩 남자를 보게 되었다. 그리고 보면 남자는 남기웅이 처음 경마장에 왔던 날에도 그러고 있었을 게 틀림없었다. 다만 특별히 눈에 띄는 행동이 아니다 보니 처음에는 수많은 사람 중의 하나였을 뿐이다가, 이제 한 번 맞대면을 하고 나자 수시로 눈에 들어오는 것일 터였다.

아무튼 그 남자를 보게 되면 남기웅은 제자리에 가만히 서서 과연 이번에도 돈을 얻어 내는지 지켜보고는 했다. 그런데 한 번도 실패하는 것을 보지 못했다. 2천 원이라면 큰돈은 아니지만 손 내민다고 무조건 건네줄 만한 돈도 아니다. 남자에게는 나름대로 '호구'를 알아보는 요령이 있는 것 같았다.

며칠 후, 점심을 먹고 돌아오던 남기웅은 이 남자가 중앙 분수대에 걸터앉아 컵라면을 먹고 있는 것을 보았다. 남기웅은 남자에게 다가갔다.

「오늘은 얼마 벌었어요?」

남기웅의 느닷없는 물음에 남자는 라면 몇 가닥을 입에 문 채 뜨악하니 올려다보았다. 이윽고 라면을 다 삼키고 난 남자가 가볍게 인상을 썼다.

「누구쇼? 왜 남 돈 딴 걸 물어봐요?」

「그게 아니고, 이천 원을 몇 번이나 얻었냐구요. 나한테도 한 번 받아 갔잖아요.」

「아…… 그랬나요? 헤헤, 뭐 그냥…… 식사는 했어요?」

「먹고 오는 길이에요.」

「아, 네…….」

남자는 그쯤에서 말을 접고 계속 컵라면을 먹기 시작했다. 남기웅이 가지 않고 앞에 서 있는데도 어색해하는 기색이 전혀 없었다. 하기야 이 정도는 돼야 매일 여러 사람에게 똑같은 거짓말로 뻔뻔하게 돈을 얻어 낼 거라는 생각이 들었다.

남기웅은 남자 옆에 앉았다. 남자는 컵라면의 마지막 국물까지 후루룩 들이마셨다. 남자가 컵라면 통을 내려놓았을 때 남기웅이 말했다.

「이따 술 한잔할래요?」

남자는 무슨 말인지 못 알아들은 듯했다. 아니면 너무 뜻밖의 말이라 제 귀를 의심하고 있었는지도 모른다. 남자는 못 들은 척 한동안 앞만 바라보고 있더니 어느 순간 쓱 고개를 돌렸다.

「나한테 뭐라 그랬어요?」

「술 한잔하자구요.」

「술? 왜…… 왜 나하고?」

「그냥, 바쁘시면 관두고요.」

예전의 남기웅이라면 분명 이런 행동은 하지 않을 것이었다. 상습적으로 푼돈이나 구걸하는 이런 정체 모를 사람에게 먼저 술자리를 제의하다니, 있을 수 없는 일이었다. 그렇다고 지금의 남기웅이 의도적으로 그러는 것도 아니었다. 여기에 존재의 의지 같은 것은 개입돼 있지 않았다. 남기웅은 그저 시간이 남아돌 뿐이었다. 경마가 끝나고 나면 잠자리에 들 때까지 남기웅은 아무런 할 일이 없었다. 그뿐이었다.

「바쁠 거야 없지만…… 근데 뭐 하는 분이슈?」

남자는 아무래도 믿어지지 않는 모양이었다. 그러고 보면 남자는 뻔뻔하기는 해도 무조건 막 나가는 불량스러운 사람은 아닌 듯했다.

「경마쟁이지요. 아저씨나 같아요.」

「거참…… 돈은 형씨가 내는 거구?」

「물론이지요.」

「그럽시다 그럼. 나야 좋지 뭐.」

두 사람은 약속 시간과 장소를 정했다. 시간은 따로 정할 것도 없이 폐장 직후가 되었고, 장소는 남기웅이 경마장에 처음 온 날 고단한 몸을 뉘었던 공원 벤치로 정했다. 남자도 그 공원을 알고 있었다.

각자 게임을 하기 위해 헤어지기 전에 남자가 2천 원만 달라고 했다. 남기웅은 만 원 지폐 한 장을 꺼내 주었다. 그러면서 말했다.

「돈 주는 건 이번뿐이에요. 술 사고 밥은 살지 몰라도 앞으로 나한테 돈은 기대하지 말아요.」

그러자 남자가 말했다.

「돈은 나도 잘 버는 거 알잖소. 그런데 밥도 산다고? 이거 자주 만나야겠네.」

이날 폐장 후 공원에 먼저 도착한 것은 남기웅이었다. 벤치에 앉아 혼자 담배를 피우면서 그는 남자가 안 올지도 모른다고 생각했다. 안 와도 상관없었다. 그러나 와주었으면 싶었다. 와주었으면 싶은 그 심사에 대해 그는 한번 생각해 보았다.

외롭다? 그는 흔연히 그것을 인정했다. 얼마 전까지는 '심심하다'는 단어조차 모욕으로 느껴졌으나 지금은 분명 외로웠다. 기존의 모든 관계를 정리하고 나자 세상이 막막히 넓어 보이는 것은 어쩔 수 없었다. 새로운 삶이 시작되기 전까지의 한시적인 상태라고 그는 스스로 격려하곤 했지만 아무튼 지금으로서는 외로운 게 사실이었다.

외로움 때문만이라면 남기웅은 저 정체 모를 남자에게 술 한잔하자는 제의 같은 것은 하지 않았을 것이다. 그랬다, 예전 같으면 눈도 돌리지 않았을 저 위험스럽고 궁상맞은 남자에게 그가 먼저 호의를 보인 것은 남기웅 안에 새롭게 만들어지고 있는 일종의 호승심이었다.

컵라면을 먹고 있는 남자에게 다가갈 때 남기웅은 생각했다. 아니, 자기 마음을 들여다보았다. 자기 안에 아무 계산도 없었던 것이다. 아무 목적도 없었던 것이다. 설사 그게 단순한 호기심이었다 할지라도, 그처럼 기분이 이끄는 대로 몸이 가고 있다는 점에서 그는 다시 한 번 얼마 전에 느꼈던 신선한 해방감을 느꼈다. 그것이야말로 그가 바라던 바이고, 새로운 존재로서 새 삶을 시작하는 기본 조건이었던 것이다. 이제는 투쟁 없이도 내가 정녕 다른 사람이 돼 가고 있구나⋯⋯. 그 순간 그는 자기 자신에게 감격했었다.

그다음부터는 정말 모든 행동이 자연스러웠다. 남자를 상대로 걸렁하게 이야기를 건네는 도중에도 그는 몇 번이고 그 분명한 변화를 실감할 수 있었다. 몇 마디 안 되었지만, 자신의 말, 자신의 표정, 자신의 제스처, 그 모든 것이 준비된 대본처럼 자연스러웠고, 동시에 한없이 낯설었고, 그리하여 자신의 행위는 순간순간 연극이었다. 연극이면서 실재인 그 낯선 존재의 체험이 그는 스스로 감동적이었다. 「이따 술 한잔할래요?」 그의 입에서 나온 그 말은 눈앞의 현실이면서 동시에 어느 낯선 곳으로부터 날아온 모종의 환각이었다.

「나도 담배 한 대 주쇼?」

어느새 곁에 남자가 와 있었다.

「안 오는 줄 알았어요.」

「사실은 벌써 왔는데 몰래 좀 지켜봤수다.」

남기웅에게 건네받은 담배에 불을 붙이며 남자가 씩 웃었다.

「왜요?」

「솔직히 좀 이상하잖소? 나 같은 놈한테 술을 사겠다니.」

「죄지은 거 많아요?」

남기웅도 남자처럼 씩 웃어 보였다. 남자는 어깨를 으쓱했다.

「뭐 조심 많이 해서 나쁠 거 없으니까. 믿을 놈 없는 세상 아니오.」

「몰래 지켜보니까 나쁜 놈 같아 보이진 않았어요?」

「최소한 짭새는 아닌 것 같고, 건달도 아닌 것 같고…….」

건들건들 어깨를 흔들면서 남자는 조금 멋쩍다는 듯 히죽 웃었다. 자기 약점을 들킨 것 같아 민망한 모양이었다.

남기웅은 남자와 함께 공원에서 나왔다. 두 사람은 근처 음식점에 들어가 돼지갈비에 소주를 시켰다. 서로 술 한 잔씩 따라 준 다음에 남기웅이 먼저 자기 이름을 말하고는 회사 다니다가 쉬는 중이라고 간단히 소개를 했다. 남자는 장사하다가 망해서 여기나 들락거린다면서 배영찬이라고 자기 이름을 말했다. 어떤 회사인지 무슨 장사를 했는지는 서로 묻지 않았다.

「어떻게 대박은 좀 받아 봤수?」

「시작한 지 얼마 안 돼서…… 배 형은요?」

「고배당 몇 번 터지긴 했는데 워낙 배팅 금액이 적으니까…… 아 오백 원, 천 원 거는데 백 배가 터지면 뭐 하겠소. 돈 놓고 돈 먹기에서는 일단 돈을 세게 걸어야 되는데 말이야.」

「여기 다닌 지 얼마나 됐어요?」

「한 석 달 출근했시다. 한데 날 여러 번 봤다면 남 형도 거의 출근 수준인가 보네?」

「그런 편이죠.」

「허, 동지 만났네. 나처럼만 되지 마시오.」

두 사람은 한동안 경마 이야기만 했다. 달리 할 이야기도 없었다. 남기웅은 돈 얻어 낼 상대 찍는 데에 무슨 비법은 있느냐고 평소 궁금했던 것을 물어보았다.

「사람보다도 시간대가 중요하지. 경주 시작 시간이 임박했을 때 붙어야 돼요. 그래야 꼬치꼬치 묻거나 따지지 않거든. 빨리 게임 들어가야 되는데 졸졸 따라다니면, 큰돈도 아니니까 귀찮아서라도 던져 주게 되지.」

「그렇겠네요.」

「한데 남 형은 나이가 어떻게 되시오?」

「서른하나요.」

「내가 한 살 많네. 뭐 서로 대강 말 편하게 하면 되겠네.」

「그러지요.」

「그럼 친구 됐으니 건배나 한잔 하자구.」

친구 하자는 말까진 안 했는데 배영찬은 먼저 말을 내리면서 꽤 가까운 사이라도 된 듯 말했다. 남기웅은 신경 쓰지 않았다.

소주 세 병을 비우고 났을 때 배영찬은 2차 가자면서 자기가 사기라도 할 듯 남기웅을 일으켜 세웠다. 남기웅이 계산을 끝내고 나오니 배영찬은 벌써 택시를 잡아 기다리고 있었다.

「전에 자주 가던 집인데 아주 괜찮아. 남 형도 보아하니 아주 숙맥은 아닌 것 같은데, 오늘 한번 놀아 보자구. 좋지?」

의사를 묻는 게 아니라 돈에 여유가 있는지를 확인하는 것 같았다. 남기웅은 고개를 끄덕여 주었다.

택시는 30분 정도 달려 술집이 늘비한 어느 유흥가 입구에 두 사람을 내려 주었다. 남기웅은 배영찬을 따라 '연'이라는 간판이 붙어 있는 지하 술집으로 내려갔다. 가라오케가 있는 홀과 네댓 개의 칸막이 밀실이 있는, 룸살롱 규모에는 못 미치지만 여자 접대부가 따로 있는 작은 유흥 주점이었다. 두 사람은 그중 한 방으로 들어갔다.

얼마 후 두 명의 여자 접대부가 들어왔다.

「어머 오빠! 왜 이리 오랜만이야?」

한 여자가 호들갑스럽게 알은체를 하며 배영찬 옆으로 붙었다. 다른 여자는 생글생글 눈인사를 하며 남기웅 옆에 밀착해 앉았다.

「아그들아, 오늘 좋은 오빠 한 분 모시고 왔다. 서비스들 확실히 혀.」

배영찬이 여자의 어깨에 떡하니 팔을 얹으며 말했다.

「당근이지요.」

두 여자가 합창을 했다. 술자리는 그렇게 처음부터 농염한 분위기로 시작되었다. 곧이어 배영찬이 호기롭게 양주 두 병을 주문했다. 아무래도 술값이 걱정되기는 하는지 배영찬은 주문하면서 눈으로 슬쩍 남기웅의 표정을 살폈다. 남기웅은 이번에도 말없이 고개를 끄덕여 주었다.

「자자, 오늘 끝까지 함 가보자구!」

배영찬의 목소리에 힘이 들어갔다.

23

　　남기웅은 배영찬과 몇 번 더 밥을 먹었고, 몇 번 더 술을 마셨다. 그러면서 그의 양아치 같은 말투에도 완전히 익숙해졌다. 배영찬은 일면 소심한 구석도 있지만 한마디로 뻔뻔하고 능글맞았다. 영원히 친구는 될 수 없는 인간이었다. 무슨 상관이야? 그것이 배영찬을 대하는 남기웅의 마음이었다. 오히려 배영찬 같은 사람과 어울려 돌아다니는 것에서 그는 가상 게임에 참여하고 있는 듯한 경쾌한 흥분을 느꼈다.

　　「남 형, 날씨도 꿀꿀한데 오늘 안마 한번 때리자.」

　　종일 장맛비가 오락가락해 경주가 시들하던 날이었다. 배영찬이 일부러 남기웅을 찾아와 은근한 목소리로 말했다.

　　「안마?」

　　「응, 서비스 아주 죽이는 데가 있어.」

　　「그러지 뭐.」

남기웅이 간단히 응하자 배영찬의 얼굴이 대번에 환해졌다. 남기웅이 싫다면 배영찬 혼자서는 못 가는 것이다. 그에게는 돈이 없으니까.

이날 남기웅은 생전 처음 안마 시술소라는 곳에 가서 배영찬이 말한 극진한 '서비스'를 받았다. 그것이 시작이었다. 어쩌면 그것은 배영찬과 어울린 첫날 술집 '연'에서 벌써 시작되었다고 할 수 있었다.

배영찬은 이 사회의 음지와 관련된 온갖 종류의 업소와 세태를 잘 알고 있었다. 너저분한 사창가부터 도박 하우스까지, 포르노 시디를 싸게 구입하는 방법부터 화대 흥정하는 법까지, 실제보다 말이 다소 허풍스럽기는 해도 최소한 몸으로 직접 경험해 보지 않은 건 없는 듯했다.

남기웅이 돈 쓰는 일에 쩨쩨하지 않고 또 무슨 일에든 토 달지 않고 자기 제안에 선선히 응해 주고는 하자 배영찬은 구세주 같은 후원자라도 만난 양 수시로 그를 이끌어 여기저기 데리고 다니기 시작했다. 비굴하게 2천 원씩 구걸하며 경마장을 어슬렁거리던 백수건달 배영찬에게는 남기웅이야말로 그토록 기다리던 고 배당 대박이었는지도 모른다.

배영찬이 자신을 어떻게 이용하는지 남기웅은 모르지 않았다. 배영찬의 향락 행각에 어수룩한 물주 노릇을 하고 있다는 것. 하지만 남기웅은 상관없었다. 억지로 끌려 다니는 것이 아니므로 그가 싫으면 언제라도 그만두면 되었다. 그러나 아직까지는 싫지 않았다. 남기웅은 그렇듯 자기 행동을 스스로 관찰하면서 배영찬의 세계로, 적극적으로 기웃거려 본 적 없는 향락과 퇴폐의 세계로 한 발 한 발 빠져 들어갔다.

대마초를 처음 피운 것은 배영찬과 어울려 다니기 시작한 지 한 달쯤 되었을 때였다. 그날은 남기웅이 배영찬을 처음으로 그의 오피스텔에 데리고 간 날이기도 했다. 이제는 경마장에 매일 출근하는 것도 아니고 해서 그는 모텔 생활을 정리하고 집으로 돌아와 있었다. 돈도 좀 아껴야 되기는 했다. 그동안 저축한 돈과 퇴직금으로 앞으로도 2년 정도는 더 이런 생활을 계속할 수 있겠지만, 집 놔두고 따로 잠자는 데 이중으로 돈을 쓸 필요는 없었다. 더욱이 최근에는 카드 도박에 돈이 뭉텅 빠져나가고 있어 어느 정도 돈 관리를 해야만 될 입장이었다.

「좋구먼!」

집 안을 둘러보며 부러운 표정으로 배영찬이 말했다. 아직 배영찬이 사는 곳에 가본 적은 없지만 그의 행색으로 보아 집안 꼴이 어떠리라는 것은 대강 짐작할 수 있었다. 그러니 깨끗한 데다가 갖출 것 다 갖춘 남기웅의 오피스텔이 부럽기는 할 것이었다. 하지만 배영찬이 정작 흐뭇해하는 게 무엇인지는 남기웅도 알았다. 이 정도 오피스텔을 갖고 있는 것 보니 갑부는 아니지만 아직도 한동안은 벗겨먹을 수 있겠다, 속으로 그런 계산을 하고 있을 게 뻔히 짐작되었다. 배영찬이 얼마나 치사한 속물인가 하는 것쯤은 남기웅도 충분히 알고 있었다.

두 사람은 구운 소시지를 안주로 해서 맥주 몇 병을 마셨다. 그러다가 안주가 떨어져 남기웅은 냉장고를 뒤져 땅콩과 슬라이스 치즈 몇 개를 챙겨 돌아왔다. 그때 배영찬이 주머니에서 무언가를 꺼냈다. 담뱃갑 반 정도의 크기로 접은 신문지였다.

「나도 만날 얻어먹기만 하는 놈은 아니야. 오늘은 남 형이 집도 구경시켜 준다기에 내가 선물을 좀 준비해 왔지.」

배영찬이 조심스레 신문지를 펼쳤다. 담뱃가루 비슷하면서 그보다는 조금 더 녹색에 가까운 웬 풀잎 부스러기가 보였다. 담배 대여섯 개비 정도 털어 놓은 양이었다.

「뭐 같아?」

배영찬이 득의양양한 미소를 지었다.

「대마초?」

「어이구, 영 숙맥은 아니구먼그랴.」

「정말 대마야?」

「그럼 뭐겠어, 깻잎 가루라도 가지고 왔을 것 같아.」

배영찬은 집에 호일 있느냐고 묻더니 없다고 하자 담뱃갑에서 은박지를 벗겨 냈다. 그러고는 익숙한 동작으로 은박지를 주물러 담배 길이만 한 흡연 파이프를 만들었다. 거기에 손가락으로 대마초를 집어 가볍게 눌러 담더니 남기웅에게 내밀었다.

「먼저 해.」

남기웅은 주저 없이 받았다. 대마초는 중독이 되지 않는다고 어디선가 듣기도 했고, 무엇보다 호기심이 앞섰다. 이것은 술이나 섹스, 경마나 카드와는 또 다른 탐닉의 세계가 되어 줄 거라는 예감이 들었다.

불을 붙여 한 모금을 빨자 쑥 태우는 냄새 비슷한 것이 훅 빨려 들어왔다. 담배보다 목구멍을 세게 자극한다는 느낌이 들었다. 연기의 농도도 좀 더 묵직한 듯했다.

「어때?」

두어 모금 빨고 나자 배영찬이 물었다.

「글쎄, 아직은 잘……」

「천천히…… 연기를 머리끝까지 올리는 거야. 연기가 피하고 같이 온몸을 돈다고 생각하라구. 좀 있으면 반응이 올 거야.」

배영찬은 그에게서 파이프를 건네받아 시범을 보이듯 천천히 두어 모금 빨았다. 표정이나 동작 모두, 뭐가 다른지는 몰라도 아무튼 남기웅보다 노련해 보였다. 그리고 반응도 빠른 모양이었다. 벌써 느낌이 오는 듯 배영찬은 흐뭇한 표정으로 고개를 끄덕거렸다.

「파이프를 입에서 떼면 벌써 세상이 달라져 있어. 기막힌 물건 아니야?」

배영찬이 엄지손가락을 세워 까닥거렸다.

서너 차례 파이프를 돌리고 났을 때, 이윽고 남기웅도 무언가 느껴지는 게 있었다. 취기가 올라올 때와 비슷했다. 비슷하면서 달랐다. 기분이 들뜨면서 주변이 약간 흔들려 보이는 것이 비슷했고, 머리가 무거워지면서 눈 근처에 가벼운 경련이 느껴지는 게 달랐다. 아무튼 술에 비해 대단히 반응이 빠른 것만은 분명했다.

남기웅의 반응을 유심히 살피면서 배영찬이 은근히 생색내기 시작했다.

258

「아이구, 이거 구하기 되게 힘들었어. 옛날에 놀던 애들하고 끈이 다 떨어져서 말이야. 이젠 돈 있어도 쉽게 못 구한다니까. 내가 남 형을 위해 특별히 애 좀 썼지. 어때, 필이 오지? 그 필이란 건 말이야, 이건 잘 들어 둬, 필은 자기 자신이 만드는 거야. 어떻게 조절하느냐에 따라서 파도가 될 수도 있고 시냇물이 될 수도 있지. 이게 하면 할수록 노하우도 생기는데, 아무튼 자기 필은 자기가 만드는 거야. 대마는 그게 가장 중요하다구. 알겠어?」

배영찬이 말하는 동안 무언가 조금 더 다른 것이 다가왔다. 묵직한 느낌이 머리에서 코까지 내려오고, 주변 사물들이 급격히 몽롱해지는 게 느껴졌다. 그러나 흐려지는 게 아니고 생생해졌다. 사물의 색감이나 소리 같은 것이 아주 민감하게 감정을 건드리면서 순간순간 뭉클한 파장을 만들어 냈다. 방금 무슨 말을 하려고 했었지, 무슨 생각을 하고 있었지, 그렇게 만취 상태에서처럼 기억도 자꾸 잘려 나갔다.

그러나 만취와 다른 건, 감각은 몽롱하되 의식은 전혀 흐트러지지 않는다는 점이었다. 이 맥주의 빛깔은 왜 이렇게 아름다울까, 그렇게 술 색깔 하나에 가슴이 마구 사무치는데, 그윽하고도 눈부신 감정이 폭우처럼 온몸을 적시는데, 그건 분명 평소와 판이하게 다른 비정상적인 감정의 곡예일 터이건만 막상 의식은 수시로 변해 가는 그 모든 감정 상태를 명확히 인식하고 있었다. 감정은 바다 한가운데에 있는데, 의식은 자신이 대마로 인해 바다 한가운데에 와 있다는 것을 또렷이 인식한다. 그래서 언제라도 바다에서 걸어 나와 안주를 집어

먹고 화장실에 다녀오고 할 수 있었다.

「아아, 꼴린다, 좆나게 꼴리네. 이런 건 솔직히 냄비하고 같이 해야 되는데 말이야.」

아기 어르듯 배영찬은 자기 바지 앞섶을 가볍게 어루만지다가 툭툭 두드리곤 했다.

「에이, 딸이라도 한번 쳐줘야지, 이거야 원…….」

배영찬이 슬그머니 일어나 화장실로 들어갔다.

남기웅은 오디오 앞으로 갔다. 음악을 듣고 싶었다. 평소에 즐겨 듣던 나지막한 발라드 대신 그는 어느 외국 그룹의 헤비메탈 음반을 골랐다. 곧 강렬한 비트가 방 안 가득 쏟아져 내리기 시작했다. 남기웅은 음악을 듣는 게 아니라 장려한 해일에 섞여 있는 것만 같았다. 소리 하나하나가 미세하게 분화되면서 수천 수만의 새 떼들처럼 허공에 솟구치는가 하면, 일시에 거대한 회오리바람이 되어 온몸을 집어삼키기도 했다. 그것은 불세례였다. 어깨와 팔이 저절로 움직이고 있어 그는 가만히 앉아 있을 수가 없었다. 그는 방 한가운데로 나가 춤을 추기 시작했다. 소리와 몸이 합일되고 있었다. 자신의 몸동작이 순간순간 소리의 파장을 형상화하고 있다는 것을 그는 느낄 수 있었다. 온몸이 음표가 되고 멜로디가 되었다. 손가락 끝에서 명주실 같은 리듬이 풀어지다가 이내 빛으로 산화되었다. 드럼 소리가 번개처럼 순간순간 사방에서 번쩍거렸다.

「오호, 제대로 필 받았구먼!」

화장실에서 나오던 배영찬이 실실 웃었다. 배영찬은 건들거리며 남기웅에게 다가와 함께 춤을 추기 시작했다. 남기웅은 눈을 감은 채 느리게 흐느적거리고, 배영찬은 눈을 부릅떠 빠르게 좌우로 고개를 돌리면서 아싸아싸 소리를 질러 댔다.

얼마 후에 배영찬은 맥주병 하나를 들고 소파로 가 길게 누웠다. 누운 채로 벌컥벌컥 맥주를 다 들이켜더니 맥주병을 가슴에 꼭 안았다.

「이게 여자라면 월매나 좋을까…… 아이고, 환장하겠네…….」

배영찬이 그의 옆으로 와 춤을 출 때나 맥주병을 끌어안고 흐물거릴 때나 남기웅은 아무것도 의식하지 않았다. 그는 혼자 자기 춤에 빠져 있었다. '필'은 자기가 만드는 것이라고 배영찬도 말하지 않았던가. 명료한 의식을 한쪽에 견지하면서 남기웅은 자기만의 '필' 속으로 한없이 빠져 들어갔다.

남기웅이 춤을 그치고 눈을 떴을 때 배영찬은 소파에 잠들어 있었다. 남기웅은 그를 흔들어 깨웠다.

「침대로 가서 자.」

「으응 응, 오늘은 디게 졸립네…….」

배영찬은 터덜터덜 침대로 가서 쓰러지듯 누웠다. 그러고는 곧 코를 드르렁드르렁 골았다. 남기웅도 갑자기 졸음이 몰려왔다. 술에 취했을 때 혼곤하게 졸음이 오는 것과는 또 달리 대마는 육체를 나른히 풀어지게 했다.

음악이 꺼지자 실내는 무섭도록 적막했다. 온몸을 충만하게 채웠던 대마 기운이 조금씩 가라앉고 있기 때문이기도 했다. 잠시 멍청하게 앉아 있던 남기웅은 이윽고 느릿느릿 몸을 일으켰다.

졸음을 참으면서 남기웅은 실내를 정리하기 시작했다. 여관 등 다른 장소에서는 주변 지저분해지는 것에 전혀 신경 쓰지 않았지만 그는 아직 자기 집만은 정갈한 공간으로 남겨 두고 싶었다. 이정미와 떠난 여행에서 돌아온 후 며칠간 집 안을 쓰레기 난장판으로 만들었을 때의 그 황폐한 감정이 너무 강렬했기 때문이기도 했다.

남기웅은 술자리를 다 치운 다음에 소파로 가서 누웠다. '나는 어디까지 가게 될까?' 사실은 어디까지가 아니고 어디로 가고 있는가를 물어야 할 것이었다. 그는 거기에서 바로 생각을 끊었다. 아무튼 옛날로부터 멀어지고 있다고, 멀어지고 있으니 일단 잘돼 가고 있는 것이라고만 생각했다. 스르르 무겁게 밀려오는 졸음에 몸을 맡기며 그는 눈을 감았다.

며칠 후에 배영찬은 또 대마초를 가지고 왔다. 대마초를 꺼내 놓으면서 배영찬은 처음으로 그에게 직접 돈을 좀 달라는 이야기를 꺼냈다.

「돈은 안 준다고 처음에 얘기했을 텐데?」

「그럼 대마 좀 낼 거야? 더 이상은 이거 공짜로 못 얻어.」

「그럼 사.」

「그러니까 돈 좀 달라는 거 아니야.」

「같이 가.」

「같이?」

「응, 내가 직접 살게.」

그렇게 해서 남기웅은 동대문 어느 술집으로 가 배영찬의 친구라는 사람에게서 처음으로 대마초를 직접 구입했다. 대마초는 마약 측에 드는 것도 아니어서 무슨 전문적인 판매망이 있는 것 같지는 않았다. 보아하니 그 사내는 대마를 직접 재배하는 모양이어서 말만 잘하면 적은 양 정도는 그냥 얻을 수 있을 것 같기도 했다. 하기야 그렇다고 아무에게나 그걸 나누어 주지는 않을 것이고, 상대도 팔아먹기 위해 대마를 재배하는 이상은 얼마간 돈을 지불하지 않을 수 없었다.

다시 며칠이 지난 뒤 경마를 끝내고 나오다 자판기 커피를 뽑아 마시고 있는데, 할 말이 있는 듯 아까부터 남기웅의 눈치를 살피던 배영찬이 은근한 목소리로 말을 걸어왔다. 필로폰을 해보자는 이야기였다.

「그것도 했었어?」

「사실 말이지, 대마는 매가리가 없어. 뿅 가는 게 없잖아. 하려면 제대로 해야지, 안 그래?」

「싫어, 그건 안 해.」

배영찬이 그에게 제의한 것들 중 첫 거절이었다. 배영찬은 매우 실망한 표정이었으나 그쯤에서 물러날 사람이 아니었다. 가까스로 대문 안에 한 발 들어선 외판 사원처럼 그는 남기웅이 한마디 할 새도 없이 필로폰의 매력에 대해 입에 침이 마르도록 설명하기 시작했다. 말 중간중간 「됐어.」「그만 해」 하고 남기웅이 여러 번 말했으나 배영찬은 자기 말만 계속했다. 집요한 설득이었다.

마침내 배영찬의 말이 어느 정도 끝났을 때 남기웅은 그 어느 때보다 단호하게 말했다.

「말 들어주는 것도 오늘뿐이야. 난 안 해.」

몇 번 해보니 대마초는 정말 육체적 중독은 되지 않는 것 같았다. 담배는 떨어지면 쓰레기통을 뒤져 젖은 꽁초라도 구해서 어떻게든 니코틴을 흡입해 줘야 안정을 찾을 수 있지만, 대마초는 안 피워도 몸이나 정서에 어떤 영향도 없었다. 간혹 피우고 싶은 마음이 몹시 솟구칠 때야 있지만 그것 역시 비 오는 날 소주 한잔이 간절해지는 마음이나 다를 바 없다. 그러나 필로폰이나 헤로인 등 본격적인 마약류는 다르다는 것을 그는 알고 있었다. 남기웅은 결코 약에 종속되고 싶지 않았다. 그것은 삶이 피폐해질 것에 대한 두려움이 아니라 오기였고 자존심이었다. 기억은 남의 기억인데 거기에 몸도 저당잡히면, 그것은 삶 이전에 존재 자체의 상실이었다.

「정말 싫어?」

「몇 번을 대답해야 돼? 더 이상 말하지 마.」

남기웅은 종이컵을 휙 던지면서 돌아섰다. 그러자 뒤에서 배영찬이 궁시렁거렸다.

「아휴, 정말 좆같네…….」

「지금 뭐라고 했어?」

「아니, 내 말은 그냥…….」

남기웅과 눈이 마주치자 배영찬은 슬그머니 시선을 다른 곳으로 돌렸다. 말은 꼬리를 내렸지만 배영찬의 입술은 신경질적으로 일그러져 있었다.

「좋아 뭐, 싫다는 사람 강요는 할 수 없지. 다만…….」

담배를 꺼내 무는 배영찬의 얼굴에 음흉한 기색이 깔리고 있었다.

「나도 사내새끼고 솔직히 내 이런 말까진 안 하려고 했는데, 뽕쟁이들은 말이야, 짭새들 리스트에 다 올라가 있거든. 피라미 쫓아다니는 거 귀찮으니까 일일이 찾지 않는 거지 걔들 명단엔 이거 하는 애들 누구누군지 다 들어가 있다구.」

「그런데?」

「내 말은 뭐 그냥 예를 들자면 그렇다 이건데…… 뽕 말고도 남 형 모르는 내 경력 이런 거 저런 거 많다는 거고, 언젠가는 한번 뭐가 걸려도 걸리게 돼 있다 이거지. 걔들이 그물 크기 정하는 데에 따라 언제든 들어갈 수 있다는 거지. 그리고 일단 그렇게 들어갔을 때는 나만 조지는 게 아니야. 그 새끼들 건수 더 올리려고 꼭 몇 놈 더 불게 만든다구. 이런저런 겁주면서 조져 대면 없는 것도 말하게 돼 있다니까. 말하자면 내 입에서 누구 이름 나올지는 나도 모르는 일이다 이거지.」

말을 끝낸 배영찬은 짐짓 다른 곳을 보는 척하며 뒤통수를 슬슬 긁었다. 물론 한쪽 눈으로는 힐끔힐끔 남기웅의 태도를 훔쳐보고 있었다.

남기웅은 지그시 배영찬을 바라보았다. 잠시 후에 그가 말했다.

「배 형은 아직 내가 어떤 사람인지 모르지?」

「…….」

배영찬이 멀뚱하니 고개를 돌렸다. 남기웅은 배영찬의 얼굴에서 눈을 떼지 않은 채 손만 들어 품에서 인주갑만 한 작은 플라스틱 통을 꺼냈다. 뚜껑을 열자 하얀 가루약 같은 것이 보였다. 남기웅은 그것을 배영찬의 얼굴 앞으로 들어 올렸다.

「이거 나하고 같이 먹을래?」

「뭔데?」

배영찬이 의아한 눈빛으로 멈칫거렸다.

「뭔지 묻지 않고 무조건 나하고 같이 먹을 수 있어?」

「아, 그거야 뭐…….」

「먹을 수 있어?」

「아 글쎄, 뭔지 알아야…….」

배영찬의 입술 주변으로 비굴한 미소가 번졌다. 남기웅이 다시 물었다.

「배 형! 내가 당신이 어디 가자고 하면 어떤 곳엘 가는지, 거기 위험한 덴지 어떤지 물은 적 있어?」

「그거야…….」

「없었지?」

「으응, 없었지.」

남기웅은 플라스틱통을 품에 다시 집어넣었다. 그러고 나서 배영찬에게 눈을 맞춘 뒤 조용한 목소리로 말했다.

「똑바로 들어. 나한테 다시는 협박 같은 거 하지 마.」

배영찬은 한순간 당황해하다가 금세 표정과 목소리를 바꾸었다.

「아이구 참, 알았어 알았어. 농담 한번 한 거 가지구…….」

장난 한번 쳐봤다는 듯 배영찬은 과장스레 고개를 흔들며 헤헤헤 웃어 댔다. 그리고 잠시 후에는 그 표정과 목소리 그대로 이번에는 애교 쪽으로 방향을 바꾸어 남기웅을 설득하기 시작했다.

「좋아 좋아, 내가 다시는 뽕 하자고 안 할게. 근데 말이야 남 형, 아니 남 오빠아, 그렇다면 나만 어떻게 안 될까. 나만이라도 좀 해보게 도와줘, 으응? 내가 남 형 아니면 누구한테 이런 부탁하겠어. 남 형은 내 보스잖아, 으응? 한 번만, 나 한 번만 하게 해줘. 충성!」

어울리지 않는 애교였다. 비굴하다기보다 정말 코미디라도 한 장면 보고 있는 것처럼 너무나 희극적인 모습이었다. 그렇게 우스꽝스러웠지만 어쨌거나 배영찬의 간절한 마음만은 남기웅에게 전달되었다. 너무 집요하게 달라붙어 귀찮아지기도 했다.

「사주기는 할게.」

남기웅이 그렇게 말하자 배영찬은 뛸 듯이 기뻐했다. 지금 당장 가자면서 배영찬은 남기웅의 손을 잡아끌었다. 이왕 승낙했으므로 남기웅은 말없이 배영찬의 뒤를 따랐다.

배영찬이 남기웅을 데려간 곳은 신촌의 한 나이트클럽이었다. 나이트클럽으로서는 이른 시간이었으므로 홀은 한적했다. 테이블은 3분의 1쯤 차 있고 무대에는 3인조 무명 밴드가 조금 때 지난 외국 팝송을 연주하고 있었다. 배영찬은 웨이터에게 안내되어 자리를 잡자마자 남기웅을 홀에 남겨 둔 채 잠시 어디론가 사라졌다. 남기웅은 건성으로 무대를 올려다보면서 맥주를 마셨다. 전투복 같은 상의를 걸친 여자 보컬이 제법 가창력 있는 목소리로 고음을 이어 가고 있었다.

배영찬이 돌아온 건 그가 혼자 맥주 두 병을 비우고 났을 때였다. 배영찬 옆에는 양복을 단정하게 입은 20대 청년 하나가 있었다. 배영찬이 그에게 돈을 주라고 했다. 남기웅은 돈을 주었다. 물건을 받았는지, 단위 당 얼마씩 하는지는 묻지 않았다. 배영찬과 어울릴 때 그는 늘 그런 식이었다. 마음이 내키지 않으면 처음부터 함께하지 않았고, 일단 따라나서게 되면 배영찬이 이끄는 대로 군소리 없이 모든 것을 맡겼다.

나이트클럽에서 두 시간 정도 놀았다. 차력 쇼가 끝나고 티브이에서 가끔 보는 어느 개그맨이 무대에 섰을 때 배영찬은 또 한 번 어디론가 사라졌다. 그리고 얼마 후에 야하게 옷을 차려입은 두 명의 늘씬한 여자들과 함께 돌아왔다. 배영찬은 실실 웃기만 했고, 남기웅도 누구냐고 묻지 않았다.

여자들은 처음부터 노골적으로 교태스러웠다. 두 여자는 자기들끼리 가위바위보를 하더니 이긴 여자가 남기웅 옆으로 왔다.

「아그야, 넌 오늘 잘못 찍었어, 잘못 찍었다니까. 생선을 얼굴 보고 고르나. 완전 헛다리 짚은 줄만 알면 돼.」

배영찬이 수박을 씹으며 낄낄거렸다.

「오빠보고 헛다리라는데?」

옆에 앉은 여자가 육감적으로 턱을 들어 올리며 애교를 피웠다. 남기웅은 손으로 여자의 턱을 쓰다듬어 주었다.

「헛다린지 아닌지 만져 봐.」

여자가 키득거리며 한 손으로 남기웅의 바지 앞섶을 만졌다.

「헛다리 같아?」

「아니, 킹칸데.」

두 사람을 바라보고 있던 배영찬이 벌떡 일어났다.

「벌써 죽이 맞았어? 좋아 좋아, 그럼 시간 끌지 말고 당장 올라가지 뭐.」

「아이, 우린 이제 시작인데 분위기 좀 올려야지요.」

배영찬의 파트너가 자기 잔에 맥주를 따르며 말했다. 배영찬이 호기로운 표정으로 상의 안쪽 주머니께를 쓰다듬었다.

「분위기는 이 안에 다 있어.」

「그래도 발바닥 좀 비비고.」

여자가 두 팔을 들어 춤추는 시늉을 했다.

「까짓것 그러지 뭐, 시간이 좀먹냐.」

무대에서 빠르고 강렬한 음악이 흘러나오자 배영찬은 어깨를 건들거리며 파트너와 함께 무대 앞으로 나갔다. 곧이어 술잔을 비운 남기웅도 여자를 데리고 춤추는 무리 속으로 섞여 들었다. 사이키 조명이 남기웅의 하얀 티셔츠를 눈부신 은빛으로 번쩍거리게 했다.

10시가 넘었을 때 네 사람은 쌍쌍으로 붙어 나이트클럽을 나왔다. 그리고는 곧장 나이트클럽 위층의 모텔로 올라가 방 두 개를 얻었다. 하지만 방 하나는 비워 두고 네 사람 모두 한 방으로 들어갔다.

「이제부터 파티를 시작해 볼까!」

배영찬이 주머니에서 활명수 병 크기의 작은 병 한 개를 꺼냈다. 주사기가 나오는 줄 알았던 남기웅이 의아하게 바라보자 배영찬이 「물뽕이야」 하면서 히죽 웃었다. 배영찬과 두 여자가 물뽕을 맥주에 타서 한두 모금씩 홀짝거릴 때 남기웅은 혼자 캔맥주를 마셨다.

향연이 시작되는 데는 얼마 걸리지 않았다. 대마초에 비하면 눈 깜짝할 사이라고 할 만큼 금방 세 사람의 눈빛이 몽롱하게 풀렸다. 그러고 나자 세 사람은 누가 먼저랄 것도 없이 홀홀 옷을 벗어 던지기 시작했다.

「뭐 해요, 오빠도 벗어야지…….」

남기웅의 파트너가 그의 목을 감싸 안았다. 남기웅은 웃으면서 여자를 떼어 냈다.

「안 해?」

「해야지.」

남기웅은 옷을 벗었다. 이런 일까지 있으리라고는 미리 듣지 못했으나 남기웅은 어떤 것에도 준비가 돼 있었다. 남기웅이 옷을 다 벗었을 때 배영찬은 이미 침대 위에서 여자와 뒹굴고 있었다. 남기웅도 여자를 안으며 침대 위로 올라갔다. 그 후로는 파트너가 따로 없었다. 두 남자와 두 여자는 자세가 바뀌는 대로 앞에 보이는 육체를 빨고 더듬었다. 지구상에 오직 네 사람밖에 없는 듯한 시간이 그렇게 30분쯤 흘렀다.

어느 순간, 남기웅은 슬그머니 일어나 옷을 입었다. 침대 위의 다른 세 사람은 그가 빠졌다는 것도 알지 못하는 듯했다. 알았어도 관심 없을 것이었다. 이미 그들의 황홀경은 세 사람만으로도 충분히 지속될 수 있었다.

옷을 다 입고 나서 남기웅은 흐느적거리며 엉겨 있는 세 사람을 한참 내려다보았다. 그중 한 여자와 눈이 마주쳤을 때 남기웅은 몸을 돌렸다. 여자가 그를 불렀지만 대답하지 않았다. 문을 닫고 복도로 나왔는데도 밖에까지 여자들의 교성이 들렸다. 다시 들어가 조금 조용히 하라고 말해 주고 싶었지만 말해도 듣지 않을 듯해서 그냥 돌아섰다.

남기웅은 짙은 자주색 카펫이 깔려 있는 복도를 천천히 걸어갔다. 복도 끝에 엘리베이터가 있었다. 버튼을 누르자 엘리베이터가 1층에서 움직이기 시작했다. 그는 계단 쪽으로 발길을 돌렸다. 뛰어 내려가지 않는 이상 엘리베이터를 기다렸다 타는 게 더 빠를 것이지만 2, 3초 기다리는 것도 그는 갑자기 지루했다. 실제 용도라기보다 구색으로 할 수 없이 만들어 놓은 듯 계단 폭은 유난히 좁았다. 센서가 있어 불이 저 혼자 켜졌다 꺼졌다 하는 좁고 음습한 복도를 남기웅은 타박타박 천천히 걸어 내려갔다.

남기웅은 모텔 정문에서 몇 걸음 걷다가 뒤를 돌아다보았다. 조금 전까지 있던 방이 어디쯤인지 잘 가늠되지 않았다. 그가 나온 6층에는 한 곳만 빼고 모두 불이 켜져 있었다. 남기웅은 문득 남산에 올라 빌딩의 창문들을 내려다보던 때를 떠올렸다. 기껏 석 달 전인데도 오래전 과거처럼 그날이 아령칙했다.

남기웅은 몇 발짝 걷다가 다시 우뚝 섰다. 그러고는 길 잃은 사람처럼 주변을 휘둘러보았다. 도심의 밤을 처음 보는 것처럼 간판과 쇼윈도의 불빛들이 유난히 휘황찬란해 보였다. 행인들도 모두 활기에 넘쳐 있었다. 사람들의 옷차림이 달라져 있는 것을 그는 문득 깨달았다. 그러고 보니 벌써 가을이었다. 가로수 아래에 어수선하게 떨어져 있는 노랗고 붉은 낙엽들이 새삼 눈에 들어왔다. 젊은 여자 하나가 툭 그의 어깨를 건드리고는「죄송합니다」하면서 지나갔다. 남기웅은 다시 걷기 시작했다.

저만치 공중전화 부스가 보였다. 행인이 많은 곳인데도 사람들이 거의 핸드폰을 가지고 있기 때문인지 부스 두 개가 모두 비어 있었다. 누군가 깜박 잊고 놓아둔 보퉁이처럼 공중전화 부스는 초라하면서도 위태로워 보였다. 남기웅은 그쪽으로 걸었다. 부스 안에 들어서자 왠지 추웠다. 그의 옷은 아직 여름옷이었다.

남기웅은 이윽고 번호를 누르기 시작했다. 다섯 번째 번호에서 잠시 망설였다. 잠시 후 두 개를 더 누르고 나서, 다시 망설였다. 얼마 후,「다이얼이 늦었으니……」하는 여자 목소리가 흘러나왔다. 남기웅은 수화기를 내려놓았다.「좋은 생각이 났어요, 우리가 결혼을 하는 거예요.」이정미의 목소리가 낙엽처럼 또르르 구르면서 저쪽으로 멀어져 갔다.「우리의 자궁이고 우리의 십자가예요.」그녀의 말들이 산만하게 떠올랐다 멀어져 갔다.

남기웅은 알고 있었다. 이것은 낯선 삶도, 새로운 존재도 아니라는 것. 그저 퇴폐이고 방탕일 뿐이었다. 벌써부터 알고 있었다. 그리고 멈출 수 없다는 것도 알고 있었다. 새로운 무언가가 다시 차오를 때까지 이 고단한 향연은 계속될 것이었다.

  이런 시간들, 낭자한 방탕에 빠져 있다가 이윽고 저 껄렁한 배영찬과도 헤어져 혼자 집으로 돌아가는 시간이면 남기웅은 늘 이정미를 떠올렸다. 미치도록 그녀에게 전화를 걸고 싶었다. 그러나 그 욕망보다는 늘 전화를 해서는 안 된다는 절제 쪽이 더 강했다. 그녀보다 자기가 강하다는 것을 남기웅은 알고 있었다. 그녀를 완벽하게 납득시킬 무언가를 찾기 전에는 공연히 자신의 혼란만 더 얹혀 주며 그녀를 힘들게 해서는 안 되는 것이었다.

  오늘도 역시 그 절제가 이겼다. 다행이다, 하고 남기웅은 생각했다. 남기웅은 방금 떠나온 모텔 쪽을 한 번 더 바라보고 나서 부스에서 나와 걷기 시작했다. 내일은 조금 따뜻한 옷을 입어야겠다고 생각했다.

24

생전 그렇게 아파 본 적이 없었다. 지독한 몸살이었다. 남기웅은 온몸의 근육이 뒤틀리는 듯한 통증과 살이 떨리는 오한 속에서 밤새 한숨도 자지 못했다. 몸은 소름 끼치게 한기가 느껴지는데 머리는 불덩이 같았다. 몇 시간 만에 온몸이 땀으로 흥건히 젖었고, 나중에는 헝겊 인형처럼 사지가 축 늘어져 화장실 가느라 몇 발짝 움직이는 것조차 힘에 겨웠다.

이 격심한 통증은 다음 날 아침이 되어서도 그치지 않았다. 서랍 어딘가에 진통제가 있을 것이지만 손끝 하나 움직일 힘도 없어 그는 침대에 달팽이처럼 웅크린 채 아무도 들어 주지 않는 신음만 토해 냈다. 그러다가 너무 참기가 힘들어 죽을힘을 다해 일어나 진통제를 찾았다. 그러나 빈속에 먹은 진통제는 오히려 위장을 부글부글 끓게 만들어 배 속의 것을 다 토해 내게 만들었다. 남기웅은 화장실 바닥에 무릎을 꿇은 채 변기에 기대어 가쁜 숨만 몰아쉬었다. 손가락 하나 꼼짝할 수가 없어 그 자세로 두 시간 동안이나 있었다.

「엄마…… 나 아파…….」

입에서 저절로 그런 말이 흘러나왔다. 그리고 곧이어 주르르 눈물이 흘렀다. 이렇게 아픈데 그는 아무 데도 연락할 곳이 없었다. 말할 수 없는 외로움이 뼛속 깊이 사무쳤다. 그리고 무서웠다. 죽음에 대한 두려움은 아니었다. 무엇인가가, 무어라 표현해야 좋을지 모를 무엇인가가, 사륵사륵 손가락 사이로 빠져나가고 있다는 한없는 무기력감에서 오는 무서움이었다.

어떻게든 약을 좀 먹어야겠기에 남기웅은 주방으로 가서 생라면을 물과 함께 우적우적 씹어 넘겼다. 반의반도 먹을 수 없었다. 그래도 위장은 조금 채워졌으므로 그는 10여 분을 기다렸다가 다시 진통제를 먹었다. 약을 먹고 30분 정도 지나자 약간이나마 통증이 가라앉았다. 그러나 오한과 열은 여전했다. 침대로 올라가 누우니 어느덧 저녁 해가 기우는 게 보였다. 밤새 앓아야 할 일이 끔찍했다. 다행히 곧 남기웅은 잠이 들었다.

사흘째 아침에는 한결 나아졌다. 그러나 몸에 기운이 하나도 없어 여전히 외출은 꿈도 꾸지 못할 상태였다. 남기웅은 치즈 몇 조각과 날계란 하나로 배를 채우고는 이날도 하루종일 침대에 누워서 보냈다. 수없이 옅은 잠에 들었다 깼다 하기를 반복하느라 정신은 내내 비몽사몽이었다.

꿈인 듯 아닌 듯 잠시 눈이 떠 있을 때면 남기웅은 생각했다. '벌이다! 무엇을 잘못했는지 모르지만 어쨌거나 이건 벌이다.' 그런 생각을 하고 있을 때의 기분은 황량했다. 그리고 억울했다. 그러나, 황량하고 억울할 뿐 더 이상은 아무 생각도 나지 않았다. 「그만하면 명석했는데…… 착했는데…….」 이불 속에서 눈을 감은 채 그는 어린아이처럼 그렇게 중얼거리고는 했다.

앓기 시작한 지 나흘째가 되었다. 정오 가까이 되어서야 눈을 뜬 남기웅은 방금 수리를 마친 기계라도 점검하듯 자기 신체의 반응을 찬찬히 마음으로 읽어 보았다. 크게 부대끼는 곳은 없었다. 기운은 없었지만 이제 몸살은 거의 나은 것 같았다. 워낙 심하게 앓았기 때문에 그는 개운하다는 게 믿어지지 않았고, 아팠던 게 다 거짓말 같기만 했다. 어쨌거나 다 나았다면 이제는 좀 움직여야 할 것이었다. 그는 침대에서 일어나 크게 기지개를 켰다.

남기웅은 모처럼 창을 활짝 열어 환기를 시키고는 물줄기가 쏟아지는 샤워기 아래에 오래오래 서 있었다. 몸속의 세포가 새로 활성화되듯 심장 가운데에서부터 살아 있는 기운이 차츰 몸 전체로 퍼져 나갔다. 샤워를 마친 후에는 모처럼 손수 밥을 짓고 반찬도 몇 가지 만들어 허기진 배를 채웠다. 그러고 나서 나른하게 소파에 앉아 있으려니 아직도 밖에는 사람들이 살고 있나 싶은, 사람들이 모두 사라졌거나 아니면 자기 혼자 어느 먼 우주에 와 있는 것 같은, 외로움과는 또 다른 낯선 공허감이 밀려왔다. 세상이 텅 비어 있다는 느낌이었다.

그때 초인종이 울렸다. 마음과 몸이 다 방심 상태에 있어 그는 처음에는 그것이 자기 집 초인종 소리라는 생각을 하지 못했다. 뻐꾹

276

뻐꾹, 초인종 소리를 그는 바람 소리처럼 무심히 듣고 있었다. 그러다가 갑자기 정신이 들어 현관으로 걸어가 문을 열었다. 리모컨으로 누구인지 확인하는 건 생각하지도 않았다.

문 앞에는 낯선 젊은 남자 두 명이 서 있었다. 아니, 가만히 보니 한 사람은 아는 얼굴이었다. 배영찬과 나이트클럽에 갔을 때 그가 필로폰 값을 건네준 사람이었다. 그때는 단정한 양복 차림이더니 오늘은 까만 가죽 잠바를 입고 있었다. 두 남자는 남기웅이 뭐라고 말하기도 전에 벌써 집 안으로 들어섰다.

「무슨 일이에요?」

그의 말에 대답도 없이 남자들은 터벅터벅 실내를 가로질러 소파로 가서 앉았다.

「돈 받아 오라는데요.」

가죽 잠바가 말했다. 가죽 잠바는 소파 앞의 탁자에 떡하니 발을 걸치고 있었다.

「무슨 돈 말이오?」

「약값이지 뭐요.」

「필로폰……? 줬잖아요.」

「그거야 그날 물건 값이고, 이젠 그동안 외상값 다 갚아 줘야겠는데요.」

「외상이라니, 지금 무슨 말을 하는 거요? 그날 한 번밖에 더 갔어요?」

어처구니없어하는 남기웅의 반문에 가죽 잠바가 피식 코웃음을 쳤다.

「이거 왜 이러시나. 직접 안 받았다고 지금 오리발 내밀겠다는 거요?」

「직접 안 받다니, 그건 또 무슨 소리요?」

남기웅의 말에 이번에는 가죽 잠바 옆의 낯선 남자가 벌떡 일어났다. 그는 위협적으로 남기웅을 째려보고 나서 동료인 가죽 잠바에게 고개를 돌렸다.

「야, 지금 데이트해? 말로 안 되는 작자 같은데 무슨 대화가 그렇게 길어.」

「앉아 봐. 말귀 알아먹는 양반이니까 좀 기다려 보라구.」

가죽 잠바가 다독거리듯이 말하자 낯선 남자는 한 번 참는다는 듯 이빨 사이로 쯔쯔 소리를 내며 도로 소파에 앉았다. 가죽 잠바가 느릿느릿 담배를 꺼내 물고 있었다.

「이봐요, 이름이 거 뭐더라 남기웅이라는 것 같던데, 맞아요?」

「그래요.」

「지금까지 배영찬이 약 가져간 게 몇 번인지 알아요? 그거 정말 안 받았다는 거요?」

「배영찬이 약을? 난 그런 거 몰라요. 배영찬이 가져갔으면 그 사람한테…….」

가죽 잠바가 손을 들어 그의 말을 막았다.

「좋아, 좋아, 쉽게 말합시다. 우리도 그놈은 안 믿거든. 워낙 약은 놈이니까 지 혼자 먹으려고 빼돌렸는지도 모르지. 다 좋아. 다 좋은데, 어쨌거나 우린 당신을 보고 준 거지 배영찬 보고 준 거 아니야. 그놈 돈 없는 줄은 우리도 알거든. 그러니까 당신하고 배영찬 문제는 둘이 알아서 하고, 아무튼 우리는 약값을 받아야 되겠거든. 어떻게 할 거요?」

「난 모르는 일이에요. 배영찬한테 받아요.」

「물론 배영찬한테 달라고 했지. 그런데 돈 없대. 당신한테 받으래.」

「그 사람 지금 어디 있어요?」

가죽 잠바가 씩 웃었다. 그러고는 핸드폰을 꺼내 어디론가 전화를 걸었다.

「아, 네, 지금 여기 와 있습니다. 배영찬하고 통화하고 싶은가 본데요.」

잠시 후 가죽 잠바가 남기웅에게 자기 핸드폰을 건넸다. 남기웅은 느물느물 웃고 있는 두 남자를 바라보면서 핸드폰을 받았다.

핸드폰을 귀에 갖다 대는 순간, 그는 전화기 저쪽에서 누군가 두 사람이 말하는 소리를 들었다. 「멋있게 해봐.」 한 사람이 그렇게 말했고, 「내 실력 몰라?」 하고 다른 사람이 말했다. 뒤의 목소리는 배영찬의 목소리였다. 그러고 나서 곧 겁에 잔뜩 질린 듯한 배영찬의 큰소리가 들렸다.

「여보세요, 남 형? 남 형이야? 미안해, 어쩌다 보니 그렇게 됐어. 얘기는 나중에 자세히 할 테니까 좀 도와줘, 지금 돈 안 주면 나 죽을지도 몰라, 나 좀 살려 줘. 나뿐만이 아니야, 이놈들 아주 무서운

놈들이야, 남 형도 아마 무사하지 못할 거라구. 쥐도 새도 모르게 우리 둘 다 죽여 버릴 수도 있는 놈들이야. 제발 나 좀 살려 줘, 응? 알았지? 내 말 듣고 있지?」

남기웅은 핸드폰을 가죽 잠바에게 돌려주었다. 가죽 잠바가 삐딱하니 그를 올려다보았다.

「배영찬이 가져간 게 얼마나 됩니까?」

「거봐, 말 통하는 사람이라고 했지?」

가죽 잠바가 옆의 동료를 향해 씩 웃어 보였다. 그러고는 품에서 작은 수첩을 꺼내 흘낏 들여다보는 시늉만 하고 나서 남기웅에게 말했다.

「뭐 얼마 안 돼요. 천오백만 원!」

남기웅은 무표정하게 고개를 몇 번 끄덕거렸다. 빤히 자기를 올려다보고 있는 가죽 잠바에게 그가 다시 물었다.

「그 사람 지금 어디에 있어요?」

「우리 애들이 잘 보살펴 주고 있으니까 그건 걱정 안 해도 되고…….」

「같이 가지요. 거기 가서 갚을게요.」

「아, 확실하게 마무리 짓겠다? 뭐 안 될 거 없지.」

남기웅은 옷을 갈아입겠다면서 남자들을 먼저 내보냈다. 남기웅이 순순히 돈을 갚겠다고 해서인지 남자들은 별말 없이 일어나 밖으로 나갔다. 하기야 문 앞에 지키고 서 있는 한 19층 이 오피스텔에서 도망갈 곳은 따로 없었다.

남자들은 복도에서 담배를 피우며 시시덕거렸다. 예상보다 일이 쉽게 풀려 기분 좋은 표정들이었다. 얼마 후에 남기웅이 문을 열고 나오자 남자들은 모호하게 미소 지으며 그의 아래위를 쓱 훑었다. 후줄근한 트레이닝복을 입고 있던 남기웅이 깔끔한 양복 정장에 트렌치코트까지 걸친 세련된 차림으로 나타났기 때문이다.

「신부 데리러 가는 모습이네…….」

　남자들 중 한 명이 혼잣말로 이죽거렸다. 남기웅은 아무 말 않고 엘리베이터로 앞서 걸었다. 엘리베이터 안에 세 사람이 나란히 서자 그 모습이 마치 젊은 보스와 그를 경호하는 두 명의 부하처럼 보였다. 남기웅의 표정이 침착하면서 근엄했기 때문일 것이다. 확실히 남기웅은 남자들이 처음 오피스텔에 들이닥쳤을 때와는 전혀 다른 의연한 기품을 드러내고 있었다.

「돈 찾아올 테니 기다려요.」

　엘리베이터에서 내린 남기웅은 바로 건물 1층에 있는 은행으로 들어갔다. 남자들은 이번에도 별말 없이 건물 현관 앞의 로비에서 기다려 주었다. 은행에서 나온 남기웅은 돈 봉투를 남자들에게 확인시킨 후에 자기 차로 따라갈 터이니 앞장서라고 말했다. 남자들은 어깨를 으쓱하고는 자기들 차로 향했다. 남기웅이 시종 당당한 모습을 보이자 남자들도 처음의 위협적인 표정 대신에 그를 존중해 주는 태도를 보였다.

　남자들의 차가 출발한 뒤, 남기웅은 수동 운전으로 천천히 그 뒤를 따랐다. 오후 4시, 거리는 차고 맑았다. 트렌치코트를 입고 운전석에 앉아 있는 남기웅의 얼굴은 근래 몇 달 그 어느 때보다 침착해 보였다. 카 오디오 시디에서는 오랜만에 슈베르트의 〈겨울 나그네〉가 흘러나오고 있었다. 희수가 좋아하던 곡이어서 둘이 함께 드라이브할 때면 꼭 틀어 놓던 음반이었다. 희수는 결별하고 난 후 열흘쯤 되었을 때 그에게 딱 한 번 전화를 걸어왔었다. 남기웅은 술 취해 잠들어 있어 전화를 받지 못하고 녹음된 목소리만 나중에 확인했다.

「기웅 씨, 우리 정말 헤어진 거야? 못 믿겠어. 우리가 이렇게 됐다
는 게 안 믿어져. 우리 왜 이렇게 됐을까. 내가 뭐 잘못한 거 있는
거야? 매달리는 거 아니야. 그냥…… 그냥…… 안 믿어져서……
못 믿겠어, 우리가 헤어졌다는 게 안 믿어져…….」

남자들이 그를 데려간 곳은 전에 갔던 나이트클럽에서 얼마 떨어지지 않은 건물의 작은 사무실이었다. 책상 몇 개밖에 없는 평범한 그 사무실의 소파에 배영찬은 덩치 큰 두 명의 남자 사이에 끼여 앉아 있었다.

「고마워, 남 형, 정말 고마워, 돈은 갖고 온 거지?」

그가 들어서자 배영찬이 벌떡 일어나면서 호들갑스럽게 반색을 했다. 남기웅은 힐끗 배영찬을 바라본 다음 말없이 1천5백만 원을 소파에 내려놓았다. 사무실에 있던 한 남자가 돈 액수를 확인했다. 다 세고 난 후에 남자는 배영찬과 마주 앉아 있던 40대 남자를 향해 금액이 맞는다는 표정으로 고개를 끄덕거렸다.

「가도 되지요?」

남기웅의 말에 40대 남자가 빙그레 웃었다.

「거래 잘 끝났는데 차라도 한잔 하시지?」

「됐습니다.」

남기웅은 배영찬을 데리고 사무실에서 나왔다. 사무실에서 나오면서도 배영찬은 연방 고맙다, 미안하다 해가면서 변명의 말을 늘어놓았다. 남기웅은 아무 말 하지 않았다.

「자넨 정말 친구야, 내 이 은혜는 영원히 잊지 않을게.」

배영찬은 주차장으로 가면서도 내내 입을 쉬지 않았다.

「혼자 산다고 했지?」

차에 오르고 나서 남기웅은 배영찬에게 담배를 권했다.

「응, 왜?」

「집에 한번 가보고 싶어서.」

「우리 집에?」

「응.」

「지금?」

「응.」

배영찬은 뜻밖이라는 듯 약간 망설이는 표정이다가 이내 어색하게 웃었다.

「……그러지 뭐.」

「수동 운전 할 거니까 미리미리 알려 줘.」

남기웅은 배영찬의 집으로 차를 몰았다. 집에 직접 가본 적은 없으나 언젠가 택시를 타고 가며 배영찬이 자기 동네를 손으로 가리킨 적이 있어 대강의 위치는 알고 있었다. 경마장에서 그리 멀지 않은 주택가였다.

「우리 집 엉망이라고 홍보지 마. 지하 단칸방인데, 자네 오피스텔하고야 비교가 안 되지. 거기로 옮긴 지 두어 달 되는데…….」

배영찬의 목소리는 그 어느 때보다 사근사근했다. 힐끔힐끔 남기웅의 눈치를 보아 가면서 그는 처음에 어떻게 마약에 손대게 됐는지를 주절주절 늘어놓기 시작했다. 남기웅은 묵묵히 운전만 했다. 그의 얼굴에는 아무런 표정도 없었다.

차창 밖 거리에는 해가 기울기 시작했다. 맑은 날씨였으나 늦가을답게 거리의 풍경은 어딘지 쓸쓸한 기운을 띠고 있었다. 노을의 붉은 빛살이 길게 매달려 건물들의 외양에 이국적인 색조를 드리웠고, 길바닥에는 메마른 낙엽들이 우수수 굴러다녔다.

경마장을 지나 큰 사거리에서 두어 번 좌회전을 하고 나자 비교적 한적한 이면 도로가 나왔다. 단층의 작은 가게들이 즐비한 고갯길 하나를 넘어서자 배영찬이 어느 공터를 가리키며 차를 세우라고 했다.

「여기에서 조금만 걸어가면 돼.」

남기웅은 차에서 내려 배영찬과 함께 걸었다. 배영찬은 공연히 어깨를 으쓱하고는 휙휙 휘파람을 불며 앞장섰다. 남기웅은 느릿느릿한 발짝쯤 뒤에서 따라갔다.

오래된 주택들이 남아 있는 동네였다. 경마장이 새로 들어서면서 그 인근은 상가 건물이 많이 지어졌지만 아직 이곳까지는 개발의 손이 미치지 않은 모양이었다. 골목은 좁고 삐뚤삐뚤했고 주택 지붕들 위로 지나가는 전깃줄은 산만하기 그지없었다. 주택가 외곽에는 아직 잎이 무성하게 남아 있는 큰 느티나무 하나와 앙상한 가지가 보이기 시작하는 은행나무 몇 그루가 다소 썰렁한 모습으로 서 있었다. 20년 전으로 거슬러 오른 듯한 동네 모습이었다.

두 사람은 좁은 골목으로 들어서 어깨를 맞대고 걸었다. 어느 집 담장에 얹혀 있던 노란 은행잎 하나가 바람에 날려 두 사람의 발밑으로 떨어졌다. 남기웅이 걸음을 멈추더니 은행잎을 집어 들었다. 그는 엄지손가락으로 은행잎을 살며시 쓰다듬었다. 잎은 습기가 빠져 까슬까슬했다.

「가을이구나……」

남기웅이 중얼거렸다. 배영찬은 갑자기 웬 감상이냐는 듯 의아한 얼굴로 그를 바라보았다. 남기웅은 우두커니 허공에 시선을 주었다.

「가자구, 다 왔어.」

배영찬이 그의 팔을 툭 쳤다. 남기웅은 은행잎을 주머니에 넣고 그를 따라갔다.

배영찬이 말한 대로 그의 집은 허름한 지하 단칸방이었다. 문을 열자마자 텁텁한 곰팡이 냄새가 훅 끼쳐 왔다. 형광등을 켜자 방 안 가득 온갖 잡동사니들이 아무렇게나 널려 있는 게 보였다. 사람 사는 집의 꼴이 아니었다.

조금 민망한지 배영찬이 히죽 웃으면서 남기웅을 보았다. 남기웅은 말없이 자기가 먼저 방으로 들어가 잡동사니 한쪽 아무 데나 앉았다. 배영찬이 뒤따라 들어와서는 그래도 손님이 왔다고 주섬주섬 몇 가지를 치우기 시작했다. 들창 아래쪽에 유리가 약간 깨져 있어

찬바람이 숭숭 밀려 들어왔다.

얼마 후에 남기웅이 그를 불렀다.

「배 형!」

「응?」

때에 전 옷가지 하나를 집어 들며 배영찬이 고개를 돌렸다. 남기웅은 어느새 일어나 있었다.

「나한테 장난치지 말라고 했지?」

「장난이라니……」

배영찬은 말을 끝맺지 못했다. 남기웅의 손에는 칼이 들려 있었고, 그 칼은 어느새 배영찬의 가슴 중앙에 깊이 들어가 있었다. 배영찬이 인상을 찌푸리며 천천히 무릎을 꿇었다. 배에 칼을 꽂은 자세 그대로 남기웅도 그를 따라 몸을 낮추었다. 누가 옆에서 본다면 아픈 사람을 부축해 앉히고 있다고 생각할 만한 자세였다. 배영찬은 입만 벌린 채 아무 소리도 내지 못했다. 그의 가슴에서 시뻘건 피가 옷을 적시며 흘러내렸다. 이윽고, 남기웅이 손을 빼자 배영찬은 나무토막처럼 털썩 앞으로 고꾸라졌다. 잠시 고통스러운 헐떡거림이 있기는 했으나 배영찬은 얼굴을 방바닥에 묻은 채 꼼짝도 하지 못했다. 곧 신음 소리마저 잦아들었다.

남기웅은 오랫동안 가만히 서 있었다. 그의 얼굴에는 여전히 아무 표정도 없었다. 막 잠에서 깨어난 사람처럼 약간 졸음에 겨운 듯한 얼굴로 멍하니 서 있을 뿐이었다.

배영찬의 몸에서 나온 피가 남기웅의 발밑에까지 흘러왔다. 툭, 남기웅이 칼을 떨어뜨렸다. 칼은 배영찬의 등에서 튀어 방바닥으로 떨어지더니 곧 시뻘건 피로 물들었다. 어느 집에선가 아기 우는 소리가 들리자 남기웅은 천천히 고개를 들었다. 골목 쪽으로 난 작은 들창이 바람에 가볍게 덜컹거렸다. 창문을 한번 바라보고, 다시 배영찬의 시신을 내려다본 다음, 남기웅은 핸드폰을 내려다보며 꾹꾹 번호를 누르기 시작했다.

25

밤 10시 30분. 이정미는 학원에서 퇴근해 주차장으로 걸어가면서 핸드폰 전원을 켰다. 저녁 첫 수업에 들어갈 때면 이정미는 늘 핸드폰 전원을 껐다. 그 시간부터는 퇴근할 때까지 연달아 수업이 이어지므로 핸드폰을 받을 수 없기 때문이었다. 전화 받아야 할 만한 일이 있을 때면 중간 쉬는 시간에 잠깐 핸드폰을 확인해 보기도 하지만, 친구들 만난 지도 오래인 요즘에는 마지막 수업이 끝날 때까지 계속 꺼두고는 했다. 그래서 학원에서 나오면 가장 먼저 하는 일이 핸드폰 전원을 켜는 일이었다.

핸드폰에는 음성 녹음 하나가 들어와 있다는 표시가 떠 있었다. 이정미는 차에 올라 한 손으로 안전벨트를 매며 한 손으로는 핸드폰의 녹음 재생 버튼을 눌렀다.

— 남기웅입니다…… 잘 있지요? 여러 번 전화하고 싶었는데 오늘에야 하게 되네요…….

이정미는 핸드폰을 닫았다. 남기웅이라는 이름을 듣는 순간 가슴
이 철렁했다. 물론 눈물이 날 만큼 반가웠다. 그러나 뒤이은 목소리,
침묵과 침묵 사이로 무겁게 이어지는 그의 목소리를 듣자 이정미는
그대로 계속 듣고 있을 수가 없었다. 마음을 좀 진정시켜야 했다. 평
소에도 남기웅은 늘 심각하고 진지했지만, 오늘 그의 목소리는 단순
히 진지한 것과는 달리 지나치게 가라앉아 있었다. 그리고 축축했
다. 무언가 무서운 소리를 듣게 되리라는 안 좋은 예감이 그녀의 가
슴을 서늘하게 질러 가는 것이었다.

저 앞에서 학원 수업을 마친 한 무리의 아이들이 큰 소리로 떠들
며 지나가고 있었다. 셔틀버스에 오르지 않은 걸 보면 자기들끼리
어디 놀러 가는 모양이었다. 아이들이 지나가고 나자 주변은 다시
고요해졌다. 어디선가 날아온 낙엽 한 장이 차의 앞 유리창에 앉았
다가 이내 후루룩 주차장 안쪽 어둠 속으로 날아갔다.

이정미는 집에 가서 들어야겠다고 생각하고 일단 차에 시동을 걸
었다. 하지만 주차장을 벗어나기도 전에 그녀는 다시 시동을 껐다.
궁금해서 견딜 수가 없었다. 그녀는 지금 당장 확인하고 싶은 마음
과 집에 돌아가 안정된 분위기에서 듣고 싶은 마음 사이에서 잠깐
갈등했다. 몸을 움직이지 않자 새삼 차 안의 썰렁한 한기가 느껴졌
다. 그녀는 어깨를 움츠리고는 앙상한 나뭇가지 그림자가 드리워져
있는 주차장 담장에 잠시 눈길을 주었다. 바람이 센지 나뭇가지 그
림자가 아래위로 흔들리고 있었다.

얼마 후, 이정미는 입술을 굳게 다물면서 핸드폰의 녹음 재생 버튼

을 눌렀다.

— 오늘에야 하게 되네요.

그리고 몇 마디 더 가을이니 낙엽이니 하는 평범한 안부 인사가
이어졌다. 물론 목소리는 여전히 축축하고 무거웠다. 그러다가 얼
마 후, 약간 엉뚱하게도 갑자기 도스토예프스키라는 이름이 튀어나
왔다.

— 《카라마조프의 형제들》이란 소설 읽어 봤어요? 거기에 보면
이반이라는 사람이 동생 알료샤하고 논쟁하는 장면이 있지요. 알료
샤는 독실한 크리스천이고, 이반은 무신론자라고 해야 되나 회의론
자라고 해야 되나 뭐 그런 사람이에요. 어느 대목이던가, 한참 논쟁
을 하다가 이반이 동생에게 이런 말을 합니다. '신이 없으면 모든 게
허용된다.' 신이 없으면 모든 게 허용된다…… . 처음 읽었을 때는
그게 무슨 뜻인지 몰랐어요. 뭔가 의미심장한 말인 것 같긴 한데, 이
반이 왜 그런 말을 하는지, 그게 어떻게 해서 신을 비난하는 말이 되
는 건지, 신만 빠져 주면 다 잘된다는 건지 아니면 신이 꼭 필요하다
는 건지…… . 잘 이해가 안 되었어요. 그런데 지금은 알아요. 아주
간단한 말이더군요. 이런 거지요, 신이 있으려면 확실히 있든가, 아
니면 아예 없는 게 좋겠다, 그런 말이에요. 신이 없으면 인간은 모든
걸 할 수 있거든요. 어떤 걸 해도 죄가 안 되거든요. 신이 없으면 죄
도 없고, 선도 악도 없고, 좋은 인간도 나쁜 인간도 없어요. 각자 자
기 마음이 곧 신이지요, 자기 행동이 곧 신의 섭리지요. 무슨 말인지
알아요? 신이 없으면 인간은 적어도 죄인은 되지 않아요. 무슨 짓을

해도 죄인은 아니라는 거, 이것처럼 중요한 자유가 어디 있겠어요. 그렇지 않나요, 정미 씨? 신이 없으면 인간은 아무도 탓하지 않아요. 모든 게 허용돼 있으므로 아무도 원망하지 않게 되지요. 이정미 씨…… 난 자유로워졌어요. 그래서 나는 무엇이든지 할 수 있어요. 무슨 짓을 해도 죄가 되지 않아요…….

더 무슨 말이 있을 듯 긴 침묵이 흐르다가 전화는 갑자기 끊겼다.

이정미는 한참 동안 멍하니 앉아 있었다. 남기웅이 무슨 말을 한 건지 이정미는 이해할 수 없었다. 이정미는 아무 생각도 할 수 없었다. 오직 분명한 건, 이게 좋은 전화는 아니라는 것이었다.

말할 수 없이 불길한 느낌이 이정미의 가슴을 치고 지나갔다.

무슨 일이 있었다! 무슨 일이 일어날 것이다!

쿵쾅쿵쾅, 이정미는 자기 심장이 크게 뛰는 소리를 들었다. 가슴이 답답해져 와서 그녀는 숨도 쉬기 힘들었다. '나는 무엇이든지 할 수 있어요.' 그 한 문장만 쇳소리를 내며 머리 위에서 빙빙 돌았다.

이정미는 황급히 핸드폰을 열었다. 그녀의 얼굴은 이미 하얗게 질려 있었다. 손이 떨려 몇 번이나 잘못 두드린 끝에 그녀는 가까스로 남기웅의 전화번호를 누를 수 있었다. 그러나 남기웅은 전화를 받지 않았다. 전화벨이 스무 번 가까이 울렸으나 아무런 반응도 없었다. 끊고, 다시 걸고, 몇 번이나 반복한 다음에 이정미는 음성 녹음을 선택했다.

「기웅 씨! 어디예요? 제발 전화 좀 받으세요. 나한테 전화 좀 해줘요. 기웅 씨, 아무 일 없는 거지요? 아니 아니, 무슨 일이 있든, 일단 나를 좀 만나요. 만나서 얘기해요.」

그녀의 눈에서 눈물이 흐르기 시작했다. 자꾸 목이 메어 와서 이정미는 말을 계속하기가 힘들었다. 핸드폰을 들고 있는 그녀의 손이 부들부들 떨렸다. 이정미는 힘겹게 울음을 삼키고 나서 다시 말을 이었다.

「기웅 씨…… 나 무서워요, 무서워 죽겠어요, 제발…….」

26

푸른빛이 감도는 투명한 크리스털 속에서 액정 초침이 은빛 물고기처럼 위로 거슬러 오르고 있었다. 곧 7시가 될 것이다. 54초, 55초, 56초, 57초, 58초, 59초, 드디어 때르르르릉…… . 지난 20세기의 저 촌스러운 자명종 소리가 오피스텔에 울려 퍼졌다.

침대에 단정하게 누운 남기웅은 시끄러운 소리가 계속되는데도 일어나지 않았다. 이불을 덮어쓰지도, 손을 뻗어 일시 정지 버튼을 누르지도 않았다. 하기야 남기웅은 일시 정지 버튼을 누르는 것조차 귀찮을 때면 가끔 그렇게 시끄러운 소리를 참아 내며 축 늘어져 있고는 했다. 그러나 30초가 지나 자명종이 재작동되기 2, 3초 직전에는 비호처럼 일어나 오프 버튼을 눌렀다. '이겼지?' 비몽사몽간에도 그렇게 정확히 30초를 계산해 내는 것이야말로 그가 기계에 대하여 자신의 우월성을 증명하는 매일 아침의 1회전 게임이었다.

액정 초침은 계속 움직였다. 27초, 28초, 29초, 29초 반의반, 29초

반, 로코코식 문양이 음각된 스테인리스 본체에 빨간 불 하나가 들어왔다. 츠르르르, 플라스틱 깔때기가 남기웅의 머리 부분을 겨냥했다. 이윽고 깔때기에서 차가운 물이 쏟아져 내렸다. 물줄기는 샤워기처럼 힘차고 빨랐다. 남기웅은 그래도 움직이지 않았다. 이런 찬물 따위는 아무렇지도 않다는 듯 그의 얼굴은 지극히 평온하기만 했다. 물세례가 끝났다. 평온한 그의 얼굴 위로 찬물이 눈물처럼 흘러내렸다.

다시 10분이 흘렀다. 로코코식 문양이 음각된 스테인리스 본체에 빨간 불 하나가 더 들어왔다. 츠르르르, 두 개의 플라스틱 방망이가 남기웅의 상반신을 겨냥하며 높이 들려졌다. 곧 두 개의 방망이가 빠른 속도로 사정없이 그의 몸을 두들겨 패기 시작했다. 그리고 곧이어 본체 스피커에서 무자비한 욕설이 시작되었다.

일어나 이 게으름뱅이야, 이 바보 자식아, 천하의 멍청한 놈아, 지금이 몇 신 줄 알아 이 한심한 자식아, 너는 오늘 또 죽었어, 에라 이 등신아, 왜 이렇게 사니, 차라리 뒈져라 이 자식아, 빨리 안 일어나, 정말 안 일어날 거야 이 나쁜 새끼야…….

여기부터 천국입니다

초판 1쇄 인쇄일 · 2005년 9월 23일
초판 1쇄 발행일 · 2005년 9월 28일
지은이 · 임영태
펴낸이 · 임성규
펴낸곳 · 문이당

등록 · 1988. 11. 5. 제 1-832호
주소 · 서울시 성북구 동소문동 4가 111번지
전화 · 928-8741~3(영) 927-4990~2(편)
팩스 · 925-5406
© 임영태, 2005

홈페이지 http://www.munidang.com
전자우편 webmaster@munidang.com

ISBN 89-7456-290-1 03810